이레몽거 3부작 3권

룽던

글·그림 | 에드워드 캐리
옮긴이 | 이즈 안

Lungdon: The Iremonger Trilogy 3 by Edward Carey

Copyright ⓒ 2015 by Edward Carey
All rights reserved.
This Korean edition was published by Marco Polo in 2025 by arrangement with Edward Carey c|o Blake Friedmann Literary Agency Ltd through KCC(Korea Copyright Center Inc.), Seoul.

이 책은 (주)한국저작권센터(KCC)를 통한 저작권자와의 독점계약으로 마르코폴로에서 출간되었습니다. 저작권법에 의해 한국 내에서 보호를 받는 저작물이므로 무단전재와 복제를 금합니다.

에드워드 캐리 룽던

IREMONGER
No. 3

글·그림 에드워드 캐리
옮긴이 이지안

마르코폴로

1. 국회의사당 2. 버킹엄 궁전 3. 켄싱턴 박물관 4. 온슬로우 광장
5. 밀뱅크 교도소 6. 복스홀 다리 7. 앨버트 공의 기념비
8. 켄싱턴 가든의 라운드 연못 9. 하이드 파크 10. 더 몰
11. 화이트 홀 12. 웨스트민스터 다리 13. 코노트 플레이스

14. 코노토 광장 15. 로즈 크리켓 그라운드
16. 포트만 광장 17. 파운들링 병원 18. 전당포 가게 19. 리세움 극장
20. 세인트 자일스 공동묘지 21. 스미스필드 정육시장
22. 세인트 폴 대성당 23. 비숍게이트의 양초 공장

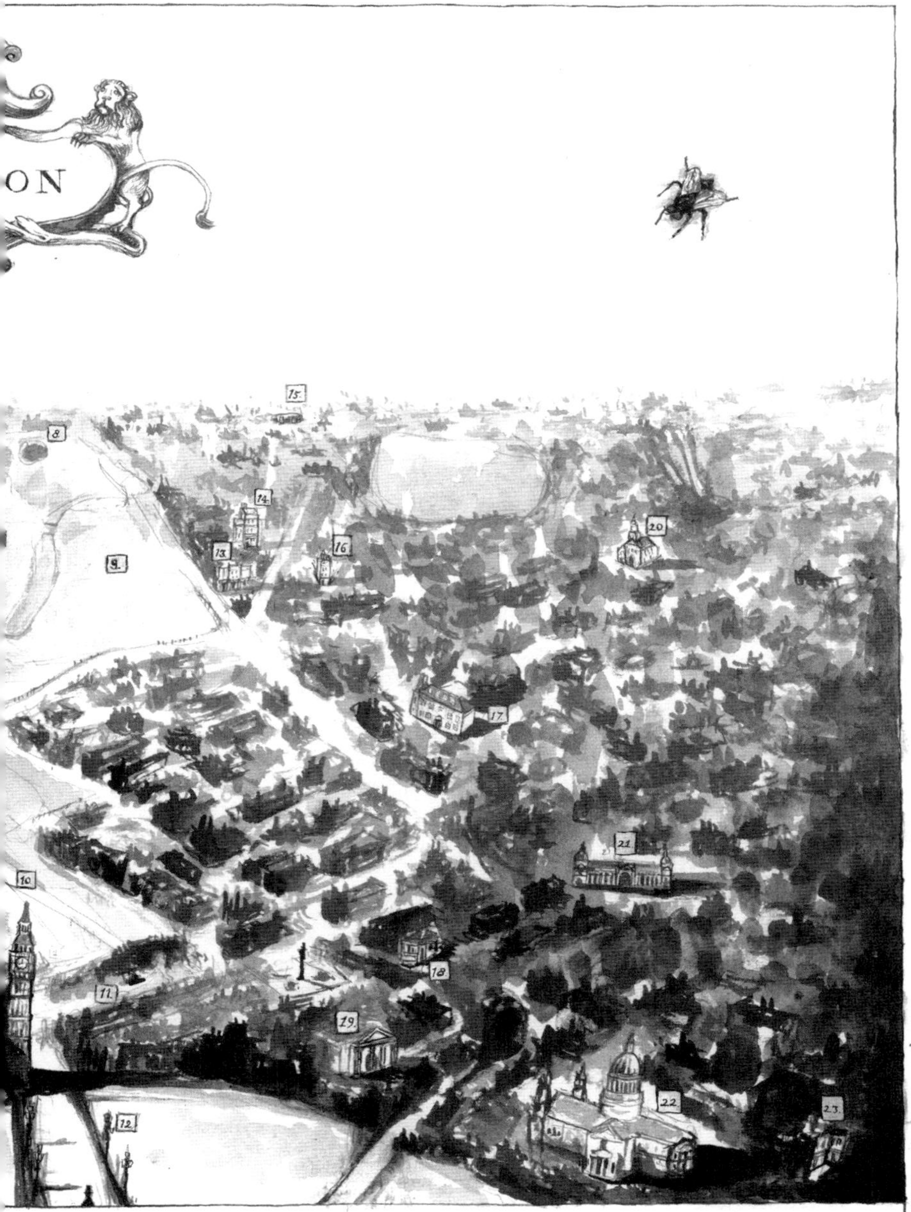

차례

막이 오르다 ················· 15

제1부 바깥에서 들여다보기

1장 | 침실 창가에서 바라본 관찰 기록 ············· 21
2장 | 런던 가제트 Ⅰ ················ 34
3장 | 산책길의 관찰 기록 ············· 39
4장 | 런던 가제트 Ⅱ ················ 53
5장 | 거리 맞은편의 저택 ············· 58

제2부 안에서 내다보기

6장 | 런던의 이레몽거 ················ 69
7장 | 단추? ···················· 91
8장 | 혈통 ······················ 98
9장 | 핀처럼 날카롭게 ············· 125
10장 | 밤을 부르는 숙모 ··········· 134
11장 | 어둠 속에서 ··············· 155

제3부 인사이드 아웃

12장 | 강물 ··· **159**
13장 | 비밀의 방 ···································· **169**
14장 | 오물 속에 묻히다 ························ **173**
15장 | 영국 왕실의 쥐잡이 ···················· **181**
16장 | 움직이는 가로등 ························· **189**
17장 | 새로운 동행 ································ **201**
18장 | 양초 공장 ···································· **215**

제4부 아웃사이드 인

19장 | 존 스미스 논-이레몽거············· **228**
20장 | 돔 아래에서······························· **235**
21장 | 런던 시민의 행렬······················· **239**
22장 | 수를 헤아리다··························· **259**
23장 | 흔적을 따라가다······················· **279**
24장 | 그는 나를 사랑한다,
       아니 사랑하지 않는다················ **293**

25장 | 평범한 대갈못 ················· 299
26장 | 런던의 최신 조각상 ·············· 308
27장 | 사물들과 대화하는 소년 ··········· 311
28장 | 촛불 집회 ···················· 319
29장 | 전투 전야의 외침 ··············· 327

제5부 엉망진창

30장 | 런던 가제트 III ················ 334
31장 | 모두 모여들다 ················ 341
32장 | 1876년 2월 8일 ··············· 356
33장 | 어떻게 이레몽거들이 의회를 열었나! ······ 367

이야기의 막을 내리다 ················ 411

마틸다를 위하여

잔인함이 흔하디흔한 자리, 더러운 도시, 돌의 땅, 사람들이 사는 돼지우리, 에덴 밖의 곳, 천국이 아닌 곳, 감염과 배신으로 서로를 살해하는 곳, 불행하고 하잘것없는 사람들, 숨이 막힐 듯한 악취가 밴 석탄 덩이들, 저주받은 음모, 슬럼화된 도시, 바로 이것이 룽던이다.

— 오일룸 이레몽거, 1825년

하늘 위의 새들이 내려다보는 것처럼 런던 전체를 조망한다면, 런던은 그냥 쓰레기의 더미로 보일 뿐이다.

— 헨리 메이휴[1], 1852년

● 1 헨리 메이휴(Henry Mayhew, 1812년~1887년)는 영국의 사회학자이며 문필가로, 〈런던의 노동자와 걸인들〉, 〈런던의 감옥생활〉 등을 주요 저서로 남겼다.

내 주위를 감싸는 위대한 런던의 정신이 좋다. 겁쟁이가 아니라면 누가 이 작은 마을에서 평생을 보내며 자기 능력에 무명의 녹이 슬어가도록 영원히 방치하겠는가?

— 샬럿 브론테, 1853

전반적으로 런던은 가장 있을 법한 삶의 형태를 보여준다.

— 헨리 제임스, 1909

막이 오르다

나는 키 작은 여자를 보았다

1876년 1월 31일
런던의 한 사진가의 진술

내 도시 런던에 악이 찾아왔다.
 어제 아침에 내가 그 악을 목격했고 그 사진을 찍었다. 자, 여기를 보라.
 나는 종종 온슬로우 광장에 있는 발코니에 앉아서 이웃들의 모습과 런던의 일상생활을 촬영하기를 즐긴다. 대개 사람은 쉬지 않고 움직이니까 흐릿한 형체로 찍히기 마련이다. 사실 여러 면에서 나는 사람보다 사물을 촬영하는 것이 더 신뢰할 만하다고 생각해서 정물 사진을 선호한다. 하지만 인물사진은—오, 사람들이란!— 항상 피사체가 움직이니 내 기계에 담을 때는 유령처럼 뿌옇게 인화된다. 자, 이제 악을 목격했을 때, 내 사진이 왜 그렇게 찍혔는지 설명이 될 것이다.
 그때는 댕세컨대 아침이었다. 햇살이 약하나마 시야가 확보될 정도였다. 나는 광장을 촬영하려고 삼각대 위에 카메라를 올려놓고 초점을 맞추고 있었다. 그런데 딸깍거리는 소음에 주의가 흐트러졌고, 그 소음은 점점 가까이, 그리고 점점 시끄러워졌다. 잠시 후에 그 소음이 딱딱한 구두굽이 포장된 자갈길을 걷는 소리라는 것을 알게 되었다. 이윽고 그 소음의 주인공이 나타났다. 그녀는 아주 키가 작은 성인 여자였고, 검은 상복 차림에 검은 부츠를 신고 있어서 평범해 보이지 않았다. 마치 광장에 볼일이라도 있는 듯 위풍당당하고 결연하게 걸어온 그녀는 인도와 정원 사이에 작은 난간에 기대고 섰다. 아까 말했듯 그녀의 체구는 기묘할 정도로 작아서 마치 날 때부터 불의의 사고를 겪은 것 같았다.

그리고 내가 본 것은… 그것은 악이라고 해야 할까?

갑자기 그 여자의 머리가 뒤로 젖혀지더니 턱이 비정상적으로 길게 늘어졌다. 광장에 그 괴생명체의 턱이 딸각 열리는 소리가 메아리쳤고, 카메라를 손보고 있던 나는 때를 놓칠세라 그 장면을 낱낱이 기록했다. 한순간 그녀의 눈에 인광(燐光)이 빛났다는 것을 흐릿하나마 현상된 사진에서 확인할 수 있다. 그리고 뾰족구두를 신은 그녀의 목구멍 깊숙한 곳에서 새카만 어둠이 차츰 뿜어져 나왔다. 램프의 요정 지니처럼 그 어둠은 점점 커지고 짙어졌고, 광장 전체가 칠흑 같은 밤처럼 어두워졌다.

세상의 모든 빛이 갑자기 훅 꺼진 것처럼 나는 완전한 어둠 속에 남겨졌다. 이후 그녀는 뾰족구두 소리를 달그락거리며 광장을 떠났다. 하지만 내가 찍은 이 사진이 그날의 사건을 증명하고 있다.

밤을 뱉어내는 작은 여자. 런던을 찾아온 그 악마를.

제1부

바깥에서 들여다보기

엘리노어 크랜웰과 보면대

제1장
침실 창가에서 바라본 관찰 기록

**런던 웨스트 코노트 플레이스 23번지,
열세 살 엘리노어 크랜웰의 일기**

1876년 2월 3일

며칠 전부터 빛이 사라졌다. 우리는 마치 이 어둠이 자연스러웠던 것처럼 생활하고 있다. 물론 런던에 불빛이 나간 적도 있었지만, 이렇게 오래 캄캄하던 때가 있었을까? 한낮에도 거리의 가스등을 켜 놓고 있지만, 별 효과가 없다. 한 치 앞이라도 보려면 촛불을 켜야 하는데, 사방에 짙게 깔린 어둠에 쉽게 꺼지고 만다. 거리 맞은편에 새 가족이 이사 온 때부터 계속 이런 상황이다.

그들이 이사 온 후부터 거리에 아이들이 놀지 않는다. 어른들도 불안한 듯 걸음을 재촉해서 마치 거리 자체가 저주받은 것 같다.

요즘 창문 밖을 내다보는 이는 나 혼자뿐이다. 다른 집은 창문이 닫혀 있거나 커튼을 내리고 있다. 거리가 아무것도 보지 않으려고 눈을 감고 있는 것 같다.

그래도 나 혼자만은 저 집을 감시 중이다. 절대 멈추지 않겠다.

♠

　내가 사는 거리, 코노트 플레이스는 어느 모로 보나 화려한 구역은 아니다. 가장 좋은 점은 저 남쪽 너머에 하이드 공원의 광활한 녹지가 펼쳐져 있다는 것이다. 지금은 공원 전체가 검은 안개로 뒤덮여서, 베이즈워터 로드에서 세상이 끝난 듯 보인다고 유모가 투덜댄다. 날씨는 더욱 춥고 매서워졌고, 내 침실 벽에는 결로가 생겨 벽지가 들떠 있다. 그런데 그 모든 것이 저들이 이사 온 후부터 시작되었다.

　비밀에 싸인 가족이 이 거리에 도착한 날이 바로 쓰레기 구역인 파울샴은 화재로 초토화된 그날이었다. 아직도 연기가 매캐할 정도인데 그날 밤 얼마나 많은 사람이 죽었는지는 전혀 알려지지 않았다. 파울샴 전체가 전멸하고 잿더미만 남았다는데, 어느 신문도 기사 한 줄 싣지 않았다. 하고많은 밤 가운데 그날 밤에 그 가족이 이사 왔다니, 그저 우연일까?

　맞은편 집에는 인기척이 느껴지지 않는다. 한밤중에 번쩍이는 놋쇠 헬멧을 쓰고 가슴에는 메달을 달고 있는 젊은 남자가 하인들이 통행하는 문에서 나오는 장면을 두어 번 본 적이 있었다. 그때마다 마치 입체적인 그림자처럼 보이는 정체불명의 사람이 그의 뒤를 따라다닌다. 그나마 가스등의 희미한 불빛 아래에 있는 그들을 아주 잠깐 목격한 것이 고작이다. 이런 얘기를 하면, 유모와 엄마는 내게 쓸데없는 상상을 그만하라고 나무란다.

　"저 집에는 아무도 살지 않아. 캐링턴 부부가 별안간 병에 걸려

시골로 요양을 떠나면서 저 집을 폐쇄했지. 빨리 나아서 돌아왔으면 좋겠구나."

"하지만, 제가 봤어요. 저기 사는 사람들이 있어요."

"그만해라, 엘리노어. 엄마는 정말 바쁘거든."

코노트 플레이스에서 저 집이 가장 지저분하다. 마치 쓰레기가 저 집이 마음에 들어 주위를 빙 둘러싼 것처럼 항상 오물투성이다. 몇 날 며칠 계속되는 밤도 어쩐지 저 집이 불러들인 것 같다. 이 어둠은 단순한 어둠이 아니라, 아주 짙고 검은 구름, 꿈틀거리는 가스와 같다. 이 어둠이 물러갈 때까지 방에 숨어 있어야 할 것 같다.

집에 있을 때 내가 풀무[2]를 갖고 다니며 풀무질하면, 저 밤의 구름은 공포에 질려 흩어져 구석진 곳으로 숨는다. 어떤 때는 열쇠 구멍과 틈으로 도망가고, 가끔은 내 침대 밑에 숨어 있다가 내가 일기를 쓰고 있는 동안 살금살금 기어나와 내 어깨 너머를 기웃댄다. 어디에 숨어 있든 그 밤은 까만 얼룩을 흔적처럼 남긴다.

사실 저 밤의 구름이 우리를 정찰하는 것이 아닐까 의심이 든다. 그리고 저 맞은편 집으로 흘러가서 우리의 동향을 보고하는 게 아닐까? 확실히 그곳은 밤의 색깔이 가장 어둡다. 그러니 바로 저 집에서 이 긴 밤이 나와 사방으로 뻗어가는 것이 확실하다. 밤은 우리의 머리카락과 살갗에 스며들고, 우리의 호주머니, 벽난로 선반이나 문 뒤에 숨어든다. 그래서 신발을 신기 전에 반드시 거꾸로 뒤집어 흔들어봐야 한다. 그러면 신발 속에서 아주 작은 먹

● 2 벽난로에 불을 피울 때 발로 밟거나 손풍금처럼 폈다 오므렸다 하면서 바람을 일으키는 도구.

구름이 흘러나온다. 밟아라. 저 까만 구름을 밟아라.

새로운 밤이 찾아오면서, 내 가족, 이웃들, 심지어 내 물건에도 이상한 사건이 일어나고 있다. 다음은 내가 목격한 사건들의 목록이다.

1. 로웨나 대고모

(로웨나 할머니는 코노트 광장의 모퉁이에 혼자 살고 계시는데, 아마 친척 가운데 가장 부유하다. 난 충분히 예절 바른 아이인데도 엄마는 그분께 깍듯이 인사하라고 내게 늘 강조하신다.)

로웨나 할머니는 원인 모르게 몸이 뻣뻣해진다고 호소하신다. 원래 몸이 유연하신 편은 아니었지만, 요새 근육 경직이 심해져서 허리를 구부릴 수 없을 정도라고 한다. 저번 인형들 티 파티에 초대되었을 때, 하녀 프리쳇이 비스킷을 가지러 간 사이에 할머니가 시킨 대로 그분의 한쪽 다리를 조심스럽게 두드려봤다. 마치 나무토막을 두드리는 것처럼 소름 돋는 소리가 났다. "난 나무토막처럼 완전히 뻣뻣해졌어." 할머니가 말했다. "오, 정말 그래요!" 나는 진지하게 대답했다.

2. 학교 교실의 의자들

교실에 있는 학교 걸상은 (보통의 걸상처럼) 다리가 네 개였는데, 지금은 다섯 개다. 언제 어떻게 다리가 하나 더 자랐는지는 알 수 없다. 유모는 원래 그랬다고 주장하지만, 그건 사실이 아니다.

3. 아빠의 면도용 솔

항상 멋지고 부드러웠던 솔이 지금은 검고 두껍고 뾰족한 털이 자라나서 손잡이까지 뒤덮었다.

4. 랜돌프 삼촌

랜돌프 삼촌은 올리비아 핀치와 파혼하기로 했다(다행히 나도 그분이 마음에 들지 않았다). 올리비아가 삼촌에게 처절하게 실망을 안긴 후 유럽의 다른 나라로 떠났다고 엄마는 말하지만, 나는 진짜 이유를 알고 있다. 랜돌프 삼촌은 우유 단지와 사랑에 빠져 항상 들고 다닌다. 심지어 우유 단지에 대고 '내 사랑, 리브'라고 속삭이기도 한다. 이 우스꽝스러운 이름은 삼촌이 올리비아를 부르던 애칭이었다.

6. 글림스포드 부인

(우리 집 가정부인) 그분의 발이 느닷없이 평발로 바뀌었다.

7. 황동 소화기

복도 계단에 있는 소화기의 키가 점점 자라고 있다. 적어도 4인치 이상 커졌다.

8. 내 침실에 있는 보면대

그런데 무엇보다 가장 놀라운 사건은 보면대(譜面臺)가 옆집 하녀라는 의심이 든다.

저 낯선 자들이 이사 온 첫날 밤, 나는 마사를 보내 저 불쌍한 보면대를 가져오게 했었다. 이제 잠시 호흡을 가다듬으며 이 사실을 정확히 기록하는 것이 진정한 자아를 찾는 과정임을 잊지 않으려 한다. 어떻게 그런 일이 가능할까? 사람이 보면대로 바뀐다고?

그날 밤을 떠올려보자. 서커스단처럼 괴상하며, 오로지 회색과 음산함이 느껴질 뿐인 무리가 거리를 걷고 있었다. 그들 가운데 검고 높은 중절모를 쓴 키 큰 노인은 정말 최악이었다. 옆집 하녀가 캐링턴 가족에 콜레라가 유행했다는 사실을 알려주려고 가까이 가자, 그 노인은 그녀를 흘낏 보더니 손가락을 튕겼다. 그러자 그녀가 사람에서… 아, 이 보면대로 바뀌어버렸다. 어떻게 그런 일이! 나는 잠시 일기 쓰기를 멈추고 주기도문을 읊조린다.

주 그리스도여, 이 모든 것이 꿈에 지나지 않기를 소망합니다.

하지만 내가 본 것이 결코 꿈은 아니다.

♠

나는 그 하녀에 관해 물어보러 옆집인 21번지를 찾아갔다.

"실례합니다. 이 집에 하녀를 찾는데요? 작은 키에 토실한 뺨이던데요."

"네? 제니 컨리프 말인가요?" 항상 믿음직스러운 오길비 집사가 말했다.

"아마 그럴 거예요. 혹시 그분을 만날 수 있을까요?"

"글쎄, 어렵겠네요. 사실 제니가 미리 말도 않고 일을 그만뒀답니다. 작은 심부름하라고 보냈더니 아예 돌아오지 않았어요. 은화 몇 닢과 금동 장식 시계까지 없어졌다니까요. 정말이지 우리도 제니 컨리프 양을 만나 대화하고 싶어요."

그렇게 집사와의 대화는 끝났다. 그렇지만 이 보면대가 가엾은 제니 컨리프라는 느낌을 지울 수 없다.

"안녕, 당신이 다시 사람으로 돌아올 수 있다면 얼마나 좋을까요? 남들이 모두 당신을 잊어도 전 잊지 않겠어요."

그렇다고 남들 눈에 유치하게 보일 테니까 보면대를 제니라고 부르지는 않겠다. 하녀 마사는 보면대를 배달해주고 난 후부터 내가 미쳤다고 생각했는지 내 곁에 가까이 오지 않으려 한다. 최근엔 유모도 좀 이상해 보인다. 그녀는 나를 자주 돌보기는커녕, 가죽 커버를 씌운 성경책을 보며 주로 자기 방에서 시간을 보낸다. 그녀는 성경책 없이는 아무 데도 가지 않으려 들며, 성경책과 속삭이곤 한다(그 가죽은 무언가의 피부처럼 보여서 책 커버로 쓰기에 뭔가 적절치 않아 보인다). 친구가 별로 없고 자매도 없이 홈스쿨링을 받는 나로서는 유모와 사이가 멀어진 것이 적잖이 타격이 된다.

이 모든 기묘한 사건들은 거리 맞은편의 새 이웃들 때문이다. 다른 집들도 우리처럼 이런 고통을 겪는지 무척 궁금하다.

눈물 흘리는 모자걸이

감염된 장식 커튼

위안이 되는 주석 나침반

폭발하는 성냥 상자

켄싱턴 가든의 라운드 연못, 가라앉는 보트

파운들링 병원의 새로 수거된 분실품들

제2장
런던 가제트 [3] I

이웃들의 투고

배터시의 한 여인으로부터

복도에 세워둔 행거가 눈물을 흘리기 시작했어요. 처음에는 그냥 우산, 모자, 코트에서 빗물이 떨어졌나 보다 했어요. 그래서 옷들을 부엌 난로 옆으로 옮겨서 말렸죠. 그런데 행거에 아무것도 없는데도 여전히 물이 뚝뚝 떨어지는 거예요. 마룻바닥에 끔찍한 물웅덩이까지 고일 정도로요. 결국 엄마가 선물해준 옷만 남기고, 전부 버려야 했죠.

첼시의 한 하녀로부터

처음에는 대수롭지 않게 생각했어요. 그런데 밤마다 똑같은 일이 반복되니까 모른 채 지나칠 수가 없었죠. 방마다 커튼 장식이 검은색으로 변하고 뻣뻣해졌어요. 아무런 이유도 없이 이렇게 줄어

● 3 런던 가제트(The London Gazette)는 영국 정부가 발행하는 관보로 1665년 첫 창간 이래 영국의 가장 오래된 신문 중 하나다.

들고 시커멓게 변색하였다니, 도통 영문을 모르겠어요. 지금은 커튼에서 썩은내가 나서 온 집안에 악취가 가득하다니까요.

렌스터 스퀘어의 한 젊은 숙녀로부터

어디에서도 그를 봤다는 사람도 없고, 그가 어디로 갔는지 흔적조차 없어요. 내 사랑, 커스버트. 나를 사랑한다고 했던 그의 말은 분명 진심이었어요. 그가 되돌아와서 지난주에 그랬던 것처럼 내 손을 잡아주기를 간절히 소망해요. 지금 저는 동호회 사람들이 그의 방에서 발견한 작은 주석 나침반에서 위안을 얻을 뿐이에요. 친절하게도 그들은 이 나침반이 그의 기념품이 될 것으로 생각했죠. 그는 어디에 있을까요? 어떤 이들은 그가 형편없는 양다리 선수였다고 말했고, 또 다른 이들은 그가 충실한 연인이 아니라고 말해요. 그래도 뜻밖의 사건 때문에 그가 끔찍한 곤경에 빠졌을 수도 있잖아요? 만약 그가 돌아오기만 한다면, 우리 사이는 회복될 거예요. 런던에 다시 햇빛이 비치는 날, 우리가 잃어버린 것들을 되찾을 수 있으리라 믿어요.

해크니의 성냥가게 상인으로부터

어찌 된 일인지 모르겠어요. 하지만 어젯밤에 내 성냥갑들이 모두 못쓰게 되었죠. 가게 안에서 뭔가 움직이는 소리가 들렸지만, 대수롭지 않게 생각했어요. 어쨌든 가게에서 자는 사람들이 다섯 명은 되니까요. 그런데 오늘 아침 날이 밝았을 때, 난 믿어지지 않더군요. 한밤중에 성냥개비들이 자라나서 상자를 뚫고 나왔고, 또 어떤 성냥개비는 아주 하얗고 끈적끈적하고 말랑해졌어요. 아니, 딱딱한 나뭇개비가 아예 고무처럼 축 늘어졌다니까요? 도대체 그런 성냥을 누가 사겠어요? 이제 내 사업은 완전히 파산이라고요.

켄싱턴 가든의 수위로부터

아이들이 호수에서 띄우고 놀던 나무배와 작은 요트가 별안간 무게를 못 이기고 가라앉고 말았어요.

코람 필즈의 파운들링 병원 의사로부터

지금까지 총 7명의 아이가 열병에 쓰러졌다. 각각 진(GIN)이라고 쓰여진 라벨, 주머니칼, 아기 신발, 소쿠리, 그리고 도어매트로 바뀌었으며, 마지막 두 명은 지금 펜촉이 되었다. 아이들은 심한 충격을 받아 더 이상 장난감을 갖고 놀지 않으려 한다. 우는 아이도 있고, 비명을 지르는 아이도 있으며, 무릎 위에 손을 얹고 가만히 있으려는 아이들도 있다. 어린이 합창 음악을 몇 곡 들려주었지만, 아이들을 달래는 데 전혀 도움 되지 않는다.

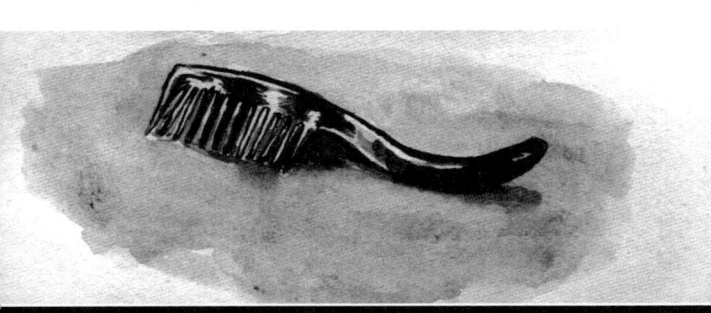

엘리노어 크랜웰의 유모(위)
그녀의 눈썹 브러시(아래)

제3장
산책길의 관찰 기록

**런던 웨스트 코노트 플레이스 23번지,
엘리노어 크랜웰의 일기**

1876년 2월 4일

오늘은 산책하러 집 밖을 나섰다. 아무리 어둡고 공기가 좋지 않아도, 때로는 코노트 플레이스를 벗어난 것만으로 기분 전환이 된다. 에지웨어 로드와 옥스퍼드 로드를 따라 포스터들이 나부끼고 있다. 포스터에는 이런 공지가 적혀 있었다.

중요 공지!
필독 요망!

어떤 경우라도 다울샴 주민을 숨겨주는 행위는 범죄임을 알린다.
이들을 숨겨주거나 조금이라도 가담한 자는 법에 따라 엄중 처벌을 받게 된다.
파울샴포를리칭엄 주민은 즉각 격리된다.
파울샴포를리칭엄 출신의 생존자와 사망자를 봤거나 접촉한 사람은
런던 경찰에 즉각 신고해야 한다.
아주 심각한 **감염** 위험이 있음을 경고한다.

거리 아래에도 새로운 포스터가 붙어 있었다.

가급적 다른 장소를 방문하는 행위를 자제할 것
가능한 집에 머무르고,
낯선 사람과 일체 대화하지 마시오.
비누로 자주 씻고,
문을 잠그고 창문 보안을 점검하시오.
감염 위험을 경고함.

포스터가 너무 많아서 반드시 지켜야 하는 공지 사항들도 많았다. 거리는 아주 조용했고, 순찰 중인 경찰들이 꽤 많았다. 이윽고 경찰 한 명이 내게 다가왔다. 그의 흰 제복 바지에는 진흙이 묻어 있었고 모자도 흠집투성이였다.

"이봐, 지금 뭐 하고 있지?"

"안녕하세요, 경관님. 저는 산책 중이에요."

"집에 돌아가라, 얘야. 밖에 돌아다니는 건 안전하지 않아."

"전 어린애가 아니에요. 벌써 13살인걸요. 그런데 왜 안전하지 않다는 거죠?"

"끔찍하고 나쁜 파울샴 사람들이 탈출했어."

"정확히 어떤 점이 나쁘죠?"

"병에 걸렸으니까. 그들과 접촉하면 안 되고, 가까이 가도 안 돼."

"만약에 파울샴 주민과 접촉하면 무슨 일이 일어나죠?"

"그야말로 네 무덤을 파는 거야. 감염 위험이 매우 큰 건 확실해."

"그들이 뭘 잘못해서 쫓기게 된 거죠?"

"그들은 부랑자들이고 외부에서 흘러온 오물이야. 병에 걸렸다는 사실만으로도 도시에서 쫓아낼 명분이 있어."

"왜 그렇게 두려워하세요? 병에 걸리면 어떻게 되나요?"

"그 열병은 콜레라보다 감염률이 높다더군. 우리 모두 쓰레기로 변할 거야. 애야, 빨리 돌아가서 당분간 외출은 삼가는 게 좋아."

그때 나는 경찰에게 이웃에 대해 신고해야겠다고 생각했다. 침묵은 옳지 않다.

"잠깐만요. 저희 이웃이 수상해요. 언뜻 보면 폐가처럼 보이는 집에 살고 있지만, 어느 밤 제가 놋쇠 헬멧을 쓴 사람을 목격했어요. 어쩌면 두 명일지도 몰라요. 두 번째 사람은 어두운 그늘에 숨어 있어서 장담할 수는 없지만요. 그들이 햇빛이 사라진 원인인가요?"

"허튼소리 하지 말고 제발 집에 가렴."

"제 말을 믿지 않네요, 그렇죠?"

"물론이지. 어쨌든 우리가 치안을 맡은 이상 결국 파울샴 녀석들을 모두 찾아낼 거야. 집에 가서 쓰레기나 치우렴. 요새는 쓰레기에 빠져 죽은 사람들도 있다니까. 일단 쓰레기 더미에 빠지면 살아남기 힘들대."

"그것도 소문인가요?"

"아니, 그건 내가 직접 목격했어."

불현듯 그의 목소리에 슬픔이 느껴졌다.

나는 집으로 돌아가기로 마음먹었지만, 곧장 간 것은 아니었다.

♠

베이즈워터 로드에는 더 많은 경찰이 순찰하는 가운데 부랑자 한 사람이 붙잡혀 끌려가고 있었다. 과연 저 사람은 어떤 잘못을 저질렀을까? 이 근처를 배회했던 죄밖에 없을 텐데. 집을 소유한 우리가 피난처 없는 불쌍한 사람들을 외면하고 감옥으로 보낸다니. 앞으로 저들에게 무슨 일이 있을까? 우리의 거리보다 더 어두운 곳에 어떤 비참함이 기다리고 있을까?

공원에 가니 아이들이 노래를 부르며 노는 광경이 보인다. 여전히 평범한 삶이 남아 있는 것일까?

> 밤처럼 까만, 죽음처럼 검은,
> 네 입에서 악취가 나네
> 네 아빠는 사라졌고
> 네 엄마는 죽었고
> 네 여동생은 온통 까만 반점이 가득하지
> 저리 가, 죽어버려! 저리 가, 죽어버려!
> 밤이 오고 태양은 달아났네!
> 네 침대 끝에는 크고 뚱뚱한 쥐가 있다네!

아이들이 노래 부르며 한 바퀴를 돌면서 다른 아이의 등을 깡충깡충 타고 넘으면, 그 아이는 끔찍한 경련을 일으키며 쓰러져 죽는 척했다. 나는 손을 흔들며 인사했지만, 아이들은 게임에 정신이 팔려 나를 못 본 것 같았다.

♠

이날 아침 유모가 우리 집을 떠났다. 아침이라고 생각하지만, 사실 종소리를 들은 게 아니라면 날이 밝았는지 알기 어려웠다. 어쨌든 유모는 누구에게 알리거나 메모를 남기지 않고 떠났다. 유모의 방은 어제와 똑같았고, 심지어 몇몇 소지품도 그대로 둔 채였다. 아, 하마터면 깜박할 뻔했는데, 유모의 방에는 처음 보는 눈썹 브러시가 떨어져 있었다. 유모가 최근까지 종종 자신의 서랍을 구경시켜 줬기 때문에, 내가 모르는 유모의 소지품은 거의 없다고 해도 틀린 말은 아니다. 아무튼 그녀를 나를 버리고 말도 없이 떠났다.

"그러면 난 이제 유모를 만나지 못하나요?" 내가 물었다.

"글쎄다, 아마 그녀는 이 집에서 행복하지 않았나 봐. 혹시 네가 무슨 말을 했니, 엘리노어? 엄마가 모르는 일이 있었을까?" 엄마가 내게 말했다.

"아뇨, 전 그냥 유모에게 거리 건너편의 이웃들이 이상하다는 말만 했어요."

"그렇다면 네가 유모를 놀라게 했나 보다. 엘리노어, 넌 때때로 지나친 상상을 해서 사람들을 놀라게 하거든. 어쨌든 지금은 너도 유모가 없어도 될 나이인 것 같구나."

아니다. 유모가 떠난 것은 나 때문이 아니라 음침하고 소심한 새 이웃들의 잘못이다. 그들이 온 후, 모든 것이 바뀌었다. 내 말은 엄마도 유모도 믿지 않았고, 아빠는 빙그레 웃을 뿐이다. 그러니까 나 혼자서 저들과 맞서야 한다.

우리 집 소화기가 3인치 정도 더 커진 것 같다. 게다가 이제 계단 난간 쪽이 아니라 내 침실 문 옆에 있다. 누가 소화기를 옮겨놓은 걸까? 주방에서 요리사를 돕는 앤 벨몬트가 증언하기를 거리를 배회하던 사나운 사냥개가 맞은편 집으로 들어가는 것을 봤다고 했다.

1876년 2월 5일

오늘은 새로운 소식이 있다! 또 새 이웃 한 명을 만났다! 3층 창가에서 커튼 틈으로 밖을 내다보던 젊은 남자를 오늘까지 두 번, 아니 세 번째 목격했다. 그는 가르마를 탄 흑발에 눈 밑에는 다크 서클이 가득했다(그를 자세히 보기 위해 엄마의 오페라글라스를 꺼내 썼다). 잠옷 차림인 걸 보면, 병자일지도 모른다. 내가 손을 흔들어 인사했을 때, 아주 짧은 순간 그의 손가락이 살짝 까닥였다. 거의 알아차리기 힘들 정도로 섬세한 동작이었지만, 적어도 그가 나를 봤다는 것은 분명했다.

그는 나를 향해 촛불을 들었고, 나 역시 촛불로 신호를 보냈다.

그에 관해서는 아무에게도 말하지 않았다. 사실 말해봐야 내가 또 거짓말한다고 말할 테니까. 그러니 그 사람은 나 혼자만의 비밀이었다.

  마지막으로 그가 창가에 다가왔을 때, 나는 힘차게 손을 흔들었다. 하지만 얼마 안 되어 그는 자리를 쫓기듯 떠나야 했고, 대신 이마와 눈이 창틀에 겨우 닿을 정도로 작은 남자의 정수리가 나타났다. 어찌나 볼록하고 휘둥그런 눈동자로 나를 뚫어지게 봤던지 시선을 피할 수밖에 없었다. 잠깐 후 돌아봤을 때, 커튼이 내려져 있었다. 그 후로 창문은 다시 열리지 않았고, 젊은 남자도 더는 보이지 않았다.

♠

거리를 건너 저 집의 대문을 두드리기로 했다. 저 집에 사는 가족의 존재를 증명할 것이다. 아마 저 집에 숨은 사람들이 수백 명은 넘을 것이다. 우선 내 가족이 잠들 때를 기다렸다가 몰래 나갈 것이다. 만약 내가 돌아오지 못한다면, 가족들이 나를 찾을 수 있도록 이 메모를 남긴다.

  지금 간다.

  자, 숨을 크게 들이마시자. 이제 갈 것이다.

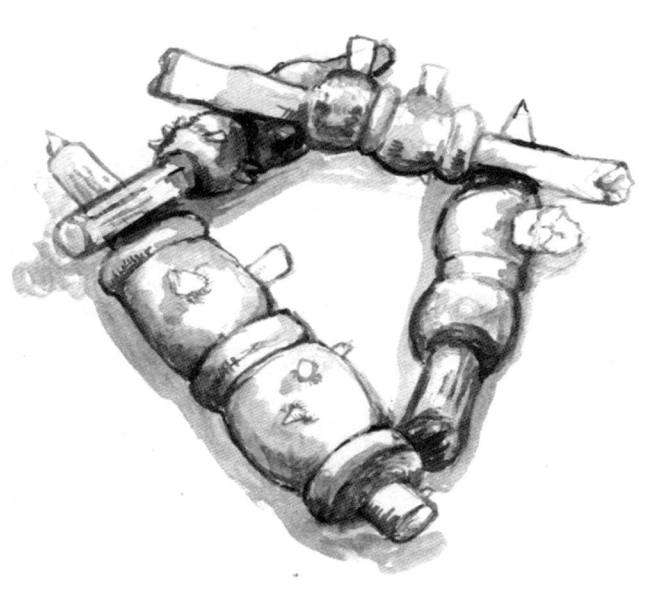

사용할 수 없게 된 크리켓 배트

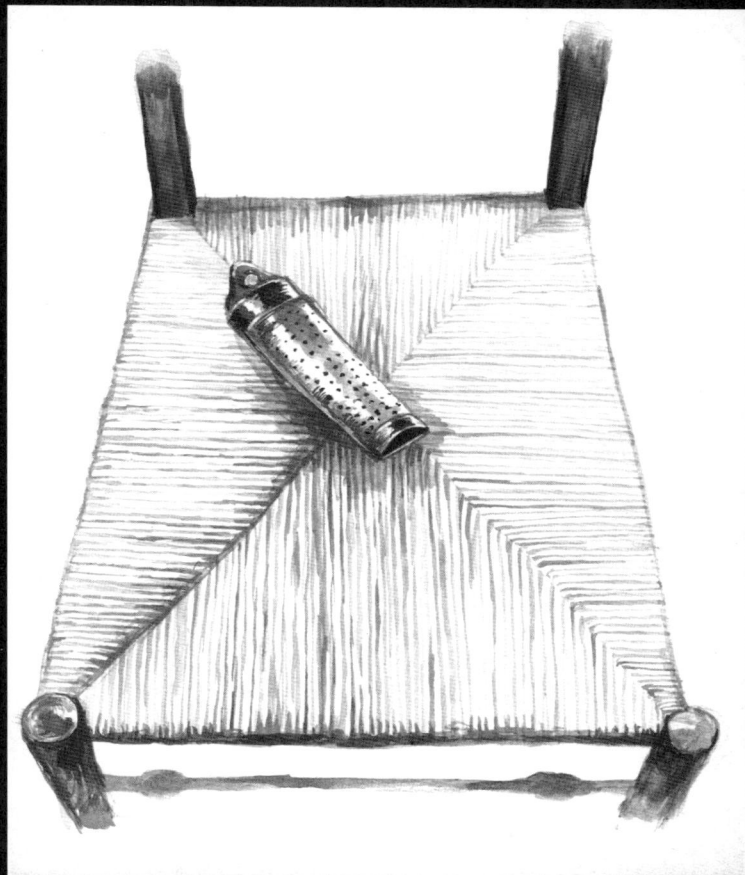

갑자기 나타난 넛맥 강판

극장 대기실에 있는 배우 헨리 어빙

스미스필드 정육 시장의 이상한 방문자

천연두에 걸린 지구의

제4장

런던 가제트 II

런던 각지에서 들어온 투고들

메릴본의 왕립 크리켓장 관리인으로부터

밤새 12개의 크리켓 배트에 털이 자라났다. 크리켓 스텀프 세트 5개가 빗자루처럼 길어지거나 검게 변해서 교체해야 했다. 나무 베일 세트는 이빨이 자란 것으로 보인다.

해머스미스의 커피가게 주인으로부터

내 아내가 견과류를 가는 강판이 되었어요. 저는 알 수 있어요. 집에 왔는데 의자에 그녀 대신 강판이 있었어요. 오, 마가레트. 도대체 어떻게 된 거야, 자기야?

웨스트엔드 리세움 극장의 무대 매니저로부터

연극 『오델로』에서 소품으로 사용한 손수건이 자꾸 엉뚱한 자리에 놓여 있어요. 어떤 무대설치가는 손수건이 박쥐처럼 날아다니는 것을 보고 잠자리채로 잡으려다 손을 깨물렸다고 주장하고 있어요. 손수건을 교체해도 똑같아요. 어제는 별안간 배우들의 대기실에 나타났다는 신고가 있었죠. 극단 사람들은 크게 동요해서 공연을 대실패로 돌아갔고, 개중에 사망사건이 있었다는 의심도 있어요. 무어인 역을 맡은 어빙 씨는 얼굴이 아주 까매져서 다들 깜짝 놀랐죠. 특히 그가 데스데모나를 살해하는 모습은 여태껏 무대에서 본 장면 중 가장 혐오스러웠다니까요.

베스날 그린의 굴뚝 청소부로부터

우리는 굴뚝에서 검댕과 씨름하는 게 일상이죠. 그런데 뜻하지 않은 적을 만났다고 할까요? 굴뚝들이 전부 온갖 쓰레기와 폐품들로 꽉 막혔으니까요. 아마 집 아래에서 굴뚝 연도를 타고 기어오른 듯해요. 굴뚝을 청소하기 전에 먼저 지붕에 올라가서 굴뚝 속 냄비를 꺼내야 할 판이죠. 수백 개나 되는 물건들이 어떻게 굴뚝 안에 들어갈 수 있을까? 짓궂은 장난이라 보기엔, 무려 420개나 되는 굴뚝이 막혀 있다고요. 그렇게 꽉 막힌 굴뚝 아래서 불을 피울라치면, 순식간에 온 집에 검은 연기가 가득 차서 다들 질식할 거예요. 게다가 불을 제때 끄지 못한다면? 집 전체가 화염에 휩싸일 수도 있죠. 내가 확인한 것들만 420개나 된다면, 런던에 문제 있는 굴뚝들이 얼마나 많을까요?

스미스필드 정육 시장의 일꾼으로부터

런던 사람들은 정육업자가 일하는 광경을 구경하고 각종 고기를 골라 사려고 우리 시장까지 찾아오죠. 보통은 누가 시장에 오는지 전혀 신경 쓰지 않는데, 그날 아침에는 구경꾼들 사이에서 이상한 개 한 마리를 봤어요. 그레이트데인 품종의 사냥개인데, 아주 못생기고 성질 사나워 보이는 데다가 신기하게도 놋쇠 고리를 코에 달고 있더라고요. 개 주인 역시 범상치 않았어요. 대머리에 기이하고 뾰족한 긴 코, 특히 귀도 짝짝이라서 한쪽 귀는 늙고 주름지고, 다른 쪽 귀는 아기 귓불처럼 작았죠. 더군다나 그는 우산을 팔에 걸친 꽤 말쑥한 신사 차림이었답니다. 아무튼 그 작은 남자가 내게 다가와서 말했어요.

"나는 죽은 돼지 한 마리를 통째로 사고 싶다네. 옮기는 건 내 개가 할 거요. 아가씨, 이 돼지를 내 개의 등에 잘 묶어 주시오."

"네?"

그렇게 나는 돼지를 등에 업은 거대한 사냥개를 보게 되었죠! 그 남자는 흥정이 끝난 후에 돼지를 나르는 개와 함께 어둠 속으로 사라졌어요. 마치 그런 일이 세상에서 가장 평범한 일인 것처럼 말이죠.

물론 런던은 대도시니까 으레껏 이상한 사람들이 항상 있죠. 그러니까 어떤 사람이 개를 시장바구니처럼 쓴다고 해도 대충 장단만 맞추면 되는 일이죠. 그런데 정말 이상한 사건은 우리가 가게로 돌아온 다음부터 시작되었어요. 우리 가게뿐만 아니라 스미스필드 시장에서 파는 육류가 지독하게 썩어 버렸어요. 전부 오래된 냄새와 부패로 파리가 들끓고, 전에는 선홍색이던 육질이 지금은 암갈색, 황토색, 초록색으로 더럽게 변했어요. 색깔도, 냄새도 모두 쓰레기 더미에서 막 꺼내 온 것 같았어요.

그날부터 스미스필드 시장에서 쓸 만한 고기를 찾기가 힘들어요. 만약 신선한 고기를 원한다면, 뉴게이트나 리든 홀의 시장을 찾아가세요. 차라리 가금류를 고르는 것도 좋은 방법이에요.

버킹엄 궁전의 궁내차관,
브레드달베인 후작이며 정의롭고 영예로운 스튜어트 경으로부터

접견실에 놓여 있던 지구본—예카테리나 2세 여왕이 가족에게 보낸 선물—이 색이 변하기 시작했다. 특히 눈물 흘린 듯한 자국이 생겨 국가명을 제대로 읽기 어려울 정도다. 지브롤터는 이제 부어오른 혹처럼 보이고, 인도는 아주 심한 발진으로 뒤덮였다. 바로 어제까지만 해도 멀쩡했던 세인트 헬레나 섬이 부스럼 딱지가 생기더니 지구본에서 떨어져 나갔다.
　마치 대영제국의 전 영토가 위협에 처한 듯하다.

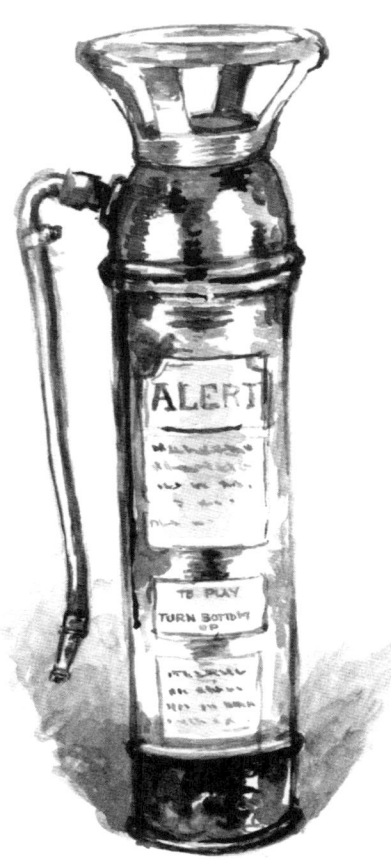

제5장
거리 맞은편의 저택

런던 웨스트 코노트 플레이스 23번지,
엘리노어 크랜웰의 이야기가 마무리되다

1876년 2월 6일

내가 집을 나섰을 때는 자정이 조금 넘은 시각이었다. 마룻바닥이 삐걱대는 소리나 대문을 여닫는 소리가 나지 않아서 몰래 나가기가 예상보다 수월했다. 잠시 후에 다시 집에 들어가기 쉽도록 빗장은 살짝 열어젖힌 채로 두었다.

거리에는 인적이 없었고, 가로등은 불빛이 흐릿해서 어두운 물에 잠겨 있는 듯했다. 누구의 눈에도 들키지 않고 건너편의 집까지 갈 수 있었다. 거리에는 쓰레기가 사방에 나뒹굴고 있었고, 웅덩이가 군데군데 패여 있었다. 이렇게 지저분해지는 동안 거리의 청소부는 아예 이곳에 나타나려 하지 않았다.

맞은편 집의 현관 앞 계단에도 온통 파리떼가 달라붙은 축축한 쓰레기가 뒹굴고 있었다. 그러니 사람들이 이곳에 아무도 살지 않는다고 생각나는 것도 당연할 것이다. 하지만 그건 사실이 아니다. 그들이 저 안에 있다는 것이 분명하다. 갑자기 감기라도 걸린 것처럼 오싹해진다. 그 집에 가까이 갈수록, 뭔가 끔찍하게 잘못된 느낌이 든다. 잔혹 범죄의 현장에 와 있는 듯, 누군가 학대당하는 장면을 목격하는 듯 불쾌한 기분이 들었다.

용기를 내려 다짐하면서 열쇠 구멍을 들여다봤지만, 너무 어두워서 아무것도 보이지 않았다. 나는 현관 앞에 달린 황동 도어 노커를 두드렸다. 쨍그랑거리는 금속음이 얼마나 슬프게 울려 퍼지던지, 마치 문을 두드린 내게 불평하는 것 같았다. 넌 문을 두드리지 말았어야 했어. 장담하건대 너는 후회하게 될 거야.

대답이 없자 나는 떨리는 손으로 문을 살짝 밀어봤다. 특별히 힘을 준 것도 아닌데, 현관문이 스르륵 열렸다.

저택 안에는 아무도 보이지 않았다. 우리 집과 거의 똑같은 구조인데, 먼지와 오물이 켜켜이 쌓여있다는 점만 달랐다. 마치 한 번 더 강조하려는 듯했다. 여기에는 아무도 살지 않아. 그냥 너의 착각일 뿐이야.

"여보세요. 누구 없어요?"

나는 들릴락 말락 속삭였다. 너무 떨리고 목이 잠겨 제대로 소리를 낼 수 없었다. 아무 반응이 없었다.

"이봐요. 거기 누구 없어요?" 이번에는 좀 더 크게 말했다.

"없어요? 없어요? 없어요?"

어두운 복도를 따라 방금 내가 한 말이 메아리쳤다. 고작 몇 걸음 앞부터 은통 깊고 진한 어둠에 잠겨 있다.

"내 말이 들리나요? 내 이름은 엘리노어 크랜웰, 거리 맞은편에 사는 이웃이에요. 여러분들을 만나 보고 싶어서 찾아왔어요. 다들 안녕하세요?"

역시 반응은 돌아오지 않았다.

"분명히 여기 사람들이 사는 걸 봤어요. 전 황동 헬멧을 쓴 남자도 봤고, 어떤 하인은 큰 사냥개를 봤다고 하더군요. 그리고 잠옷을 입고 있는 위층 남자에게 손을 흔들었더니 그도 제게 손을 흔들었어요."

그때 집안 깊숙한 곳에서 뭔가 무거운 물건이 떨어지는 듯한 둔탁한 소리가 들렸다.

"거기 누구죠? 제가 분명히 소리를 들었어요!"

그리고 적막뿐이었다.

"다행히 제겐 촛불이 있어요. 서로 잘 볼 수 있도록 촛불을 켤게요."

나는 주머니에서 챙겨온 양초를 꺼내 어둠을 밝히려고 했다. 그때 수많은 사람이 충격받고 숨을 훅 들이마시는 것처럼 이상한 소리가 들렸다. 나는 성냥을 긋고 촛불을 켰다. 그런데 조사에 도움이 되기는커녕, 촛불의 일렁이는 불꽃에 그림자가 아주 위협받고 불행한 듯 너울지며 춤출 뿐이었다. 별안간 바람이 휙 스치고 지나가나 싶더니, 머리카락이 뾰족하고 털이 복슬복슬한 생명체가 나를 스쳐 간 듯했다. 아주 잠깐 퀴퀴한 냄새가 풍겼다.

"안녕하세요. 겁먹지 말고, 이리 나와보세요."

저 위층의 층계참에서 뭔가 움직이는 기척이 느껴졌다. 층층이 있는 계단 위에서 여러 시선이 내가 무엇을 할지 숨을 죽이며 기다리는 것 같았다.

"내가 무서운가요? 아니면 다쳤거나 아픈가요? 도와줄까요?"

무언가가 털썩 떨어지고 계단 통로를 따라 쿵쿵거리며 내려오더니 가속도가 붙어 내가 서 있는 자리 주위로 굴러왔다. 그리고 도자기 접시가 산산이 부서졌다. 촛불을 비춰보니 그릇의 파편 조각들이 아주 말끔하게 차곡차곡 쌓여 있었다. 어떻게 이렇게 잘 굴러떨어질 수 있을까? 게다가 내가 촛불을 들고 움직이자, 파편 조각들이 찰칵거리며 멀리 흩어졌다. 어느새 한 조각도 남김없이 멀리 어둠 속으로 다시 갈아났다. 어떻게 이런 일이 가능할까?

"혹시 다쳤다면 내가 도와주고 싶어요. 어서 나와 보세요."

나 스스로 얼토당토않은 말을 이해하려고 애쓰면서 나는 천천히 걸음을 옮기며 계속 말을 걸었다. 그때 계단을 쿵쾅거리는 소리와 함께 접시, 컵, 접시, 찻주전자 등 더 많은 그릇들이 내게로 굴러왔다. 비록 나를 맞추지는 못했지만, 모든 것을 파괴하려는 폭풍우가 들이닥치듯 위협적이었다.

"그만! 그만 던져요."

나는 문 쪽으로 뒷걸음치며 소리쳤다. 이 집의 사물들은 쥐, 곤충, 사람처럼 생명력이 있으며, 정체 모를 무엇이 이 집의 수뇌부처럼 그 사물들을 통제하고 있었다.

복도에 불현듯 의자가 나타났다가, 내가 다가가자 말 달리듯 다른 방으로 도망친 후 문을 쾅 닫았다. 그와 동시에 나도 열린 현관문을 향해 드망치기 시작했고, 방마다 문이 모두 열리면서 자질구레한 물건들이 마구 쏟아져 나왔다. 그리고 바로 옆에서 누군가의 열기가 느껴졌다. 심지어 그것이 내 촛불을 훅 불어 꺼버렸다.

어둠. 잠시 조용했다가, 부서진 도자기 파편들이 나의 정강이를 긁어댔다. 그것들을 쫓아내려고 주머니에 넣어둔 성냥 상자를 꺼내 들자, 내 의도를 알아채기라도 한 듯 사방에서 나를 쿡쿡 찌르고 옷을 잡아당겼다. 내가 무사히 촛불을 켜지 못했다면, 무슨 일을 당했을까?

아, 비로소 그들을 보았다. 수백 명이 넘는 이들이 어둠 속에 숨어서 고개를 빼꼼 내밀거나 딱정벌레 떼처럼 쉬쉬하며 은밀히 움직이고 있었다. 그들의 얼굴은 어딘지 모르게 잘못되어 있었다. 축 째진 누런 눈동자에는 이상한 속임수와 왠지 모를 공포가 가득 차 있었다.

"저것을 꺼내! 당장 내 집에서 내쫓아!"

화가 난 노파가 소리 지르는 외침이 들렸다. 그러자 그들은 우르르 계단과 복도를 내려오면서 나를 향해 물건들을 던지기 시작했다. 끔찍하게 쪼그라든 노파가 나를 향해 던진 신발을 피하느라 촛불이 꺼졌다.

"더러워! 이 집에 저런 오물을 들여놓으면 안 돼. 빨리 잡아! 밟아버려!"

노파의 외침에 이어 너무 많은 소음과 부산한 움직임이 내 뒤에서 들려왔다. 유리, 도자기, 나이프와 포크, 못들이 휙휙 날아오는 가운데, 나는 숨을 헐떡이며 현관문을 뛰쳐나갔다.

현관 앞에는 전에 못 보던 여우가 도사리고 있었다. 지저분한 회색 여우 한 마리가 나를 향해 바늘처럼 뾰족한 송곳니를 드러내며 으르렁댔다.

"엄마! 아빠! 제발! 살려줘요! 저를 도와주세요!"

나는 모두를 깨우려는 듯 내내 비명을 지르며 집안으로 뛰어들었다. 꾸지람을 들어도 좋았다. 나를 도와줄 사람을 만나야 했다. 그런데 우리 집에서 내게 대답해 주는 이가 없었다.

"누구 없어요? 제발! 도와줘!"

침묵이 계속 흘렀다. 나는 부모님 침실로 뛰어 올라가 스위치를 더듬으며 가스램프에 불을 붙였다. 익숙한 가스 냄새가 풍기자, 평소처럼 안심이 되었다. 하지만 곧 가스램프의 불빛 아래서 나는 깨달았다. 엄마 아빠는 보이지 않았고 침대에 원래 없던 물건이 있었다. 나는 구겨진 시트를 제쳤다. 침대에는 시계판도 시침도 없는 벽시계 두 개가 놓여 있었다. 그중 하나는 다른 하나보다 훨씬 컸다. 누가 시계를 갖다 놓았지? 나의 부모님은 어디에 있을까?

"오, 이건 말도 안 돼! 지금 당장 멈춰야 해!"

울음을 터트리며 위층으로 올라간 나는 다락방, 하인들의 방 할 것 없이 방마다 쾅쾅 문을 두드렸다. 하지만 침실에는 아무도 없었다. 사람이 누워있어야 할 자리에 대신 이상한 물건들, 체스판, 초인종 벨, 욕실 슬리퍼, 쥐덫, 카펫, 꽃병 등이 있었다.

"일어나, 일어나!"

그 말은 다름 아닌 나 자신에게 하는 말이었다. 지금 나는 꿈속에 있고, 내가 침대로 돌아가 아침에 다시 깨어날 때는 예전과 똑같은 생활이 펼쳐질 것이다. 그러니 침실로 돌아가서 이상한 사건들이 끝날 때까지 기다리면 될 것이다. 과연 그런 날이 다시 올까?

거리 맞은편 집은 아무 일도 없었다는 듯 문이 닫혀 있다. 나는 내 침실로 돌아왔다. 그때 나는 바로 그것을 봤다. 소화기가 지금은 내 방 안에 있고, 또다시 키가 커졌다.

제2부

안에서 내다보기

잠옷을 입은 클로드 이레몽거

제6장
런던의 이레몽거

과거에 힙 하우스와 파울샴에 살다가
잠시 길을 잃었으나 지금은 런던에서
가족과 함께 있는 클로드 이레몽거의 이야기가 시작되다

이레몽거로 사는 법

"루시, 루시! 루시! 루시!"

"일어나!"

"루시!"

"입 닥쳐!"

"루시! 루시!"

"리핏!"

내가 또 잠결에 소리를 질러서 모두를 깨웠다고 한다. 가족들은 내게 말한다. 그런 행동은 옳지 않아. 우리는 지금 런던에 있으니 런던 사람처럼 행동해야 해. 그러니까 잠꼬대 좀 작작 해.

그래도 나는 잠이 들면 항상 루시를 찾았고, 잠에서 깨면 파울샴은 저 멀리 있었고 루시는 훨씬 더 멀리 있었다.

이곳은 런던. 평생을 오고 싶었던 곳이지만, 막상 지금의 나는 아무런 위안을 받지 못한다. 나는 클로드 이레몽거, 런던을 떠도는 자. 내 폐와 눈이 런던을 느낀다.

힙 하우스의 침실에 런던 지도를 걸 때만 해도, 감히 내가 런던에 살 수 있으리란 희망을 품지 못했다. 지금 나는 틈만 나면 창문을 열고, 머릿속에 쏟아져 들어오는 소음들을 애써 참으며 런던의 소리에 귀 기울인다. 가족들은 커튼을 열지 말라지만, 나는 런던에 대해 더 많은 것을 알아야 한다.

더 이상 내가 돌아갈 곳이 없다.

내 가족의 집, 불명예스럽고, 검게 타고, 갈라지고, 버림받고, 잊힌 죽음의 장소. 폐막을 알리는 종소리와 함께 무너져 이제는 어디에도 존재하지 않는 집.

루시, 내가 사랑하고, 나를 사랑해줬던 철부지 소녀 역시 그렇게 사라졌다. 얼마나 많은 사람이 생매장되고 불타고 질식되고 내쫓기고 피 흘리며 살해되었는가? 파울샴에 잠긴 신성한 뼈와 잿더미를 건져 올리고 싶다.

우리는 지도에서 아예 지워졌고 멸종했다. 처음에는 도도새, 다음에는 위대한 바다쇠오리, 포를리칭엄 테리어, 그리고 파울샴…. 그런데도 항상 제 살길을 찾는 쥐처럼 나는 여전히 살아 숨 쉬고 있다. 죽은 가족과 이웃을 외면한다면, 그다음에는 내 차례가 될 것이다.

내 숨이 붙어 있는 한, 나는 이레몽거일 것이다.

차라리 이레몽거가 아니기를 소망하며 나 자신을 둘로 쪼개고 싶다. 그러나 내 마음을 눈치챈 가족은 항상 나를 주시하고 관찰

하고 감시한다. 내가 입은 잠옷은 죄수복이나 다를 바 없다. 루시가 없는 세상이라니? 오늘과 내일, 다음 주, 다음 달, 다음 해에도 빨간 머리 소녀가 없다니. 오, 루시는 죽었고, 나는 더 이상 온전할 수 없다.

언제 이 고통이 멈출까? 아니, 절대 멈추지 마.

혼자 있지 말 것

가족들은 수시로 찾아와 나를 불행에 밀어 넣고, 내 분노에 불 지피려 했다. 거의 아무것도 먹지 않는 나에게 그들의 혐오와 증오를 먹이고 싶어 한다.

"누가 우리를 죽였을까? 누가 힙 하우스를 무너뜨렸지?"

"그런 짓을 한 건 당신들이야."

"아냐, 룽던이 한 짓이야."

"런던 말이야?"

"룽던! 앞으로 우리 이레몽거는 런던을 룽던이라고 부를 거야. 그래, 룽던도 자신들이 한 짓을 똑똑이 느껴야 해. 이레몽거 가문을 학살하기 전에 그들이 먼저 멸망할 거야!"

"루시 페넌트." 나는 조그맣게 속삭였다.

"그녀는 죽었어. 룽던이 모든 생명의 맥박을 끊어놓았으니까." 알리쳐 삼촌이 말했다.

"클로드, 우리가 저들을 죽여줄까? 어때, 내 병아리야. 룽던 사람들을 아주 고약한 음악이 흘러나오는 악기로 만들자. 저들이 너의 루시를 죽였잖아, 안 그래?" 이드위드 삼촌이 이빨을 활짝 드러내며 말했다.

"그녀를 살해한 놈들에게 보복해야지." 쌍둥이 형에게 뒤질세라 팁피 삼촌이 나선다. 그는 자신의 수호물인 돼지코 호루라기(알버트 폴링)를 들고 있지만, 지금은 호루라기를 불며 위협할 수 없다. 코노트 플레이스의 저택에 숨어든 후로 우리 가족은 최대한 정숙을 지켜야 한다.

"그렇지만 삼촌들도 루시를 죽이려 했잖아요."

"어쨌든 우리는 무죄야. 룽던이 네 연인에게 한 짓을 봐. 괴물이나 다를 바 없었지. 그러니까 네가 복수를 해야 해."

"클로드, 어떻게 할래? 이레몽거답게 네가 입은 잠옷 값은 해야겠지, 안 그래?" 무어커스가 나를 조롱하며 말했다.

거리 맞은편에 사는 소녀

런던—나는 룽던으로 부르지는 않겠다!—경찰이 우리를 찾으러 수색 중이다. 그들에게 발각되면, 우리의 생명은 사그라들 것이다. 하지만 저들이 엉뚱한 집을 뒤지며 실패를 거듭할수록, 이레몽거의 분노는 더욱 커지고 강렬해졌다. 런던에서는 이레몽거의 존재 자체가 금기이고 불법이다. 우리는 집안에 가득한 세균이다. 그러니 조부모, 이모, 삼촌, 사촌, 하인 등 같은 혈통끼리 뭉쳐서 이 폐쇄된 집에 은둔해야 한다. 런던의 하늘 아래 피비린내 나는 퀴퀴하고 탁한 공기를 마시며, 우리는 잔인한 반란의 음모를 꿈꾸고 있다. 어딘가 정착할만한 곳을 찾아서, 언젠가 집이라 부를 장소를 찾아서. 하지만 그런 곳이 세상 어디에 있을까?

내가 커튼을 젖혀 거리를 내다봤을 때, 거리 건너편 창가에 있던 한 소녀와 시선이 마주쳤다. 그때 위대한 사건이 일어났다. 그 소녀가 나에게 손을 흔들어 주었다. 놀랍고 끔찍한 충격이었다. 런던 사람이 내게 인사하다니! 그 답례로 나도 손을 흔들었다!

오! 길 건너편의 소녀. 아주 조그만 런던 사람.

그런데 며칠 되지 않아 이런 비밀 연락이 들통났다. 리핏은 자기 안의 소리를 조절하는 데 능숙했기 때문에, 난 그가 다가오는지를 미처 알아채지 못했다.

"리핏! 리핏. 리핏!"

마치 힙 하우스의 교실에서 하급생을 괴롭히던 것처럼, 리핏은 내 머리를 벽에 박고 때리고 또 때렸다. 공식적으로 런던 사람과의 소통은 가족의 안전을 해치는 행위로 철저히 금지되었기 때문이다. 그때부터 리핏은 가자미눈을 치켜뜨고 시퍼런 생선 낯짝을 한 채 밤낮으로 나를 감시했다. 그는 아직 말을 제대로 하지 못한다. 너무 오랫동안 자신의 수호물인 재단사 알렉산더 에르크만과 거칠고 험난한 격투를 벌였던 영향에서다. 재단사는 이제 녹슬고 구부러진 편지 칼이 되어 리핏의 주머니에 들어가 있다. 그들은 마치 한 폭의 캔버스를 두고 각자 풍경화와 초상화를 그리기 위해 가로세로 나누듯 한 치의 양보 없이 치열하게 싸웠다.

어쨌든 리핏은 늘 내 곁에 머물러야 한다. 그가 내 수호물(제임스 헨리 헤이워드)를 보관하고 있으니까 말이다.

아, 불쌍한 나의 마개여.

'제임스 헨리 헤이워드, 저임스 헨리 헤이워드.'

교활한 리핏, 노란 눈으로 나를 노려보며 슬픈 사색의 순간을 매번 깨뜨리고야 마는 영혼의 침입자, 나의 영원한 동반자.

"리핏." 나의 개구리 사촌.

"리핏." 밤이나 낮이나 리핏, 나의 손짓조차 가로막는 리핏.

방을 엉망진창으로 만들다

내가 런던 사람과 접촉하지 못하도록 가족들은 내 방 창문에 검정 페인트를 칠하고 창이 열리지 않도록 널빤지를 못질했다. 그리고 사촌 오타와 언리를 보내 그 소녀를 감시하도록 했다. 내가 또 인사를 하려 들면 그 아이를 영원히 침묵시키겠다고 협박했다.

나는 잠옷 차림으로 방에 갇힌 채 밖에 나가지도, 구경하지도 못하고 침묵해야 한다. 하지만 내가 더 이상 견딜 수 있을까?

이 새로운 집, 런던의 아주 작은 부분인 내 방. 이 모든 것을 망쳐버리기로 난 작정했다.

그래서 얼마나 내가 강해지고 무엇을 내가 할 수 있는지를 저들에게 보여줄 것이다!

나는 그을리고 까맣게 탔다. 나는 부러지고 멍들고 짓눌렸고 두들겨 맞고 폭발했다. 그래서 저 사물들을 부수었다. 나는 너무 슬퍼서 내 안에서 솟구치는 슬픔과 우울을 사방에 퍼트렸다. 그러자 모든 것이 낡고 썩고 비참하게 바뀌었다. 내가 벽을 보는 것만으로도, 벽지에서 눈물이 떨어지고 이상한 물집이 잡히고 털이 자라났다. 내가 의자를 보면, 의자의 다리가 바늘처럼 가늘고 길어지고 균형이 기울어졌다. 그래서 의자는 옛 모습으로 돌아가기를 바라며 울고 삐걱거렸다. 이런 짓을 하는 나 자신이 끔찍했지만, 나도 어쩔 수가 없었다. 나와 내 주위의 모든 사물이 끔찍한 실수의 산물이니까. 지금 나는 증오로 똘똘 뭉쳐졌다.

나는 벽지가 싫었다. 그러자 벽지가 물집이 잡히고 검어졌다.

나는 의자가 싫었다. 그러자 의자는 다리가 늘어나며 비명을 질렀다.

나는 침대가 싫었다. 그러자 침대는 뒤틀리고 녹슬었으며 스프링과 충전 솜이 튀어나왔다.

나는 눈에 띄는 모든 사물을 망가뜨렸다. 그런데도 그것들은 결코 내게 소리치거나 반항하지 못했다. 런던의 사물들은 그저 단순한 물건들에 지나지 않았고 목소리를 잃었다. 지금은 사라진 파울샴의 조각들처럼 내게 소리 지르며, 나를 위해 노래하고 손을 내밀지 않는다. 오, 나는 파울샴 조각들의 고통과 불안을 이해했고, 그 최후의 속삭임과 비명을 속속들이 사랑했다. 생존한 우리가 이 런던에 숨어들었을 때, 내게 말을 걸어준 것은 오로지 우리 가족의 수호물밖에 없었다. 그런데 이 새로운 사물, 런던의 값비싼 소유물들은 모두 멍청이에 지나지 않는다. 그래서 상상의 실마리만으로도 나는 거침없이 사물을 움직이고 구부리고 부숴버린다.

나는 클로드, 모든 물체와 사물의 조종자이다.

밤의 목소리들

한밤중에 가족들이 내 방 앞에 모여 숙덕거리고 있다.

"아무래도 클로드가 겪은 불행 때문인가 봐요. 저 녀석이 비참해할수록, 사물들이 미친 듯 춤을 추고 있어요."

문밖에서 이드위드가 속삭이는 소리가 들렸다. 그의 제랄딘 화이트헤드가 얼마나 더듬거리는지, 어쩌면 진심으로 나를 두려워하는 것 같았다. 그리고 그 투덜대는 소리 가운데 아주 소심한 목소리가 들렸다.

'제임스 헨리 헤이워드.'

나의 마개. 제임스 헨리를 가지고 있는 리핏이 지금 방문 앞에 있는 것이다.

"자네는 클로드가 위험하다고 생각하나?"

분명 할아버지의 타구 '잭 파이크'라는 소리가 함께 들렸다.

"그럼요! 제가 맹세라도 하겠습니다." 이드위드가 말했다.

"클로드를 통제할 수 있겠나?" 할아버지가 물었다.

"그건 제 능력 밖입니다." 이드위드가 말했다.

"리핏." 리핏이 내는 소리다.

"좋아, 리핏. 그렇게 하도록 해."

"리핏."

"만물의 주인이시며 이레몽거의 수장이시여! 우리의 절망 속에 핀 거대한 희망이며, 우리 모두의 아버지시여! 현재로서는 모든 것이 불확실한 상황이니까, 그동안—사흘, 단 사흘 후에는 우리 모두 그곳에 있을 겁니다— 각하께서 클로드를 멀리 떼놓는다면 어떨까요?"

"그게 나를 위해서 하는 소리인가?" 할아버지가 화를 벌컥 내며 말했다.

"물론 움비트님도 그를 혹독하게 벌하고 싶으실 테고, 그래야 마땅하다고 저도 생각합니다. 하지만 지금은 클로드가 제정신을 차릴 때까지 내버려 두는 것이 최선일지도 모릅니다."

"이드위드, 사실 나는 그 아이를 결코 사랑한 적이 없었어."

"그럼요, 각하, 과연 누가 그런 녀석을 사랑할 수 있겠어요."

"지금으로서는 각자의 길을 걷는 것도 필요하겠지."

"네. 현명하신 판단입니다. 결국에는 리핏이 우리에게 그를 다시 데려올 겁니다. 그럴 수 있지, 리핏?"

"리핏."

"잠깐만! 아래층에 누가 왔어. 모두 조용히 해라!" 할아버지가 명령했다.

"하지만 대문이 잠겨 있어요." 팀피가 속삭였다.

"그렇지 않아, 바보 동생. 언리와 오타가 언제든 들어와야 하니까 자물쇠를 걸지는 않았어." 이드위드가 핀잔을 주었다.

아래층에 누가 왔다.

이레몽거가 아닌 런던 사람, 새로운 방문객.

"저를 내보내 줘요. 저도 런던 사람을 가까이에서 보고 싶어요." 내가 말했다.

"조용히 해라, 클로드. 지금은 그럴 때가 아니야, 네 침대로 가라." 할아버지가 명령했다.

내가 이 사건을 조용히 지나갈 이유가 있을까? 아니, 나는 방에 있는 사물들에 움직일 것을 명령했고, 사물들은 내 주위를 날아다니며 벽지를 긁어대며 난장판을 만들었다.

"리핏, 당장 저 아이를 조용히 시켜." 할아버지가 명령했다.

그에 대한 대답으로, 나는 화장실 변기를 깨뜨렸다.

그때 아래층에서 어린 소녀의 목소리가 들렸다.

"여보세요! 여보세요!"

"여기요!" 내가 소리쳤다.

"분명히 여기 사람들이 사는 걸 봤어요. 전 황동 헬멧을 쓴 남자도 봤고, 어떤 하인은 큰 사냥개를 봤다고 하더군요. 그리고 잠옷을 입고 있는 위층 남자에게 손을 흔들었더니 그도 제게 손을 흔들었어요."

그 소녀다! 거리 맞은편 집의 소녀!

"여기 위층이에요!" 내가 불렀다.

"리핏, 리핏, 리핏."

그때 리핏이 고개를 가로저으며 내 방에 들어왔다. 그의 오동통한 차가운 손이 내 입을 막았고, 그의 날카로운 손톱이 내 뺨을 할퀴었다. 나는 곰곰이 생각하다가 내 위치를 알리려고 식탁 위의 접시를 움직여 계단 밖으로 던졌다. 하지만 그것으로는 충분하지 않았다. 그래서 집에 있는 도자기와 그릇을 모두 끌어내 아래층으로 굴러가게 했다. 소녀가 다치지 않게 요령껏 굴러가도록 했는데, 그녀는 겁먹었는지 큰소리로 울부짖었.

리핏은 내 정강이를 걷어차고, 주머니에서 약병과 녹슨 숟가락을 꺼냈다. 내가 정신이 멍해지는 가루를 먹지 않으려고 하자, 그는 의자를 불러와(리핏도 물체 조정자였다!) 나를 억지로 앉힌 다음, 한 손으로는 내 코를 움켜쥐더니 다른 손으로 내 입을 강제로 벌렸다.

"먹지 않겠어! 나를 내버려 둬!"

"리핏."

리핏은 정말 강력했다. 그가 숟가락에 담긴 가루약을 내 목구멍에 밀어 넣자, 나는 저항하지 못하고 잠들어 버렸다. 아마 그 뒷수습은 할아버지만의 방식으로 처리했을 것이다.

새로운 능력을 발휘하다

다음 날 아침, 나는 자포자기해서 사물을 닥치는 대로 조종했다. 어찌 보면 일종의 게임 같았다.

영리한 클로드. 사물들의 파괴자.

"저 아이가 또 시작했어요. 이드위드를 어서 불러요."

"클로드가 물건을 부수고, 방을 쑥대밭으로 만들고 있어요."

"클로드, 그만두고 방을 정돈해라!" 계단을 올라온 이드위드가 긴장된 목소리로 나무랬다.

"아니, 난 안 할 거야!" 내가 소리쳤다.

"네가 조용히 하지 않으면, 우리는 발각될 거야."

그에 대한 대답으로 나는 낚싯대를 휘두르듯 꽃병을 내던졌다.

"어떻게 저렇게 난폭해졌지? 그토록 수줍음 많던 아이가."

"너무 순해 빠져서 목소리를 높인 적도 없었지."

"그런데 지금 저 아이를 봐. 얼마나 용감하고 무모한지."

"당신들이 싫어. 당신들의 피부, 머리카락, 고약한 내장들, 노란 눈들, 오그라진 심장들, 룸펜 같은 간과 담즙들, 악취 풍기는 혈관들, 부어오른 머리와 회색 반점들, 마지막 피 한 방울과 1그램 남은 뇌조차 혐오하고 또 저주해."

"클로드. 너는 전혀 통제가 안 되는구나." 주치의인 알리버 삼촌이 말했다.

"내가 당신들의 신체를 전부 해부할 거야." 내가 소리쳤다.

"오, 저 아이의 저주를 들어 봐! 얼마나 강력한 목소리인지!"

"리핏 아래서 특별 지도를 받는다더니, 아주 훌륭해졌는데?"

"제법 물이 올랐어. 아무래도 저 아이가 우리 가문의 유망주가 되겠어!"

흥분하며 떠드는 그들을 보면서 나는 어이가 없었다.

"당신들을 위해선 절대 아무것도 하지 않겠어. 나를 좌우할 수는 없어!"

"과거와 달라졌어. 이제 하나부터 열까지 클로드는 이레몽거 그 자체야."

"문! 너에게 명령한다! 전부 쾅! 쾅! 닫아라! 나의 분노가 드러나도록!"

격분한 나의 외침에 따라 모든 문들이 한꺼번에 열렸다가 쾅 닫히기를 반복했는데, 내 심장, 내 작은 엔진 속에 흑화된 이레몽거의 피가 한꺼번에 터져 나오는 듯했다.

"맙소사, 쟤 때문에 발각될 거야! 경찰이 들이닥칠 거야!"

"조치가 필요해. 저 괴물 아이를 통제해야 해!"

어느새 리핏이 달려와 체인에 달린 제임스 헨리를 마구 휘두르며 벽에 패대기치기 시작했다.

'제임스 헨리 헤이워드! 제임스 헨리 헤이워드!'

"그만해, 리핏! 그건 가문의 규칙에 어긋나잖아." 내가 소리쳤다.

리핏이 내 가게를 마구 깨물었기 때문에, 나는 소란을 멈춰야 했다. 그는 아주 징그러운 미소를 지으며 침이 질질 흐르는 입에서 나의 불쌍한 제임스 헨리를 빼냈다. 문은 더 이상 움직이지 않았다.

"리핏." 최후로 그가 말했다.

말린 완두콩과 황동 메달

아침 식사를 하러 나는 잠옷과 슬리퍼 바람으로 식당으로 내려갔다. 아, 이레몽거들이 식사하는 소음이란! 쩝쩝 씹고 후루룩 마시는 소리, 숟가락을 핥고 축축한 입술을 쩍쩍 벌리는 소리. 오, 분노의 후두엽이 얼마나 요란하게 흔들리는지. 음식을 삼킬 때마다 트림하는 가스가 세상으로 슬금슬금 빠져나온다. 어린이는 재채기하고, 나이 든 여자는 딸꾹질하고, 임신한 여자는 입덧하게 만드는 가스.

그래서 나는 재미를 좀 보기로 했다. 못할 게 뭐 있지? 우선 요리 접시부터 뒤집었다. 음식을 오래되고 퀴퀴하게 만들고 썩은 냄새와 거품을 일으켰으며, 머리카락과 곰팡이가 자라나게 했다. 그냥 요리를 뚫어지게 보는 것만으로도 이런 일들이 가능했다.

"세상에, 포뮬라! 저 음식 좀 봐!"

음식이 저절로 트림한 뒤 구더기를 뱉어냈다. 나는 속으로 생각했다. 저걸 먹어! 포뮬러 이모가 접시 위를 뚫어져라 보더니 기름진 요리 몇 덩이를 손가락으로 퍼 올렸다. 잠시 망설이는 듯하더니, 꿀꺽 삼켰다.

"포퓰라, 먹지 마! 저건 독이야!"

"너무 역겹군."

"오, 세상에!" 포퓰라가 헐떡이며 말했다.

"이런, 숨이 막혔나 봐!"

"저러다 곪거나 펑 터지려나 봐!"

"오, 하나님!" 포퓰라가 목청을 가다듬더니 간신히 말했다. "맛이 정말 좋아요."

그러자 여기저기서 음식을 떠먹는 소리가 들렸다.

"정말 그러네! 너무 맛있어!"

"그래, 고향 생각이 나네."

"로사무드, 감상에 젖는 것은 그만하고 한 그릇 더 먹도록 해."

"지난번에 갈매기를 먹었던 때가 생각나는군."

"솔직히, 나는 살찐 쥐가 먹고 싶어."

"난 절대 룽던 사람들처럼 문명인이 되진 않을 거야." 로사무드가 울며 다짐했다.

"그럼, 머디. 그럴 리가 없어."

"난 룽던이 싫어. 너무 깨끗해."

"냄새도 이상해. 살이 쫙쫙 빠진다고."

"그런데 이건 고향의 맛이야. 클로드, 넌 정말 속이 깊은 아이구나."

식당 저편에서 오밀리가 진흙색 액체가 가득 찬 잔을 홀짝거리고 있었다. 아, 불쌍한 오밀리! 일이 잘 풀렸다면 지금쯤 터미스와 결혼했을 텐데, 그동안 내가 얼마나 무심했던가. 우리는 서로 위로의 달을 나누기 시작했다. 그때 로사무드가 놋쇠 문고리(앨리스 힉스)로 나와 오밀리의 머리를 차례대로 두드렸다.

"젊은 사람들-식탁-에서는-잡담-하지-마." 그녀는 무척 으쓱대며 훈계했다.

"오, 로사무드! 드디어 제정신으로 돌아왔구나!" 다른 이모가 외쳤다.

"고마워, 리보타. 이제 나도 어엿한 엄마니까 젊은이들을 힘껏 가르쳐야지."

"당신 아들은 잘 지내요?"

"글쎄… 비나디트는 지하실의 금속 금고 안에 있어요. 면회 금지이지만, 가끔 내가 들러 금고를 두드리면, 그 아이도 대답으로 금고 벽을 쾅 치곤 하죠."

"참 헌신적인 모성애군요!"

"알다시피, 40년이나 지나서 엄마 노릇을 하려니 퍽 힘들죠. 하지만 비나디트는 죽은 밀크럼과 얼굴이 똑 닮았다니까요."

오, 로사무드 이모와 그녀의 아들 비나디트. 한때 루시에게 키스했던 비나디트. 그녀를 안다는 이유로 그를 돌봐줘야 할지, 아니면 루시의 입술에 키스했다는 이유로 그를 냉정하게 대해야 할지 나는 모르겠다. 더구나 그가 루시를 추억하는 것도 싫었다. 루시의 작은 조각들, 나의 것이 아닌 그만의 기억. 그래서 그때 나는 비나디트와 로사무드 이모 모두 싫을 수밖에 없었다.

제6장 런던의 이레몽거

로사무드의 꾸지람을 듣고 눈물이 그렁해진 오밀리는 무릎 위에 놓인 물뿌리개(페르디타 브레이스웨이트)로 시선을 떨구었다. 그 순간 스위치가 나가듯 마음속에서 불꽃이 튀었다. 로사무드 이모의 떠드는 소리, 지하실에 있는 비나디트, 가문의 규칙을 어기고 제임스 헨리를 괴롭히는 리핏. 이 혐오스러운 친척들에게 나도 똑같이 앙갚음해야지 않을까? 먼저 저 심술궂은 늙은이부터 조용히 시키기로 했다. 눈 깜짝할 사이에 앨리스 힉스가 로사무드 이모의 손에서 벗어나 검은 커스터드푸딩을 뚫고 날아갔다. 마치 난파 직전에 템스강을 거슬러 올라간 제국 전함 테메레르 호처럼.

"내 문고리! 클로드가 한 짓이야!" 로사무드가 외쳤다.

침묵이 흘렀고, 잠시 후 다들 합창하듯 떠들었다.

"그런 짓은 명백한 규칙 위반이야!"

"오, 클로드는 모든 문명의 학살자야."

나는 잠시 숨을 들이켰다가 미소를 지으며 식탁 위의 유리잔들을 산산이 부숴버렸다.

"집안 망신이군! 이드워드, 움비트 주인님을 불러!"

팀피가 호루라기(알버트 폴링)를 불려는 찰나, 나는 손 하나 까닥이지 않고 호루라기를 멀리 내동댕이쳤다.

"내 호루라기! 클로드, 너를 타르 물에 빠트리고 쥐 기름에 튀길 거야. 이 비누 같은 녀석, 내 호루라기를 돌려줘! 회합이 있었던 그 끔찍한 밤에, 내게 선사시대의 닭을 보내 화상을 입혔던 녀석이 바로 너였지!" 팀피가 고래고래 소리쳤다.

"그건 타조였어요! 집 나간 터미스가 아끼던 타조였다고요."

"그런 무서운 짐승이 쓰레기산에서 추락한 주인처럼 끔찍한 최후를 맞이했으니 얼마나 다행인지 모르겠구나." 팀피가 침을 뱉으며 말했다.

"아, 터미스!" 오밀리가 비통해하며 울음을 터트렸다.

분노한 나는 정신을 집중해서 팀피의 호루라기 속에 든 마른 완두콩을 아주 작고 둥글게 상상한 다음, 그것을 움켜쥐고 부숴서 먼지로 만들었다.

"내 호루라기, 내 호루라기, 내 호루라기… 아, 더 이상 호루라기가 아니야!"

마치 장난감이 부서진 아이처럼 팀피 삼촌은 충격에 빠져 말을 더듬다가 목소리가 차츰 높아지더니 통곡하기 시작했다. 무어커스가 의자를 박차고 일어서서 촛대를 들고 나를 덮치려 했다.

"이 구더기, 클로드, 하다 하다 이제 이런 짓까지!"

나는 재빨리 그의 가슴에 달린 메달에 명령을 내렸다. 빛나는 무공메달은 허공에 떠올라 우리 머리 위에서 한 바퀴 회전했다. 그리고 내가 손가락을 찰칵이자, 메달 리본은 불에 타버리고 메달은 웅덩이로 변한 생선 젤리 접시 위로 철퍼덕 떨어졌다.

"너야말로 구더기야, 무어커스!" 내가 소리쳤다.

뒤에서 박수 소리가 들렸다. 처음에는 하인인 줄 알았는데, 알고 보니 무어커스의 수호물인 롤랜드 쿨리스였다. 어찌 된 영문인지 모르겠으나, 어느 날 갑자기 룰랜드는 토스트랙에서 사람의 몸을 되찾았다. 아무리 무어커스가 애원하고 협박해도 절대 사물로 다시 돌아갈 생각이 없었다. 롤랜드 쿨리스야말로 무어커스의 더러운 비밀이었다.

"저 젊은이가 무어커스의 진짜 수호물이야." 나는 롤랜드를 가리키며 소리쳤다.

가족들은 모두 놀라서 동작을 멈췄고, 얼굴이 빨개진 무어커스는 강력히 부인했다.

"아냐, 그건 사실이 아니야!"

"아, 그러셔! 너의 수호물 토스트랙이 바로 이 남자, 롤랜드 쿨리스야!"

"리핏!"

영광과 승리의 절정을 맛볼 새도 없이 나는 입을 다물어야 했다. 갑자기 목덜미가 쭈뼛해졌고, 날카로운 통증과 강렬하게 치솟는 열기가 엄습했다. 리핏이 내 머리에 불을 붙인 것이다! 어렸을 때부터 응접실에서 즐겨 선보이던 리핏의 특별 마술이었다. 머리카락이 타는 악취가 났고, 나는 황급히 물에 적신 냅킨을 덮어썼다. 리핏은 아직 남아있는 내 머리카락을 움켜쥐고 위층 침실로 끌고 갔다.

"아까 얘기는 전부 사실이 아니야!"

무어커스는 황급히 변명했지만, 가족들은 충격과 역겨움에 진저리 치며 그를 피해 물러서고 있었다.

할머니의 행차

할머니가 내 방에 들르셨다. 엉망진창으로 부서진 방을 둘러보고 잠시 몸을 부르르 떨었지만, 곧 내 곁에 나란히 앉았다. 그동안 리핏은 창문턱에 걸터앉아 손가락으로 축축한 침을 묻혀 기름진 가르마를 다듬으며 헤어 스타일을 정돈하고 있었다.

"클로디우스, 여행이 정말 내 취향에 맞는구나. 다락방과 지하실을 오가면 세상이 얼마나 넓은지 알겠더구나."

"할머니, 저도 도시에 나가도 될까요? 런던으로?"

"룽던 말이냐? 클로드, 넌 금세 길을 잃고 사랑하는 가족들과 헤어지게 될 거야. 그래서 네게 잠옷을 입힌 거란다. 자, 똑바로 앉아라. 내 앞에서 그런 자세로 있다니. 아니, 너 말고. 리핏, 네게는 그게 최선을 다해 똑바로 앉은 것일 테니까 말이다. 클로디우스 이레몽거! 아무리 힘들어도 이제 쓰라린 기억은 극복하고 더 이상 징징거리면 안 된다. 지금 넌 사물을 조종할 수 있어. 그렇지?"

"저는 멀리 떠날래요."

"손자야, 네가 마음만 먹으면 산과 도시를 통째로 옮길 수 있어!"

"저는 가족을 위한 일은 절대 하지 않겠어요. 적어도 할머니가 좋아하는 일이라면요."

"말도 안 되는 소리. 너는 시키는 대로 하고 또 기쁘게 그렇게 할 거야."

"아뇨. 제 마음은 바뀌지 않아요."

"애야, 너는 니게 큰 충격을 주는구나. 고대 기념비를 뒤흔드는 일은 해서는 안 돼. 사소한 진동에 무너질지도 모르니까. 건축가라면 한사코 말릴 일이야. 아이리스의 아들아! 네가 내 죽음의 원인의 씨앗이 되지는 않겠지?"

"제가요? 할머니?"

"무엇보다 이레몽거가 되거라, 클로드."

"이레몽거들은 지옥에나 가라고 해요!"

"네 엄마에 대한 기억을 수치스럽게 할 작정이냐?"

"저는 엄마를 본 적도 없어요. 차라리 그 기억에 침을 뱉겠어요."

내 말을 듣자, 할머니는 혈관의 피가 모조리 빠져나간 듯 휘청였다. 하지만 나는 더 이상 할머니와 그분한테서 풍기는 방울양배추 냄새조차 두렵지 않았다.

"우리가 괴물을 낳았구나! 너는 조금의 사랑도 없어!"

"드디어 저를 파악하셨군요!" 내가 말했다.

"클로드가 아픈 게 분명해. 핀을 가져와야 해."

"핀이요? 제 피를 흘리려고요?" 내가 물었다.

"리핏! 리핏!" 리핏이 말했다.

"클로드, 선을 넘었어. 룽던 사람들에게 수신호를 보내고, 가구를 부수고, 가문의 신성한 재산을 훼손했어. 네 사촌을 모욕한 것도 모자라 그의 비밀을 누설했지. 더구나 나한테까지 이토록 무례하게 굴다니."

"저를 어떻게 하실 건가요?"

"우리는 너를 핀으로 찌를 거야!"

"리핏! 리핏!"

"그렇다면 저를 핀으로 찔러 죽이세요. 제발, 어서요!"

할머니는 목청을 가다듬고, 복도 아래에 있는 피그고트 부인을 불렀다. 계단을 쿵쾅쿵쾅 뛰는 소리가 들리더니, 그녀가 들어왔다.

"네, 마님?"

"여기 같은 층에 있는 가족과 하인들은 모두 내보내도록 해라."

"그러면 다른 층이 무척 혼잡할 텐데요, 마님?"

"네 생각을 물어본 적 없다, 피그고트. 넌 하인에 불과해."

"죄송합니다. 즉시 분부대로 하겠습니다."

"이 층에는 리핏만 남을 거야."

"네, 마님."

"어떤 상황에서든 방해받고 싶지 않다. 이렇게 섬세한 작전을 망치면 안 돼."

"네, 마님, 잘 알겠습니다."

"자, 그럼 피날리피를 불러오도록."

금고 안의 비나디트 이레몽거

제7장
단추?

사생아 비나디트 이레몽거의 이야기

비나디트… 그것 … 그리고 베네딕트.

내 이름은 여러 개다. 첫 번째 이름, 비나디트는 엄마가 나를 버릴 때 깡통 조각에 새겨둔 이름이다. 두 번째 이름은 파울샴 사람들이 지어준 말이다. 그들은 항상 나를 쓰레기산의 '그것'이라고 불렀다. 세 번째 이름은 바로 루시가 지어준 이름이다. 베네딕트. 확실히 사랑스러운 이름이야. 오직 한 사람만이 나를 그렇게 불러주었다. 지금 나는 비나디트라고 불린다. 학교에서 처음 단어를 배울 때처럼, 나는 계속해서 연습한다. 비나디트… 하지만 그녀의 목소리로 "베네딕트"라고 불러주던 때가 훨씬 좋았어.

나는 단추가 좋아.

그녀는 나의 단추였어. 내가 그녀를 찾았으니까.

그리고 가족이 나를 비나디트로 부르며 찾아왔을 때, 난 그녀를 잃어버렸어.

이제 나에게 가족이 있어. 대가족. 큰 사랑. 그들은 나를 구슬리고 입 맞추고 쓰다듬고 빗기고 중얼거리고 으르렁거리고 잡아당기고 주먹질한다. 그러면서도 절대 금고 밖으로 나가게 허락하지 않는다. 전부 나를 위해서래. 그들은 줄을 서서 차례로 나를 구경하고 만지고 깨물고 소리쳤어. 사랑이 얼마나 넘치는지. 차라리 예전처럼 그들이 나를 버리고 떠났으면 좋겠다. 하지만 이번에는 밤낮으로 나를 지키고 있고, 나는 그들의 비나디트가 되어야 한다.

가장 자주 나를 찾아오는 아주머니는 본인이 나의 엄마라고 주장한다. 그분의 이름은 로사무드다. 그분은 나를 만지고 달라붙으며 성가시게 군다. 특히 내 뺨을 계속 만지며 나를 아기라고 부른다. "내 아기야, 내 아들아." 그런데 오랜 세월이 지나 나는 더 이상 아기가 아니다. 내가 아기였던 시절에는 엄마가 쓰레기산 속에 나를 버렸으니까. 그리고 비뚤거리는 글씨로 '비나디트'라고 새긴 깡통을 남겨두고 떠났지. 그게 바로 엄마가 내게 했던 짓이야. 이것이 진실이다.

"당신이 날 쓰레기산에 남겨두고 갔어요."

"내 아기, 비나…, 그렇게 세월이 흘렀는데, 이제 네가 다시 돌아오다니 감격스럽구나. 넌 정말 크고 용감한 소년으로 컸어."

"왜 그랬어요, 아주머니?"

"나를 엄마라고 부르렴."

"난 항상 궁금했어요. 왜 그랬죠, 아주머니?"

"제발 비나디트, 내 마음이 갈가리 찢기는구나."

"나는 이해가 안 돼요. 내가 죽을 수도 있었는데."

"오, 빈! 내 인생을 망칠 수가 없었어."

"그래도 난 죽지 않았어요. 나의 땅, 쓰레기산이 내 목숨을 구했어요."

"정말 기적이야, 빈."

"빈은 쓰레기통인데, 왜 나를 그렇게 부르죠? 내가 당신의 쓰레기인가요? 당신은 쓰레기산이 당신을 위해 깡통을 잃어버렸으면 했나요?"

"제발, 비나디트, 엄마도 불행했어. 너의 아빠가 돌아가셨으니까."

"아빠?"

"네 아빠의 이름은 밀크럼이야. 움비트와 옴마발 올리프의 아들로 태어났는데도 너무 착하고 창백하다는 이유로 친척들에게 외면받았지. 그를 강하게 키우기 위해 쓰레기산으로 보내졌는데, 그곳에서 쓰레기에 빠져 익사했어. 일찍부터 그의 배필로 정해진 나는 그 후 과부로 살아야 했지. 저 귀한 후손들한테는 명색뿐인 이모로 말이야."

"아무리 그래도 어떻게 내게 그럴 수 있는지 모르겠어요."

아주머니는 내게 손을 뻗어 나에게 달라붙은 조각들을 떼어낸다. 그 쓰레기 조각들은 항상 나를 찾아서 움직이고, 문이 열릴 때마다 순식간에 내게 달려든다. 양말 뭉치, 실 한 오라기, 신문지 몇 장, 오래된 음식 포장지, 그런 엄청난 쓰레기를 몰고 오는 나는 이레몽거 가족의 새로운 골칫덩이다. 나를 어디에 숨기든, 여전히 쓰레기들이 찾아온다. 한곳에 오래 머물수록, 그 조각들은 더 많이 몰려오고, 결국은 가족들에게 큰 위험이 된다. 그래서 그들은 나를 부엌 찬장에 가두었다가 지금은 대형 냉동창고 안에 데려다 놓았다. 그곳은 정말 춥고, 이따금 아주머니가 찾아와 나를 청소해준다.

하루는 아주머니가 두 팔을 활짝 벌리고 나에게 다가온다. 무엇을 하려는 걸까?

"그러지 마세요, 아주머니! 저리 가! 저리 가!"

"오, 비나디트, 너를 안아주려는 거야."

"그러지 마. 쓰레기들이 화낼 거예요."

"네게 수호물이 있다면 상황이 나아질지도 몰라. 물론 옴마볼 올리프는 이레몽거의 사생아에게 줄 수호물은 없다고 선언했지만 말이야. 하지만, 빈, 네게 수호물이 있다면, 무엇이 좋을까?"

"단추."

"단추?"

"나는 단추가 좋아."

그래서 로사무드는 매일 단추를 가져온다. 하지만 정확히는 그중 어느 것도 내 단추가 아니다. 냉동창고의 문이 열릴 때마다 온갖 조각들과 단추들이 달라붙어 나는 더 커지고 더 둥글어진다. 그것들은 순식간에 파악했나 봐. 비나디트를 찾아오면 곧 쓰레기 산으로의 귀환과 다를 바 없다는 것을.

그래서 위층의 가족들은 나를 받아주지 말았어야 했다고 후회하고 있어. 글쎄, 내가 그런 부탁을 한 적은 없었어. 그들이 무작정 나를 데려왔을 뿐이야. 그런데 그들의 사랑은 예전과 달리 자꾸 변색되고 심술궂고 악취가 나. 나는 그 아주머니한테 말했어.

가족들에게 말해요. 쓰레기 더미는 두려움을 느끼는 이들을 찾아온다고. 그러니까 그들에게 더는 두려워하지 말라고 해요.

앞으로 무슨 일이 일어날까? 만약 집을 옮긴다면, 그것들이 엄청난 속도로 몰려올 텐데 나는 도저히 막을 수 없을 거야.

"다시는 저를 떠나지는 않겠죠, 아주머니?"

"엄마라고 부르렴. 사랑하는 빈, 물론 내가 그럴 리가 있겠니."

"당신이 또 나를 버릴 건가요?"

"아니, 빈. 이 문고리에 맹세코 너를 떠나지 않겠다."

그녀는 울며 말했다. 공포가 그들을 뒤덮고 있다. 두려워하면 안 돼. 그러면 쓰레기를 금방 우리를 찾아낼 거야. 밀크럼은 두려움을 느껴서 죽음을 맞이했어. 그것도 아주 빨리!

나는 쓰레기산에 관해 생각해. 사라져 버린 쓰레기의 땅. 그리고 아주머니에 관해서도 생각해. 차마 엄마라고 부를 수 없는 사람. 그리고 내가 찾았고 또 잃어버린 나의 단추도 생각해.

나의 단추에는 무슨 일이 일어났을까?

은신 중인 가문의 수장, 움비트 이레몽거

역시 은신 중인 가모, 옴마발 올리프 이레몽거

제8장

혈통

클로드 이레몽거의 이야기는 계속된다.

도일리의 귀환

'글로리아 엠마 어팅'

도일리(레이스 손뜨개)의 주인이 온다. 피날리피는 여전히 나의 약혼자라고 고집을 피우고 있다. 피날리피는 여성이지만, 여전히 나보다 더 키가 크고(나도 그간의 모험을 겪으며 성장했지만), 강한 팔과 희미한 콧수염 자국이 있다.

"자, 내게 인사 안 할 거니?"

"오, 안녕, 피날리피."

"넌 여자가 원하는 걸 꼭 집어 말해줘야 하는구나."

"그냥 핀인 줄 알았어. 음, 전기 드릴, 송곳 따위로 고문할 건가 했지."

"자, 보다시피, 그냥 나야."

"혹시 너, 핀을 가지고 있니?"

"명찰에 핀이 달려 있지. 그렇지만 그렇게 날카롭진 않아."

"나는 혼자 있을래."

"바로 저기에 너를 사랑하는 사람들이 있어. 그걸 명심해."

"지금 나에게 인생의 동반자는 필요 없어. 앞으로도 영원히."

피날리피는 별 반응 없이 딴 데로 말을 돌렸다.

"네 방은 정말 난장판이구나, 클로드."

"이건 내 방이 아니라 다른 사람의 방을 훔친 거야."

"우리야말로 집을 도둑맞았는걸."

그녀는 이리저리 물건의 잔해를 피해 움직였고, 나는 바닥만 내려다보며 그녀와 결혼하지 않을 방책을 궁리했다.

"리핏 사촌?" 그녀가 한쪽 구석에 있던 리핏에게 말을 걸었다.

"리핏."

"우리 둘만 남겨두면 고마울 거야."

"리핏?"

"나는 클로드와 결혼할 거야. 결혼 첫날밤에도 네가 같이 있진 않겠지, 안 그래?"

"리핏?"

"그러니까 지금 좀 나가줬으면 좋겠어. 약혼자와 즐거운 대화 시간에 계속 리핏거리면 곤란해. 잘 가, 사촌. 너를 만나서 아주 감동적이지만, 지금은 안녕하고 헤어질 때야."

그녀는 예의 있게 그를 문까지 안내하고, 그가 나가는 순간 문을 단단히 닫았다. 그녀의 능숙한 대처에 웃음이 절로 났다. 하지만 우리, 피날리피와 나, 단둘이 방에 남았다. 눈 돌릴 엄두도 내지 못하고 카펫만 뚫어져라 쳐다보는데, 열여덟 살 소녀가 점점 다가왔다. 그녀에게서 살짝 구운 당밀 냄새가 났다. 이레몽거 여자들이 더 매력적으로 보이고 싶을 때 당밀을 태워 향기를 풍기는 관습이 있었다. 그 향기는 일부 이레몽거 남자들의 가슴을 떨리게 한다고 전해진다. 솔직히 고백하면, 나는 그 향기에 그다지 끌리지 않았다. 피날리피는 끔찍할 정도로 가까이 접근해서 침대 바로 옆까지 왔다. 그녀의 드레스가 내 잠옷에 닿을 정도로.

"자, 클로드. 내가 왔어."

"그래, 피날리피."

"여기가 네 침대구나. 네가 잠자는 곳."

"그래, 그게 침대의 일반적인 기능이지."

"그럼 기지개를 펴고 마음껏 쉬어. 잠옷을 입고 편안히 쉬어도 좋아." 그녀가 침대 매트리스를 두드리며 말했다.

번뇌에 빠진 나는 벌떡 일어나 창문가로 자리를 옮기며 말을 내뱉었다. "난 너무 비참해."

"그래, 나만 모르고 온 집안이 다 알더군."

"나는 다른 사람을 좋아했어."

"나도 알아. 빗질도 안 된 빨간 머리에 주근깨도 많은 말라깽이지. 그런데 이런 말 용서해 줄래? 그녀는 이미 죽었잖아, 그렇지?"

"그래. 나도 인정해."

"알잖아, 우리는 파울샴의 유일한 생존자들이야."

"그래, 피날리피, 나도 알아."

"그리고 그들은 우리의 최후까지 하나씩 사냥하고 살해해. 우리를 살해한다고."

"그건 질리도록 들었어. 하지만 나도 어쩔 수 없어. 살아 있는 것 자체가 싫어."

"물론 이모와 삼촌들이 너무 난리 피웠지. 또 할아버지는 얼마나 심하게 갈했니."

"나는 그의 잭 파이크(타구)를 훔쳐 파괴할 작정이야."

"그것 봐, 이래서 내가 널 좋아하는 거야. 너는 이레몽거 그 자체라니까."

"내가?"

"맞아, 그게 너야. 이리 와서 내 옆에 앉아."

"꼭 그래야만 할까?"

"오, 이리 와. 클로드."

나는 내키지 않지만 침대로 돌아가 앉았다. 피날리피와 약간 떨어진 자리르.

"좀 더 가까이 앉아."

"이 정도면 퍽 가까운데?"

"절반도 안 왔어."

나는 그녀 옆으로 자리를 옮겼다. 우리는 누군가에게서 훔친 침실에서, 누군가의 침대에 나란히 앉았다. 나는 살짝 떨고 있었는데, 아마 당밀 향내 때문일 것이다.

"우리 사이에 상당한 진전이 있다고 생각해. 다음에 또 너를 찾아올게. 아침 산책하러 나가봐야 하거든!"

"응? 넌 박에 나갈 수 있어?"

"물론이지. 곳곳을 산책하다 보면 룽던을 배울 수 있지. 내가 경찰을 보면, 그들은 불안에 떨지. 날 보기만 해도 결막염에 걸리거든. 사실 이레몽거가 룽던을 마음껏 산책할 수 있다니 얼마나 멋진 일이니."

"정말이니? 피날리피, 혹시 조금 과장하는 거 아냐?"

"약간은. 어쨌든 나는 룽던을 쇼핑하고 산책도 해. 물론 정말 위험하니까 아주 신중하게 행동해야 해. 가문에서 가장 용감한 사람만이 할 수 있지. 내가 처음 룽던에 갔을 때 뭘 했는지 알아?"

"아니, 난 상상도 안 돼."

"넌 정말 멍청해. 자, 말해줄게." 그녀는 내게 바싹 다가앉았다.

"난 쇼핑 중이었어. 철물점에 가서 준비한 돈으로 물건을 샀어."

"그랬니? 피날리피, 너 정말 대단하구나."

"거의 룽던 사람처럼."

"그래서, 피날리피, 거기서 무엇을 샀니?"

"짐작해 봐."

"아니, 전혀 모르겠어."

"마개야, 마개."

"마개를 산다고?"

"그래, 클로드. 믿기지 않지? 내가 너와 결혼하면, 마개에 적응해야지. 그래서 마개를 아주 많이 샀어. 큰 마개, 작은 마개, 놋쇠 마개, 주석 마개, 인도 고무 마개. 아예 내 침대 위에 깔아 두었어. 언제라도 마개를 만질 수 있게."

"맙소사, 너 진심이구나, 피날리피."

"그래, 클로드 이레몽거, 아마 내가 널 많이 사랑하나 봐. 아직 마음의 결정은 하지 못했지만."

"그러니, 피날리피?"

"우리 모습을 상상할 수 있어?"

"글쎄…" 나는 당황해서 얼버무렸다. "나는 루시를 아주 사랑했어."

"나를 생각해." 그녀는 아주 단호하게 말했다.

"나와 그 많은 나의 마개를 생각해봐. 그걸로 물을 채운다면!"

"나는 내 마개를 만지기는커녕 볼 수도 없어. 가엾은 제임스 헨리 헤이워드. 예전에 파울섐에서 그의 가족을 봤어. 그들은 쥐잡이 가족이고 아주 선량하고 정직한 사람들이야. 너의 글로리아 엠마를 봐. 그 안에도 밖으로 나오길 갈망하는 사람이 있어."

"딱한 꼰대, 클로드."

"리핏이 지금 내 마개를 관리하고 내가 손도 못 대게 해."

"정말, 들로드? 리핏은 전혀 무서워할 게 없어."

"내가 그를 두려워하는 건 사실이야." 나는 스스로 인정했다.

"글쎄. 오히려 리핏이 우리 여자들을 겁내던데. 내가 가까이 가면 얼마나 긴장하는지 몰라. 머리칼이 기름이 돌 정도라니까. 클로드 이레몽거. 만약에 내가 네 마개를 찾아 준다면 어떨까? 리핏에겐 대신 내 마개를 주는 거야."

"마개를 바꿔치기 한다고?"

"그러면 너는 어떻게 할래?"

"정말 진심으로 감사하게 생각해야지."

"그럼 네 감정을 뭔가 작은 방식으로 보여줄 수도 있겠니?"

"아…"

"그럴래?"

"그래, 마개를 위해서라면. 내가… 그래야 한다고 생각해."

"아주 좋아, 클로드! 오늘은 즐거웠어. 곧 다시 보자."

"런던으로?"

"그래, 룽던으로!"

"잘 가, 피날리피. 정말 고마워."

"앞으로 우리는 많은 일을 함께 해낼 거야, 클로드. 오, 깜박 잊을 뻔했네. 이건 내 선물이야. 우리 사이를 위한 기념품이지."

그녀가 내게 건넨 것은 아주 둥근 하얀색 천들로 모두 구멍이 뚫려 있었다.

"이건 레이스 손뜨개야. 클로드."

"아, 그렇구나."

"그게 다니?"

"피날리피, 고마…워?"

"맞아, 잘했어. 클로드, 우리는 아주 잘 해내고 있어."

나는 아무 말도 할 수 없었다.

"그렇지 않니? 우리는 꽤 잘 지낼 거야."

"아, 내 사랑은…."

"방금, 네가 날 '내 사랑'이라고 불러주다니!"

"아, 나는 그런 뜻이…"

"내 사랑! 내 사랑이라니!"

그렇게 그녀는 떠나고, 나는 혼자 남았다. 레이스 손뜨개들은 곧장 까맣게 그을린 서랍장 안에 넣어두었다. 나는 그것들에 대해 전혀 확신할 수 없었다.

하인들의 계단

리핏이 방에 다시 들어왔다. 그는 나를 의심쩍은 듯 흘겨보더니, 제임스 헨리를 쓰다듬는 척하면서 내 마개의 소심한 말소리를 들릴락 말락 흉내를 냈다.

'제임스 헨리 헤이워드'

가엾고 불쌍한 나의 마개.

리핏은 제임스 헨리의 다게레오타이프[4]를 꺼내 들었다. 불쌍한 제임스 헨리가 베이리프 하우스에 살았을 때 찍은 사진임이 틀림없다.

"그 사진, 내게 좀 보여줄래?

리핏은 목구멍 깊숙이 까마귀처럼 꾸르륵 소리를 내더니 톡 쏘는 악취를 트림처럼 내뱉었다. 그러자 유황 폭발과 함께 청록색의 작은 불꽃이 튀었고, 제임스 헨리의 얼굴이 있던 자리에는 검은 탄 자국과 악취 나는 리핏의 숨결만 남았다.

"리핏!" 그는 즐거워하며 탄성을 내질렀다.

리핏은 내가 사랑했던 것은 흔적조차 말끔히 지워야 직성이 풀리

● 4 다게레오타이프(daguerreotype)는 루이 다게르에 의해 1839년에 소개된 사진술로, 필름을 사용하지 않고 사진을 직접 인화하는 방식이다.

는 것 같다. 피그고트 부인이 방에 들어와 다림질된 바지, 셔츠, 넥타이, 검정 조끼와 양말 한 켤레를 건네주었다.

"이 옷을 입고 할머니께 오시랍니다. 클로디우스 주인님."

"신발은 없어?"

"신발은 안 됩니다. 외출이 금지되셨으니까요."

"그런데, 무슨 일이 있어? 말해 봐, 피그고트."

그녀의 충혈된 눈을 보고 내가 물었다. 평소의 그녀답지 않았다. 피그고트가 우는 모습은 이제껏 본 적이 없었고, 솔직히 그녀가 눈물을 흘릴 수 있는지조차 몰랐었다.

"클로디우스 주인님, 이건 옳지 않아요. 그래선 안 돼요."

"뭐가 잘못됐는지 자세히 말해 봐, 피그고트."

"아뇨, 괜찮습니다, 클로디우스 주인님. 그저 일손이 부족할 뿐이에요. 그게 다예요."

뒤늦게 화들짝 정신 차린 듯, 그녀는 숨을 깊이 들이마신 다음 방에서 나갔다.

나는 준비된 옷을 입고 아래층으로 내려가자, 계단에 모여 있던 친척들은 내가 천연두라도 되는 듯 길을 비켰다. 복도에는 몇몇 사촌들이 포크와 나이프를 흔들며 쥐를 쫓고 있었다. 스터리지 집사가 쿵쿵 뛰어오며 소리쳤다.

"제게 넘기세요, 신사분들! 쥐는 제가 가져갈게요."

"왜?" 보노비 사촌이 물었다.

"움비트님께서 제게 잡아 오라고 하셨습니다. 브릭스, 이리 따라와. 비명은 그만 지르고."

스터리지는 설치류의 꼬리를 잡고 말했다.

"스터리지, 잠깐만."

"네? 클로디어스 주인님?"

"방금 그 쥐를 브릭스라고 부르던데?"

"제가요? 그럴 리가요. 지금은 바빠서 이만 실례하겠습니다."

스터리지는 서둘러 떠났다.

"왜 저 쥐를 브릭스라고 불렀을까?"

나는 사촌들을 보며 물었다. 그런데 사촌들은 눈이 마주치자마자 딴청을 피웠다.

그 집은 어느 모로 보나 상당히 넓었지만, 힙 하우스에 비하면 작은 편이었다. 힙 하우스에서는 얼키설키 얽힌 복도와 계단 때문에 길을 잃기 일쑤였고, 특히 햇살을 받으며 쓰레기산이 잠자는 거대한 거인의 숨소리처럼 오르락내리락 요동치는 광경은 실로 아름다웠다. 더구나 두 팔을 벌려 갈매기들을 부르던 터미스를 떠올리면, 그곳이 너무 그리웠다. 하지만 끝내 파울샵은 무너졌고, 이레몽거들은 런던에 왔다. 살기 위해. 비밀리에. 당신들 사이로.

어딘가에 오래 숨어 있다 보면, 처음의 흥분이 가라앉은 후부터 시간은 느리게 지나간다. 똑딱똑딱 시곗바늘 소리, 땡땡 괘종소리에 맞춰 시간은 아주 천천히 썰물처럼 흐른다. 누가 문을 열고 술래를 잡았다고 외칠 때까지.

나는 아래층을 느릿느릿 돌아다니며 가족들이 뭘 하는지 훔쳐보았다. 30분 후, 브릭스가 기름진 머리칼을 엉망으로 흐트러진 채로 하인 전용 계단을 통해 올라왔다. 그의 손에 들린 거북껍질 구둣주

걱이 부들부들 떨리고 있었다.

"저를 부르셨습니까, 클로디우스 주인님?"

"꼭 그런 건 아니었는데. 어쨌든 자네가 온 김에 물어볼게. 스터리지가 왜 쥐를 보고 브릭스라고 불렀을까?"

"그분의 마음속을 제가 알 수는 없죠."

"그건 그래. 그럼, 그가 네 이름을 따서 쥐의 이름을 지은 걸까?"

"글쎄요, 혹시 주인님이 잘못 들으신 게 아닐까요?"

"아니, 그는 분명히 브릭스라고 말했어."

"혹시 피그스(figs·무화과)가 아닐까요?"

"아니."

"아니면 피그스(pigs·돼지)일 수도?"

"절대 아냐. 정확히 브릭스라고 했어."

"그렇다면 정말 수수께끼이네요. 다른 볼일은 없으신가요, 주인님?:

"아니, 질문에 대답해 줘서 고마워. 브릭스."

"고맙습니다, 클로디우스 주인님."

브릭스가 인사를 한 뒤 아래층으로 내려갔는데, 무심코 쥐처럼 찍찍거리는 소리를 낸 것 같은 기분이 들었다. 나는 그를 따라 계단을 내려가 하인 대기실로 갔다. 아래층은 매우 조용하고 어두웠고, 몇 명의 하인들이 촛불을 들고 복도에 줄지어 있었다. 그들 중 몇몇은 울고 있었고, 어디선가 쥐 울음소리가 자꾸 들렸다. 나는 하인들 일에 가족이 참견하는 것은 옳지 않은 것 같아 돌아가려던 참이었다. 그런데 어떤 하녀의 보닛 아래로 뭐가 삐죽 나와 있었다. 빨간 머리! 마치 지구가 자전을 멈춘 것처럼, 난 걸음을 멈추었다. 나는 숨을 헐떡대며 소리쳤다.

"루시 페넌트! 네가 계속 여기 있었다니!"

그때 그 하녀가 나를 향해 돌아섰다. 너무 심술궂고 잔인한 얼굴. 루시와는 전혀 닮지 않았다.

"미안해. 내가 잠깐 착각해서…"

나는 흠칫 뒤로 물러나며 변명했다.

"제 이름은 이레몽거예요.'

그때 그녀가 수호물처럼 들고 있던 나무 이쑤시개에서 아주 선명히 이름이 들렸다.

'피디아스 콜린스.'

아, 가엾은 이쑤시개, 별안간 그녀가 누구인지 생각났다.

"고아원에서 대장 노릇을 하며 루시를 괴롭혔던 아이구나. 메리 스태그스, 맞지?"

"제 의견을 말씀드리는 걸 용서하신다면, 그 루시란 아이는 제 가족도 아니고, 이레몽거도 아니에요."

"오, 네가 그 끔찍한 아이야."

"주인님이 루시의 애인이었군요, 그렇죠? 빨간 머리가 주인님 마음에 들던가요?"

그녀는 빨간 머리카락 몇 가닥을 뽑더니 눈을 반짝대며 말했다. 나는 움찔 물러났다. 마치 모든 아름다움이 그녀가 내뿜는 가스로 더럽혀지고 오염되고 모욕당한 듯했다. 계단을 다시 올라가는 내

등 뒤로 메리 스태그스의 웃음소리가 들렸다. 아래층에서 하인들이 고함과 흐느낌이 들렸지만, 다시는 아래층에 내려가거나 그들 일에 상관하지 않겠다고 다짐했다.

괘종시계

마음을 가라앉히고 복도를 걷던 나는 아래층 서재에서 나는 소리를 들었다. 닫힌 문 사이로 할아버지의 타구(잭 파이크)가 비명을 지르고 있는 걸로 볼 때, 할아버지가 안에 계신 게 분명했다. 또한 이드위드가 코털 집게(제럴딘 화이트헤드)로 뭔가를 하는 모양이다.

"정말 아프군, 이드위드!"

"죄송합니다, 움비트님. 저는 최대한 부드럽게 하고 있습니다."

"다시 한 번 해보게. 하지만 조심해야 해."

"물론이죠, 각하. 잭, 잘 들어. 제대로 행동해야지."

'잭 파이크! 잭 파이크!'

"잭, 함부로 뛰어다니면 안 돼. 네 본분을 알도록 여기를 약간만 긁어낼 거야."

'잭 파이크!'

"앗! 정말 아프군!"

'잭 파이크, 잭 파이크.'

할아버지의 신음에 이어서 할아버지의 타구가 훌쩍거리고 있었다.

"자, 다 됐습니다." 이드위드가 달랬다.

"내가 죽어가는 건가, 이드위드?"

"맹세코 그럴 일은 없습니다. 앞으로 몇 년 내에는… 그냥 가벼운 감기예요."

"타구가 내 손바닥에서 제멋대로 뛰어내렸어."

"제가 방금 알아듣게 타일렀으니까, 이제 다시 도망치지 않을 거예요."

"내가 쇠약해지고 있어. 늘 피곤을 느낀다네."

"잭 파이크를 강하게 만들기 위해 약을 조금 드시라고 강력히 권고드립니다. 자, 우리에게 친절하게 집을 내준 캐링턴 가족을 소개해드리죠. 얼마나 멋지고 신선한지 보세요."

이드위드가 할아버지를 위로하며 상자를 열자, 그 속에서 작은 목소리들이 흘러나왔다.

'허버트 아서 캐링턴.'

'위니프레드 애비게일 캐링턴, 결혼 전 성은 레이튼이야.'

'버지니아 위니프레드 캐링턴.'

'윌프레드 허버트 아서 캐링턴.'

"도대체 저것들이 내게 무슨 소용인가?"

"제 견해로는, 이런 신선한 것들을 당신 주위에 두어야 합니다. 그저 각하의 손가락을 살짝 찔러 위대한 피 한 방울을 저들에게 떨어뜨리면 됩니다. 그러면 저것들이 각하의 수호물이 되는 거죠."

"이미 내게는 잭 파이크가 있어."

"아, 저 장난꾸러기 말이죠? 하지만 이건 일종의 수혈이에요. 각하를 더 신선하고 더 젊게 해 줄 겁니다. 그럼 시작합니다."

"아야!"

"수고하셨습니다, 각하. 이제 제가 캐링턴 가족을 하나씩 처리해서 각하 곁에 영원히 두실 수 있게 해 드리죠."

"이드위드, 난 절대 죽으면 안 돼. 대업을 완성할 때까지 말이야. 어쨌든 이 수혈로 기분이 정말 좋아졌어. 고맙네."

"네, 움비트님. 아마 더 많은 수호물을 모아서 각하 곁에 둔다면 훨씬 효과적일 거예요."

"룽던을 돌아다니며 영혼을 좀 더 모아야겠어. 이틀만 더 있으면 돼, 이드위드. 우리 모두 웨스트민스터 다리에 모인 후 그들에게 엄청난 타격을 안겨줄 거야."

"네, 각하. 좀 더 수호물을 준비하겠습니다."

"그래, 그리고 그 코털 집게도 내가 거두도록 하겠네, 이드위드."

"제랄딘을? 하지만, 각하! 아니, 아버지!"

"감히 나를 아버지라고 부르진 말게. 그렇게 친한 척하다가 흙으로 돌아간 아이들을 생각해 봐. 네 동생 히빗을 기억하겠지? 그리고 이차드는?"

"다들 실종되었죠. 지난 몇 년 동안 보지 못했어요."

"나에게 도전한 자들은 모두 사라졌지. 이드위드, 네 분수를 잊지 마라."

"네, 움비트 각하."

"자, 내게 넘기게. 자네의 코털 다듬는 도구는 좋은 약이 될 거야."

'제랄딘 화이트헤드.'

"제랄딘! 아, 나의 제랄딘!"

"내 주머니는 아주 넓어서 수호물이 많을수록 좋다네. 자, 계속 수혈하게."

"각하…각하…"

나는 이드위드의 비열한 수혈 장면을 보지 않고 살그머니 도망쳤다. 할아버지가 웨스트민스터 다리에서 무슨 계획을 벌이려는 걸까? 만약 할아버지가 아파서 돌아가신다면, 그 사후에 어떻게 될까? 하지만 내 상상을 금세 후회했다. 결국 그분은 내 할아버지였고, 어떤 일이 있든 잘못되기를 바랄 수는 없었다. 만약 그분이 없다면, 우리는 분명 무력해지고 곤경에 빠질 것이 분명했다.

응접실의 바느질 모임

응접실에는 검은 봄버진을 입고 옷깃을 단정히 여민 중년의 아주머니들이 모여 있었다. 대장 격인 할머니와 함께 커다란 대리석 벽난로가 응접실 한복판에 떡하니 자리하고 있어서 통행을 가로막고 있었다. 난롯불은 탁탁 소리내며 연기를 내뿜었고 가스등과 양초를 밝혀도 응접실은 여전히 어두침침했다. 아주머니들은 모두 길고 날카로운 바늘을 가지고 바느질에 여념이 없었다.

"클로드, 여기서는 예의를 지켜야 한다. 네 마음대로 물건을 옮긴다면, 리핏과 또 방에 가둘 수밖에 없다."

● 5 견·양모·면의 혼성 직물로 엘리자베스 1세의 재위기에 영국에서 처음 제작되어 주로 검정색으로 여성용 상복과 종교계 의복을 만드는 데 사용되었다.

할머니가 내게 경고했다.

"네, 착하게 행동할게요." 나는 침울한 말투로 약속했다.

"피날리피는 만났니?"

"네, 정말 활기차더군요. 할머니."

"그 말을 들으니 정말 기쁘구나. 그녀는 뛰어난 미인은 아닐지 몰라도, 제법 영리하고 몸도 튼튼해서 아이들도 많이 낳을걸."

"피날리피한테 당밀 향내가 났어요."

"오, 그녀가 그랬더냐?"

할머니의 넌지시 암시하는 말투에, 주변 부인들은 슬그머니 눈웃음을 쳤다.

나는 무기력한 심정으로 검은 상복을 입은 이레몽거 부인들의 바느질을 잠자코 지켜보았다. 파울샴을 빼앗긴 후부터, 이레몽거는 항상 애도 중이다. 다시 집을 되찾을 때까지 새벽은 오지 않을 것이라고 할머니가 강조하셨다. 아주머니들이 잔잔히 대화하며 바느질에 집중하는 동안, 나는 그들이 필요할 때마다 가위를 건네주곤 했다.

"뭐 때문에 바느질하고 계세요?"

"룽던에는 뜨개질로 하루를 소일하는 여성들이 많다더구나. 그러니 그들과 어울리려면, 우리도 바느질을 잘해야지." 할머니가 말했다.

"그런데 할머니가 만드시는 게 뭔가요?"

"오, 사람들이지." 할머니가 태연하게 말했다.

"어떤 사람들요?" 내가 물었다.

"뭐겠니? 당연히 레더맨이지. 흐릿하게 좀 굴지 말렴." 포퓰라 이모가 핀잔을 주었다.

부인들은 레더맨의 몸통과 머리, 팔다리를 꿰매고 있었다. 한 사람은 레더맨의 머리카락을 수놓고 있었고, 두 명의 노처녀 고모들이 목구멍을 통해 몸체에 흙과 모래, 종이 뭉텅이 등의 충전재를 채워 넣고 있었다. 그렇게 나는 온갖 레더맨이 차례로 완성되는 제조 공정을 지켜보고 있었다. 검은 연기가 입술 사이로 살짝 뿜어져 나오는 가죽 인형들은 가끔 눈을 깜빡이고, 코를 닦고, 머리를 긁적이는 것을 제외하고는 얌전히 자리에 앉아 있었다.

한 이모가 레더맨 하나를 데리고 앞으로 나왔다.

"실례합니다, 옴마발 마님. 제가 인형을 완성했어요."

"그래? 넌 누구냐?" 할머니가 레더맨을 향해 물었다.

"마커스 필킹턴, 서포크 주의 국회의원입니다."

"맞아. 그럼, 네가 해야 할 일은 잘 알고 있니?"

"8일에 반드시 의회에 출석해야 합니다. 시계가 열 시를 가리킬 때까지요."

"그래, 좋아. 이제 너는 인버네스, 덤프라이셔, 콘윌, 버크셔에서 정당하게 선출된 명예로운 신사들과 함께 의회로 비밀리에 잠입해야 한다.'

레더맨은 할머니와 나에게 절을 한 뒤, 커스퍼의 안내를 따라 응접실을 나갔다. 그가 방을 나간 후에도 그의 입에서 흘러나온 검은 연기가 잠시 허공에 떠다녔다.

"오, 할아버지의 그 끔찍한 사람들이군요! 할머니가 또다시 레더맨을 만들었어요!"

그제야 모든 것을 깨달은 내가 소리쳤다. 내 외침에 레더맨 한 명이 잠시 멍하니 내 쪽을 보다가 이내 무기력한 표정으로 돌아갔다.

"클로드, 그냥 가죽으로 이것저것 바느질할 뿐이야. 목소리를 낮춰라. 아니면 네 방으로 돌아가든가."

"할머니가 아이들을 데려와서 레더맨에 숨을 불어넣었군요. 아이들에게서 영혼을 빼앗다니요!"

"뭐라는 거냐? 도대체 무슨 말이야?"

"티켓! 당신들이 훔친 아이들은 티켓이라 불렀죠!"

"클로드. 네가 가문에 대해 그런 식으로 비난하는 걸 더는 용납하지 않겠다. 우리 가족들이 강제로 추방당했어. 그런데 너는 고작 우리가 아이들의 영혼을 빼앗았다고 믿는 거냐!"

할머니가 짜증스러운 표정으로 뜨개바늘을 내려놓으며 말했다.

"네, 맞아요. 바로 당신들이 한 짓이에요!"

"네가 그걸 봤니? 네 눈으로 봤냐고?"

"글쎄요, 제가 정확히 본 것은 아니지만…."

"단지 누군가의 말을 들은 게로구나. 그렇다면 누가 그 얘기를 했니?"

"루시 페넌트가 말했어요. 그리고 리핏의 수호물인 재단사가…"

"흠, 재단사는 시도 때도 없이 참견하는 편지 칼이 아니더냐. 그리고 루시는 이미 죽었는데도, 이렇게 무덤 너머까지(아마 세상 어디에도 그런 해충이 쉴 장소는 없을 거야) 네가 그녀에게서 벗어나지 못하다니…. 정말 놀랍지도 않구나."

 몇몇 이모들의 작은 수군댐, 두어 번의 한숨, 싹둑 가위 소리와 바늘의 시침질 소리.

 "정말 잔인한 아이야. 자기 가족만 빼고 다른 사람들 말만 믿다니."

 "솔직히 저런 괴물 같은 아이 때문에 왜 우리가 시달려야 하는지 몰라."

 "그를 위해 기차까지 늦출 필요가 없었는데."

 "조용히 하시오, 숙녀분들. 클로드, 네 할머니의 말을 똑똑히 들으렴. 어떤 바늘보다 더 날카롭고 깊게, 너의 비난이 나의 가슴을 찌르고 살갗을 베어 영혼의 눈물을 흘리게 하는구나. 네가 방금 말한 아이들에 관한 이야기(차마 내 입에 담을 수도 없구나!)는 거짓말이야. 배은망덕한 파울샴 사람들이 떠드는 잔인한 거짓이란다. 우리는 아이들에게 쉴 곳과 먹을 것을 주었고 전염병에서 지켜냈어. 그리고 아이들은 우리를 위해 일하고 보상받았다. 우리가 그들을 쓸모 있는 시민으로 키운 거지. 그런데 그들을 해쳤다고? 절대 아니야! 룽던이 파울샴을 파괴한 거야!"

 "하지만 아이들이 아니었다면, 레더맨들은 어떻게 생명을 얻었죠?"

 "맙소사, 클로드, 이 잘난 회의론자야. 아이들이 파이프에 숨을 쉬면, 그 가죽 자루가 생명을 얻는다고 정말 믿는 거야? 정말 유치하구나. 얼마나 악랄한 비방이냐! 레더맨은 움비트가 고안해 낸

특허로 제조되었어. 이레몽거의 아틀라스, 위대한 용기와 힘으로 가족을 안전히 지켜주는 움비트가 해낸 거야. 어떤 감사나 일신의 안위를 바라지 않는, 나의 남편이자 영웅 움비트의 희생 덕분이지. 클로드, 레더맨에게 생명을 준 건 아이들이 아니라 바로 움비트, 오직 움비트야!"

"움비트, 움비트, 움비트."

잠자코 앉아 있던 레더맨들이 메아리처럼 되풀이했다.

"그런데 그가 위대한 노동의 보답으로 도대체 무엇을 얻었다는 게야?"

할머니가 또 한 번 물었다.

"오로지 움비트라고요? 어떻게 그런 거짓말을 하죠?"

내가 외쳤다.

"그것이 진실이니까. 움비트와 우리 이레몽거가 아이들을 구하고 받은 보상이라곤, 이런 추잡한 이야기, 잔인한 동화, 추악한 소문뿐이야. 더구나 그의 적통 손자가 그런 거짓말을 믿다니."

"정말 충격이군."

"피가 식초로 변했나 봐."

"할머니, 전 한순간도 당신을 믿지 않아요. 당신들이 그 아이들을 해쳤다고 생각해요."

"나의 고대 심장 위에 맹세코," 할머니는 그녀의 작고 쭈글쭈글한 손을 가슴에 얹고 진주목걸이를 달그락거리며 선언했다. "내가 한 말은 모두 진실이야. 이 룽던의 쓰레기를 채운 가죽 인형은 네 할아버지의 천재성에 의해 살아 움직이게 된 거야."

"루시, 그리고 재단사가 말했어요. 우리 가족들이 아이들의 영혼을 빼앗아서…"

"저런 비열하고 더러운 생각으로 머릿속을 채우다니!"

"저 아이 안에 그런 추악한 상상이 숨어 있다니."

"아, 우리의 잔인함의 불꽃에 타오를지니."

"자신과 같은 핏줄과 반대편에 서다니, 정말 비비 꼬였어."

"그래요. 저는 제 혈통에 맞서겠어요."

내 선언에 머리끝까지 화가 난 할머니가 말했다.

"그럼 떠나라, 클로드! 룽던으로 나가 너의 비뚤어진 길을 찾아가라. 너를 더 붙잡지 않으마. 내 아픈 가슴에, 내 시들은 심장에 유다 같은 이레몽거가 있을 곳은 없다. 클로드, 지금 당장 선택하렴. 너를 밤낮으로 사랑한 가족들과 여기 머물겠니? 아니면 영원히 우리의 애정과 수호를 벗어나서 살 테냐?" 할머니는 초인종 줄을 잡아당기며 소리 질렀다. "피그고트! 이 나쁜 녀석에게 신발을 갖다 줘." 그리고 내게 돌아서서 침을 뱉었다.

"이 집에서 영원히 나가라!"

그런 다음 할머니가 극적인 자세로 문을 가리키자, 레더맨들도 함께 일어나서 똑같은 자세로 문을 가리켰다.

"너희들은 앉아라." 할머니가 말하자 레더맨들이 앉았다.

피그고트가 신사용 구두 한 짝을 들고 나타났다. 그녀는 전보다 훨씬 더 뾰로통한 듯 보였다.

"피그고트, 너는 왜 왔지?"

"마님이 저를 부르셨어요. 구두 가져오라고 하셨죠."

"그래, 내가 그랬지. 너무 화가 나서 잠시 깜박했다."

"말씀드려야 할 것이 있습니다. 마님."

"뭐지, 피그고트? 난 아주 바빠."

피그고트가 할머니의 귀에 대고 뭐라고 수군댔다.

"메리 스태그스 어쩌구 하는 따위는 난 알고 싶지 않아."

더 쑥덕이는 소리.

"뭐라고? 어떻게?" 그리고 속삭임.

"클로드?" 그리고 수군수군.

"피디아스 콜린스?" 그리고 주절주절.

"아래층에? 뭐야, 지금? 당장 꺼내."

"네, 마님."

"도시로!"

"네, 마님."

"빨리 보내버려."

"네, 마님."

"역겹군!"

"네, 마님."

"그런데 그 하녀 이름이 뭐라고 그랬지?"

"메리 스태그스요, 마님."

"그녀를 쥐로."

"네, 마님?"

"그녀를 당장 쥐로! 내 눈에 띄지 않도록."

"그러시다면요, 마님."

그 측은한 가정부가 서둘러 방을 나가자 할머니는 분노와 불행을 담아서 소리를 내질렀다.

"오, 아이리스, 불쌍한 내 딸. 네가 죽은 게 얼마나 다행이냐. 이 못된 아이를 보느니, 차라리 그전에 세상을 떠나는 게 낫겠다."

울부짖는 할머니의 얼굴에 진짜 눈물이 흘러내렸다.

"할머니, 제가 무슨 짓을 했나요?"

"넌 우리를 혐오하고 경멸해."

"네, 맞아요. 할머니. 그런 끔찍한 일을 벌이셨으니까요."

"파울샴의 아이들에 관한 것이라면, 클로디우스 이레몽거, 흐르는 피 한 방울까지 걸고 맹세한다. 그건 네 오해야."

"제 오해라고요? 어떻게 그 말을 믿겠어요?"

"내가 사랑했던 모든 것을 걸고, 너의 죽은 엄마를 두고 맹세하겠다. 온갖 거짓 소문들! 소름 돋는 추문들! 우리는 훌륭한 이레몽거 가문이야. 그런데 너한테 아무 의미도 없단 말이니?"

"제게 아무 의미가 없는 건 아니에요. 오, 할머니. 미안해요… 저는 어떻게 생각해야 할지…"

"미안하다고? 클로드가 미안하다고 말했어!"

할머니는 통곡하던 중에도 내 말에 반색했다. "클로드가 미안하다고 말했어!"

"미안해. 미안해, 미안해…" 레더맨들이 중얼거렸다.

"착한 아이구나. 정말 잘 생각했어."

다른 부인들도 즐거워하며 맞장구쳤다.

"결국엔 항상 집에 돌아오기 마련이야."

"아주 예절이 훌륭해."

"오, 아이리스, 내가 죽으면 떳떳이 네 얼굴을 보겠구나. 클로드가 반성했구나."

할머니가 거듭 강조했다.

"할머니, 사실 저는 루시가 거짓말을 했다고는 생각하지 않아요. 거기에 분명 어떤 진실이…"

"애야, 나한테 키스하고 화해하자꾸나."

방 안에 감도는 침묵, 이레몽거 부인들이 모두 나를 빤히 쳐다봤다. 솔직히 나는 판단이 서지 않았다. 할머니의 재촉에 내가 두어 걸음 가까이 갔을 때, 무어커스와 그의 부하들이 뛰어들어왔다.

"팀피가! 오, 할머니! 팀피 삼촌이!" 무어커스가 고함쳤다.

"팀피가 어쨌다고?"

"잡혔어요, 연행됐어요. 오, 할머니, 경찰들이 거리에서 쫓아왔고, 팀피 삼촌이 호루라기를 불려 했어요. 그런데 호루라기가 작동하지 않아서 구조받지 못했어요. 이건 최악의 상황이에요!"

"팀피, 가문의 삼촌, 우리의 피, 우리의 아이!"

할머니가 외마디 비명을 질렀다.

"팀피, 나의 형이 어떻게 됐다고?"

문 앞으로 달려온 이드위드가 소리쳤다.

"팀피가 경찰에 체포됐어요." 무어커스가 말했다.

"팀피! 팀피! 팀피!" 레더맨들이 일제히 일어서서 중얼거렸다.

"오! 그다음은 우리 차례야!" 할머니가 외쳤다.

아직도 약혼자인 피날리피 이레몽거

제9장
핀처럼 날카롭게

피날리피 이레몽거의 이야기

팀피가 체포됐군. 난 항상 생각했어. 그는 불운하게 태어난 난쟁이, 탯줄도 못 뗀 남자라고 말이야. 물론 그렇다고 그의 체포를 바란 건 아니야. 약간의 협박과 고문을 당하고 나서 결국 우리 곁에 돌아오겠지. 어쨌거나 이제 이 집도 위험하니까 오늘 밤 온 가족이 이동할 거야. 룽던 사람들이 얼마나 우리를 싫어하는지, 그들의 증오는 정말 소름 돋을 정도야.

자, 거울에 비친 내 모습을 봐. 탈출을 위한 완벽한 위장이지. 멋진 드레스와 보닛을 갖춰 입고 산책하면, 나는 완벽한 룽던 숙녀처럼 보일 거야. 거울에 비친 피날리피 루리오나 이레몽거, 정말 훌륭해!

그런데 지금 내 얼굴, 내 미간 사이에 깃든 것은 바로 두려움이야. 어제 움비트님은 모두 수호물을 내놓으라고 명령했어. 그만큼 상황이 심각하다는 증거이겠지. 스터리지 집사가 리핏을 제외하고 우리의 수호물들을 전부 수거해서 움비트님께 맡겼어. 나의 도일리(레이스 손뜨개)를 떠나보내다니 너무 고통스러워. 도일리가 없으면 내 체중을 예전처럼 유지할 수도 없고, 건강도 나빠질 거야.

매일 매시간 매초가 두려워. 예전에 힙 하우스 시절에 느끼지 못했던 불안감이야. 쓰레기산에서 폭풍이 불어와 무어커스의 약혼자 호리트가 익사했을 때, 난 생각했어. 저건 그 아이의 운명이라고. 너무 예쁘고 못된 여자는 그렇게 대가를 치르기 마련이니까. 그렇지만 내게는 그런 일이 절대 없을 줄 알았어. 그런데 지금 나의 운명조차 불확실하다니….

나는 열여덟 살, 얼마 후에 열아홉 살이 되고, 스무 살은 훨씬 즐거울 거야. 내가 조금만 더 버티고, 행운이 약간만 더 따라 준다면. 비록 내 친척들이 공포에 질려 스스로 갉아먹는다 해도, 난 훨씬 똑똑하게 행동해야 해.

내게는 클로드가 있어. 그리고 그가 나의 임무야. 가족들은 내게 그가 준비되도록 도우라고 했어. 할머니가 자신의 큰 대리석 벽난로 앞으로 나를 불러서 명령했지. 그에게 가서 그를 가족의 품으로 돌아오게 해라. 이것이 내 의무라고. 그리고 그들은 내게 당밀을 뿌리고, 그 찐득한 달콤함 속에 작은 진드기를 가두라고 얘기했어. 나는 최선을 다하겠노라고 대답했지.

그런데 문제는 그가 도일리를 원하지 않아.

그런데 문제는 그가 루시, 그 흔하디흔한 성냥 상자를 원한다는 거야.

그가 그녀를 위해 우는 모습을 지켜보며 나는 가만히 뒤에서 기다릴 거야. 그가 눈물을 멈추고 나를 볼 때까지. 그가 우리 가문에 그토록 중요한 인물이라면, 내가 반드시 가져야 해.

그는 아직 도일리를 사랑하지 않아. 아직은 아니야.

우선 나부터 매력적으로 보이게 할 거야. 탈출할 때, 나와 무어커스는 룽던의 안전 가옥에서 클로드를 지켜야 한다고 할머니가 말했어. 그리고 웨스트민스터 다리에서 중요한 아침을 위해서 그가 진정한 이레몽거가 되도록 해야 한댔어.

"그날 웨스트민스터에서 무슨 일이 있는 거죠?" 내가 물었다.

"정의가 실현될 거야. 그러면 모든 일이 다 해결되지." 노부인이 말했다.

"정말 모든 것이 좋아질까요?"

"클로드만 준비된다면. 네가 그를 제대로 설득한다면."

"그렇다면 클로드에게 마개를 주면 어떨까요? 도움이 될 거예요." 내가 제안했다.

"안 돼, 그건 위험해. 일단 마개는 리핏이 보관할 거고, 다른 수호물은 움비트가 돌볼 거다."

"그건 정말 잘못된 결정이에요. 할머니가 신뢰를 보이면, 클로드도 우리를 믿겠죠."

"하지만 클로드가 오늘 아침 아래층에서 하인에게 한 짓을 생각해 봐! 그리고 움비트는 수호물을 보관하면 우리 모두 더 안전할 거야. 아니면 도일리에 팔다리가 생기고 네게 소리치는 꼴을 봐야 할걸? 가장 관건은 얼마나 클로드를 신뢰할 수 있느냐는 거야. 그가 너를 믿고, 너를 통해 가족을 사랑하게 해야 해."

"네, 할머니."

"그럼 가 봐라. 그리고 그를 지켜 봐."

어떻게 해야 그가 나에게 올지 이미 계획이 있어. 우리가 허둥지둥 탈출하느라 정신없을 때, 그에게 마개를 줄 거야. 그런 다음 그를 낚는 거지. 어때? 그러면 그의 불행한 심장은 내 손아귀에 들어올 거야.

♠

"리핏, 부끄러워하지 말고 이리 와 봐."

내가 복도에 있는 리핏을 불렀다. 리핏은 헐렁한 옷에 큰 모자와 큰 바지를 입고 이상한 꼬락서니를 감추고 있다. 저 불쌍한 어린 양은 내 말에 거역할 수 없다.

"리핏."

"자, 내 옆에 앉아. 가까이, 좀 더 가까이 와."

"리핏."

"리핏이란 말은 제발 그만해."

나는 그를 꼬집었다. 몹시 아픈 곳만 골라 잽싸게 꼬집었다.

"리핏!"

"소리 지를 건 없어. 친해지려고 꼬집었을 뿐이야. 내 생각엔 네가 나를 좋아하는 것 같아. 네가 실종되기 몇 년 전, 나를 보러 여자 기숙사에 몰래 찾아왔잖아."

"리핏!"

"너 정말 당황했구나. 땀까지 흘리네."

"리핏. 리핏."

"자, 리핏. 앞날에 대한 걱정과 팀피에 대한 슬픔을 담아서 우리 차분히 대화해보자."

"리핏, 리핏. 리리리피피핏, 리피트-리피트-리피트, 립. 핏, 리핏, 리핏."

리핏은 뭔가 이야기를 하고 싶어 했는데 그것은 실로 눈물겨운 광경이었다.

"참 멋진 이야기구나. 그리고 무슨 일이 일어났지?"

"리핏, 리핏. 리핏? 리핏!"

"넌 정말 재담꾼이구나. 리핏하기의 선수야. 계속 얘기해 봐."

"리피트리피트리피트, 리 핏, 리핏? 리핏… 리핏… 리핏!"

"와, 정말 해피엔딩이구나!"

그리고 그의 영혼을 겁먹을 정도로 난 그를 아주 세게 꼬집었다.

"리핏! 리핏!"

"벌써 가려고? 그럼, 좋을 대로."

성공했어! 리핏이 보관하던 클로드의 작은 마개를 내 마개와 바꿔친 거야. 잘했어, 핀. 그런데 또 다른 물건이 있었다. 두 물건이 동반자라도 되는 것처럼 함께 포장해서 리핏이 주머니에 넣어두었네. 성냥 상자!

이건 루시의 성냥 상자가 틀림없어. 왜 리핏이 이걸 보관하고 있지? 그녀가 아직 살아 있다는 뜻일까? 당분간은 내가 보관할 거야. 하지만 마개 옆에는 두지 않겠어. 클로드가 소리를 못 들을 만한 금속 상자가 필요해. 그래, 내 담배합에 보관해야겠어. 이렇게 난 연인들의 수호물 한 쌍을 손에 넣었어.
 자, 이제 모든 것이 내 뜻대로 이뤄질 거야. 클로드와 나는 함께 룽던 거리를 거닐고, 무어커스가 우리를 감시하고 상부에 보고할 거야.
 그래, 핀, 아주 잘했어. 정말 똑똑해.

위장 잠입 중인 수호물의 총재, 이드위드 이레몽거

검은 숨을 나뿜는 이풀 이레몽거

제10장
밤을 부르는 숙모

클로드 이레몽거 이야기는 계속된다

탈출 작전

이드위드 삼촌은 친척 중에 나를 가장 먼저 응접실로 불렀다. 응접실에는 레더맨들이 여럿 있어서 두 사람만 있는 기분은 들지 않았다. 이드위드는 군복처럼 보이는 괴상한 빨간색 제복을 입고 있었다.

"클로드, 이제 집에서 떠날 때다. 그래서 나는 첼시의 연금 수급자로 분장했지. 이 의상은 구호 활동하는 군인의 복장이야. 어때? 꽤 똑똑하지 않니?"[6]

"네, 정말 그래요."

"너를 위한 옷도 준비했어. 너도 이제 신사답게 행동할 것이라고 믿겠다."

내가 건네받은 것은 높은 중절모와 고급 모피 외투였다.

● 6 1682년 전쟁부상자를 위한 병원 및 요양소로 첼시왕립병원이 건립된다. 첼시 연금 수급자는 상이군인을 뜻한다.

"클로드, 그것은 상복이야. 검은 완장은 꼭 왼팔에 차고 다니렴. 룬던 사람들은 빅토리아 여왕의 배우자인 앨버트 공을 애도 중이라더군. 그가 땅에서 썩은 지도 15년이 넘었는데, 여전히 홀쩍대다니! 아무튼 넌 퍽 슬퍼 보이니까 이 상복이 안성맞춤이겠지."

"팀피 삼촌 일은 유감이에요, 삼촌."

내가 위로의 말을 전하자, 갑자기 이드위드는 침을 뱉으며 화냈다.

"유감이라고? 내게 감히 '유감'이라고 말하다니. 그런 소리는 어린 생쥐한테나 할 말이야. 파리똥, 벼룩의 간조차 내줄 가치가 없는 녀석이군. 난 그저 내 제랄딘이 걱정될 뿐이야. 그런데 이제 제랄딘이 없다니! 오, 나의 제랄딘!"

그제야 제랄딘의 소리가 들리지 않는다는 것을 깨달았다. 잠시 침묵이 흘렀다. 조금 후 그의 하얀 얼굴에 야릇하게 히죽거리는 웃음이 떠올랐다.

"자, 사전 조사를 마쳤으니 곧 떠날 거야. 이틀 밤만 숨었다가 웨스트민스터 다리에서 만나자."

"그럼 저는 무엇을 해야 하나요?"

"이사 준비를 철저히 해야지. 우선 나에게 아주 특별한 사람을 소개해 줄 거야. 누구인지 알겠니?"

"아뇨, 전혀 모르겠어요."

"당연히 짐작도 못 할 테지! 바로 내 아내야. 나의 이풀."

"그런 분이 계신 줄 몰랐어요."

"세상 모든 사람이 너처럼 자기 사랑을 광고하고 신음하고 불평하진 않아. 그러니까 사랑을 잃었다고 가구를 망가뜨리는 짓

따위 말이다. 또다시 그런다면 내가 나서서 널 때려줄 거다."

"감히 말씀드리면, 삼촌이 다칠 수도 있어요. 전 스스로 재능을 키워왔고, 누구에게도 무릎 꿇을 생각이 없어요."

"그래, 내가 좀 지나쳤구나. 동생을 잃고 제랄딘마저 안전한 곳에 보내야 했으니, 그럴 만도 하지 않겠니?"

이드위드 삼촌은 화를 참느라 애쓰는 듯했다. 그런데 예의 그 고개를 갸웃거리더니, 기괴한 미소가 돌아왔다.

"참, 사랑에 관해 얘기하던 중이지. 나 역시 결혼이란 미끼에 낚여 낚싯줄에 걸리고 말았지. 어쨌든 인구 통계 조사에는 한 가구에 두 명이 있었으니까."

"숙모님이 계신 줄은 몰랐어요."

"당연히 몰랐을 거야, 이 햇병아리야. 더구나 결혼식도 올렸어! 나의 아내 이풀, 내 기쁨의 썩은 동태! 만약 네가 얌전히 굴어 어른이 되었다면, 지금쯤 베이리프 하우스에 있는 우리 부부의 집에서 하숙하고 있었을 거야. 그런데 이제 우리의 집, 우리의 세계가 산산조각이 났고, 그 아름다운 방들은 거대한 연기 더미가 되었지. 자, 이풀, 이리 와서 어린 클로드를 만나볼래? 아직도 수줍어하는구려. 이리 와요, 이풀!"

벽난로 안에서 굉장한 검댕이 뿜어져 나오더니 굴뚝에서 아주 작고 어두운 사람, 가장 더러운 이레몽거가 나왔다.

"잘 지냈어요, 이드위드."

"안녕, 이풀."

그들이 활짝 웃으며 서로 인사하자 몇몇 레더맨들이 따라서 절을 했다. 그녀는 작고 거무튀튀했고 도저히 상상 불가능할 정도로 큰 입을 벌려 **활짝** 웃었다. 주위에는 두꺼운 장막을 두른 것처럼 굴뚝 먼지와 검댕이 자욱했고, 그 어둠 너머로는 오로지 그녀의 하얀 치아와 눈동자뿐이었다.

"안녕하세요, 숙모님. 뵙게 되어 정말 반갑습니다." 나는 과감히 말을 걸었다.

"얘가 클로드예요?"

"그래, 맞아. 나의 사랑하는 어둠, 나의 깊은 내면이여."

"얘는 전혀 그럴듯해 보이지 않는데?"

"겉보기로는 그렇지. 하지만 클로드는 아주 대단해."

"네가 우리를 구원해줄 사람이니?"

"이풀, 저 아이는 아직…"

"제가요?"

"이렇게 엉성해 보이는 얘가 뭘 할 수 있겠어요?"

굴뚝 위에서 남들의 대화나 엿듣는 외숙모의 말투가 마음에 들지 않는 데다 최근 내 재능에 적잖이 자부심을 느끼던 터라 나는 반격하기로 결심했다.

"저는 사물의 소리를 들어요. 이드워드 삼촌보다 청력이 더 뛰어나요. 게다가 어떤 물건이든 옮기고 부술 수 있죠. 벽지에 물집을 만들고, 방을 까맣게 태울 수도 있어요. 매일매일 전 더 많은 것을 해내요. 런던을 통째로 뒤집는다고 해도 과장이 아니에요. 이레몽거 중의 이레몽거라고요!"

그들은 동시에 아주 비슷한 각도로 고개를 갸우뚱했다.

"쟤는 자기 자신을 높이 평가하네. 그렇지 않아요?" 이풀이 말했다.

"전반적으로 그런 경향이 있지." 이드위드가 말했다.

"신세대의 전형이네. 제 분수도 모르고, 식사 예절도 없고, 품위 따위는 눈 씻고 봐도 없군. 이드위드, 시간이 있을 때, 예절을 단단히 가르쳐야겠어요."

"그래, 내 사랑. 때때로 클로드를 거꾸로 매달아서 흙탕물에 몇 분 담그는 건 어떨까?"

"도대체 뭔 배짱으로 나를 함부로 대하는 거죠? 나는 가구도 옮길 수 있어요."

가족들의 끝없는 훈수에 완전히 질린 나는 딱 잘라 말했다.

"자, 사랑하는 이풀, 나의 영원한 안식, 나의 잠옷, 죽음보다 더 짙은 암흑. 당신의 진면모를 저 아이에게 보여주어요."

이풀 숙모는 이드위드 삼촌처럼 활짝 웃었는데 그러자 입이 자꾸만 커졌다. 계속 커진 입은 이풀의 양 귀에 걸릴 정도였다. 그리고 큰 먹이를 삼키려는 보아뱀처럼, 숙모는 머리를 뒤로 젖히고 턱을 딱딱 부딪치며 비틀었다. 그러자 그녀의 목구멍 속이, 치아의 성벽 너머의 깊은 암흑이 훤히 들여다보였다. 아찔할 정도로 끔찍했다. 그 안에 발을 헛디뎌 떨어질까 봐 두려워졌다. 하지만 이는 시작에 불과했다. 마치 작은 두꺼비가 탈출하는 것처럼, 이풀의 활짝 열린 식도에서 검은 무언가가 슬며시 기어 나오더니 엄청난 규모로 퍼져나갔다. 어떤 어둠보다 더 검은 암흑, 탄소, 흑단, 감초보다 더 컴컴한 칠흑. 숙모가 검은 혀를 날름거릴 때마다,

그 깊은 암흑은 점점 더 멀리, 점점 더 두껍게 퍼졌다. 방을 가득 채운 축축한 검은 습기에 온몸이 흠뻑 적시는 기분이었다. 어떤 빛의 흔적도, 어떤 어둠의 그늘도 없이, 모든 빛과 색과 생명이 영원히 물에 잠긴 듯 컴컴한 암흑이 되었다.

"삼촌, 어떻게 별안간 밤이 되죠?"

"젊은 녀석이 예의가 없군. 이 밤은 이풀이 직접 만든 거야."

"숙모가 뭘 하셨든, 당장 원래대로 돌려줄 수 있을까요?"

"클로드. 네가 보는 것이 바로 내가 항상 보는 것, 바로 무(無)란다. 너는 이 어둠을 어떻게 생각하니?"

"아주 불편하고 부적절해요. 과연 빛이 돌아올까요? 왜 이렇게 검게 만들죠?"

"오, 그녀는 나를 위해서 그런 거란다. 이풀의 달콤한 숨결에 내 몸이 깨끗해지는 기분이 들도록 말이야. 치은염으로 고통받는 밤에 아주 큰 담요를 덮어준달까? 그녀는 내가 사랑하는 검은 폐를 통해 아주 길고 치명적인 밤을 만들지. 낮에도 밖에 나가면 안전하지. 이풀이 해냈고, 파울샴의 자욱한 연기와 룽던의 음습한 숨결이 함께 거들었달까?"

"그러면 런던의 밤을 만든 분이 숙모예요?"

"그래, 룽던 사람들이 아무도 우리의 탈출을 보지 못하게 준비한 거야. 그녀가 계속 굴뚝 위에 있는 이유지. 이풀은 폐를 하나 더 가지고 태어났다. 제3의 폐가 이 세상을 검고 어둡게 그을리고, 밤을 수호하는 그녀가 태양을 꺼버리지! 장님인 나로서는 아주 기쁜 일이야."

"태양을 끌 수 있다니, 정말 대단해요, 삼촌!"

"우리 모두 재능이 뛰어난 이레몽거 아니냐! 정말 훌륭한 가문이야!"

"네! 저도 같은 생각이에요."

"우리는 이레몽거야, 클로드!"

"네, 그건 의심할 여지가 없어요." 나는 속삭였다.

"레더맨에게 생명을 불어넣은 이도 이풀이야. 그녀의 어둡고 음습한 숨결로 말이지."

"오, 베이리프 하우스에서 그걸 해낸 분이 바로 숙모라니."

"클로드, 만약 이풀이 마법으로 암흑을 불러내고 해를 끄고 난 후, 이레몽거가 멸종한다면? 이 세상은 어떻게 될까?"

"세상이 상상할 수도 없는 공포로 뒤덮이겠군요."

나는 절대적인 어둠 속에서 길을 잃고, 저 깊은 곳에 산 채로 매장된 기분에 오싹해졌다.

"좋아, 클로드! 이제야 너도 제대로 보이나 보군. 똑똑하게 굴지 않으면, 다음번 룽던의 대청소에 우리는 멸종할 거야. 오늘 밤에 어떤 이레몽거가 죽을지 누가 알겠니?"

"오늘 밤에도요?"

"우리 중 누군가는 죽겠지. 룽던이 파놓은 함정에서."

"그들은 정말 잔인하군요!"

"그래서 네가 먼저 공격해야 해. 그들이 우리를 살해하게 두진 않겠지?"

"아뇨, 삼촌, 저도 그러길 바라는 건 아니에요."

"오, 내 귀에 음악처럼 들리는구나! 자, 준비해라, 클로디우스 이레몽거. 오로지 이틀 밤뿐이야! 이풀, 이제 밤을 거둬야죠? 그래야 이 소년이 옷을 입고 나가서 룽던을 만끽할 테니까."

이풀 숙모는 숨을 크게 들이마셨다. 그러자 밤이 그녀의 깊숙한 폐로 들어가고, 아까보다 어둠이 훨씬 옅어졌다. 그녀는 어둠을 삼킨 마무리로 연기를 조금 트림한 후에 가스 램프를 켰다. 방 중앙에 숙모가 있었고, 그 옆에는 이드위드가 있었다. 레더맨들은 원래의 자리에서 뭔가를 찾는 듯 고개를 젓고 있었다.

"잘했어요, 내 암흑의 양동이!"

"클로드. 예전에도 이 기술을 너한테 보여줬었지. 베이리프 하우스에서 너를 지하 기차역으로 안내했던, 바로 그 검은 연기를 기억하니?"

"정말 감동했어요, 숙모. 정말 대단하세요!"

"내 폐가 룽던에 거름을 줬으니, 또 시내로 가야지. 거리를 어두컴컴하게 해서 우리가 몰래 빠져나갈 수 있도록. 이번 이사로 우리 가족 숫자가 더 줄지 않기만을 바라자."

응접실 문을 두드리는 소리가 들렸다.

"자, 클로드, 모자와 코트를 챙겨라. 이제 길을 떠나자. 내 눈이 되어 나를 이끌어주렴."

복도에 모인 가족들

복도로 나가보니 벌써 준비를 마친 가족들이 줄을 서서 기다리고 있었다. 가족과 하인들이 여행 가방, 손가방, 작은 트렁크, 포장

꾸러미 등을 챙겨왔지만, 수호물을 가진 사람은 아무도 없었다. 그때 로사무드 이모가 불쑥 튀어나와 울먹였다.

"이드위드, 비나디트를 데려가게 해줄 거지? 여기 혼자 두지는 않겠지?"

"애초부터 여기로 데려오지 말았어야지." 어떤 고모가 멀찍이 서 소리쳤다.

"지금 그를 옮기는 건 안전하지 않아. 우리 모두를 익사시킬 거야."

"하지만 그 아이는 내 아들이야, 내 친아들!" 로사무드가 소리쳤다.

"그를 내쫓은 사람도 너야. 그게 네가 한 일 중 가장 잘한 거야!"

"그를 버려! 어차피 우리에 비하면 하찮은 존재잖아."

"너희들은 괴물이야! 차라리 날 먼저 죽여! 겁쟁이들!"

로사무드가 닥치는 대로 팔을 휘두르며 외치자, 이를 맞받아치며 이레몽거 이모들이 욕을 하며 발로 차기 시작했다.

"명령이오! 명령! 내가 명령을 전달하겠소!" 매우 특별한 이레몽거가 아주 특별한 경우 전달하는 명령이 바로 이드위드의 입에서 흘러나왔다. "쉿, 쉿, 우리는 모두 가족이고 아주 훌륭한 국민이에요. 우리 자신이 누구인지를 잊지 말아요."

혼란에 빠졌던 가족들은 침착함을 되찾았다.

"자, 숙녀분들, 모든 이레몽거는 빠짐없이 가족의 돌봄을 받을 테니까, 두려워하지 마시오. 벼룩처럼 지켜줄 테니까. 다만 젊은 비나디트에 대해서는…"

"내 아들이야. 그는 내 아들이야!"

"물론 그렇지. 하지만 너의 사랑하는 아들이 모든 사물을 끌어당기니까 거추장스러운 건 사실이야. 우선은 그를 남겨두고 떠나야 해."

"오, 안 돼! 빈은 살해당할 거야!'"

"로사무드, 네가 비명 지르게 놔두진 않겠어. 분별 있게 행동해. 만약 그가 함께 간다면, 가족 모두가 위험해져. 생각해봐. 룽던 사람들이 이곳을 수색하더라도 지하실에서 잘 숨어 있는 비나디트를 찾지는 못할 거야. 그는 여태껏 혼자 살아남았고 그래서 더 안전했어."

"이 모든 게 네 동생 팀피 때문이야." 로사무드가 흐느끼며 울었다.

"그래, 태틀테일 팀피가 분명 우리를 밀고했을 거야."

다른 이모가 말을 거들자, 고모들과 사촌들, 심지어 삼촌들도 팀피를 들먹이며 원망했다.

"팀피가 우리 주소를 실토했을 수 있어. 어쨌든 예방 차원에서 떠나야 해. 움비트님과 옴마발 올리프 님은 이미 떠나셨고 수호물도 전부 옮겼으니 우리도 출발해야 해."

이드위드가 좌중을 달래며 출발 순서를 정해줬다. 우선 선두 지휘할 장교들이 노인들과 아이들, 그들의 시중을 들 하인들을 데리고 출발하고, 그 후에 젊은이들이 떠나기로 했다. 그래서 거리에 나가 있는 오타와 언리의 신호가 올 때까지, 사촌들끼리, 삼촌들과 고모들끼리 서로 무리를 지어 출발을 기다렸다. 쿵닥, 쿵, 콩닥, 콩콩, 서로의 심장 소리만 들렸다.

"얼마나 더 있어야 해?"

"지금은 쉿."

"우린 덫에 걸린 쥐야. 차례로 질식하고 익사할 거야."

"반짝, 반짝, 뚱뚱 닭." 이드위드가 이레몽거의 동요를 조용히 불러줬다.[7]

"우리는 끝장이겠지?"

"잘 자라, 그의 울타리에서."

"룽던 사람들이 집에 불을 놓으면, 모두 타 죽을 거야!"

"암탉의 머리부터 발끝까지 여우에게 잡아먹힐 때."

"그만 나갈래. 더는 숨 쉴 수가 없어!"

마침내 문에서 희미하게 긁히는 소리가 나더니, 크고 뚱뚱한 쥐가 문틈을 통해 들어왔다. 그 쥐가 목에 걸린 놋쇠 고리를 빼내자, 별안간 회전하고 뒤척이고 끔찍한 고통에 빠진 것처럼 휘청거리다가 오타로 변신했다.

"자, 내 혈육아, 무슨 소식이니?" 이드위드가 말했다.

"우리가 떠날 시간이에요. 콜레라처럼 빨리! 당장요! 놈들이 와요. 거리에서 레더맨 두 명의 배가 갈라졌어요."

곧이어 사람들의 비명이 울렸다.

"명령이다! 명령! 조용히! 언리는 어디 있지?"

"그는 세 블록 떨어진 거리에서 감시 중이에요. 대부분 경찰 제

● 7 차례대로 "반짝반짝 작은 별"과 자장가를 비롯해 영국 머더구스 동요를 개사해 부른 것이다.

복을 입었는데, 몇몇은 사복을 입고 있어요. 곧 포위될 것 같아요!" 오타가 외쳤다.

"오타, 정갈 고맙구나. 이제 너는 가도 좋아."

모두 당황했지만, 각자 명령을 전달하면서 제자리로 돌아왔다.

"자, 다들 도망갑시다! 앞으로 두 번째 날 아침, 1876년 2월 8일, 웨스트민스터 다리 위. 자, 여러분, 따라 하시오. 우리가 언제 만나지?" 이드위드가 말했다.

"두 번째 날 아침."

"1876년 2월 8일."

"그런데 어디서?"

"웨스트민스터 다리에서."

"그래, 그래, 맞아. 8시 정각에 만나는 거야." 이드위드가 소리쳤다.

"내 달콤한 젤리들, 출발 시간이야! 룽던 사람처럼 변장해서, 그들 사이로 숨어라. 너희의 영리한 재주와 더러운 마법을 사용해서 그들을 파괴하고 분열시키고 고통에 빠지게 해라. 이틀 밤만 더 버티면 돼. 그리고 모든 준비가 끝나면, 우리는 웨스트민스터 다리에서 모일 거야. 그날 우리의 피가 꽃을 피우고, 우리의 명예, 부채, 죽음을 한데 모으고, 이레몽거의 갈망과 분노를 터트리자. 자, 가거라! 축복이 있기를. 고릴드, 너는 나를 부축해라. 이리 와, 이풀. 피날리피, 넌 준비 됐니?"

"네, 삼촌!" 피날리피가 대답했다.

"피날리피, 네 행운을 빈다. 무어커스, 이제부터 네가 여기 책임

자야. 너의 임무는 클로드와 피날리피를 지켜보는 거야."

"네, 우리는 확실한 대응 태세를 갖췄습니다!" 런던 경찰관 제복을 입은 무어커스가 대답했다.

"착하게 굴어라, 클로드. 네 귀의 재능을 활용하렴! 그리고 피날리피 옆에서 서로 잘 돌봐줘라." 이드워드가 내게 말했다. "내 아이들아! 도망가! 목숨을 걸고 도망쳐라!"

복도에 있던 불빛들이 사라졌다. 삼촌과 이모들이 가스 램프, 랜턴, 횃불을 전부 가져갔고, 무어커스와 동료 장교 스턴리와 듀빗이 지휘하는 가운데 이레몽거 소년 소녀들만 촛불 몇 개를 든 채 남아 있었다. 그런데 리핏은 어디 있었을까? 아마 할아버지와 함께 떠난 것일까? 포이는 여전히 10파운드 무게의 아령을 쥐고 있었다. 아마 너무 무거운 수호물이라서 뺏기지 않은 듯했다. 오밀리와 그녀의 친구들은 옹기종기 모여 있었다. 그들은 고릴드, 모니, 휴, 플립, 네그 등 모두 터미스의 형제들인데, 나이가 어리든 많든 간에 터미스와 얼굴이 닮았다.

"이 쓰레기들, 조용히 해! 안 그러면 영원히 입 다물게 될 테다."

무어커스는 권총 두 자루로 아이들을 번갈아 겨냥하며 소리치며 즐거워했다. 그가 이름을 부를 때마다, 사촌들이 차례로 나갔다. 풀과 테비가 가고, 오르밀과 그녀의 친구들이 가고, 포이와 보노비가 가고, 머클리스와 오르리와 잇첼과 오르만과 아이테와 미르크와 오이지와 엣자와 이부타와 스피트가 차례로 나갔다. 하지만 여전히 피날리피와 나는 호명하지 않았다. 무어커스의 동생인 두어커스와 풀루어커스의 순서가 되었을 때, 그는 행운의 성호를 그어준 다음에 떠나보냈다. 그리고 그는 동료 장교인 스턴리와 듀빗한테 뭐라고 속삭였다.

"진심이야, 무어커스?"

"그냥 내 명령에 따라, 듀빗!"

"꼭 그래야만 할까?"

"최고 장교인 나의 명령이야. 스턴리, 이 새가슴. 자, 이제 시작해."

무슨 일인지 난 짐작할 수 없었다. 스턴리와 듀빗이 응접실로 들어갔다가 잠시 후 시끄러운 소동과 함께 레더맨 7, 8명을 복도로 데려왔다.

"잘 들어, 이 위대한 레더맨들아. 대장의 명령이다. 날 봐, 내 제복, 내 무공메달을 보라고." 무어커스가 말했다.

"멋진, 메달."

"그리고 내 반짝이는 헬멧을 봐!"

"헬멧!"

"반짝반짝 빛나는 헬멧."

"메달 각하, 전 아이린 틴타이프입니다. 안녕하세요?" 어린 가죽 인형 소녀가 먼저 인사했다.

"저는 아서 펜케이스입니다."

"저는 조셀린 북플레이트입니다."

"저는 윌리엄 왁스크레용입니다."

"너희 이름 따위는 내 알 바 아냐. 너희는 아직 미완성이지만, 그래도 임무를 맡아야지. 내가 나갈 때 문을 잠글 테니까, 저 복도에 서 있는 두 남녀가 밖에 나가지 못하도록 막아라. 무슨 말로 설득하든 넘어가선 안 돼."

"네. 그들은 우리와 함께 집에 남을 거예요." 레더맨들이 대답했다.

"하지만 움비트님의 지시와 다르잖아! 이건 살인이야!" 피날리피가 외쳤다.

"입 다물어. 피날리피! 내가 이 순간을 얼마나 기다렸는지!"

"정말 너무하군. 클로드에게 신의 축복이 있기를!"

무어커스 옆에 있던 토스트랙, 롤랜드 쿨리스가 어이 없어 하며 말했다.

"클로드, 넌 대가를 치러야 해. 룽던 경찰이 도착할 때 네가 질질 짜는 꼴을 못 보는 게 아쉬울 뿐이야. 아주 멋진 충성을 기대할게. 네가 땅에 쓰러지고 묵직한 오물이 된다니! 자, 스턴리, 듀빗, 가자! 토스트랙, 너도! 클로드, 영원히 잘 가!"

그리고 그는 문을 쾅 닫아 우리를 레더맨들과 함께 집 안에 가뒀다.

"어떻게 좀 해봐!" 피날리피가 내게 말했다.

"피날리피, 지금 당장 떠나는 게 좋을 것 같아. 가자."

"하지만 레더맨들이 우리를 막을 거야. 명령에 절대복종하니까. 넌 무어커스가 한 말을 콧등으로 들은 거니?"

"아, 무어커스가 내뿜고 간 더러운 가스 말이니? 그건 전혀 걱정할 필요 없어."

집 근처 어딘가에서 호루라기 소리가 크게 들렸다. 이에 답하듯, 다른 호루라기 소리가 울려 퍼졌다.

"친애하는 레더맨들, 난 클로드 이레몽거라고 해."

내가 목소리를 가다듬고 말을 걸자, 그들은 나를 쳐다보았다.

"클로드?"

"클로드. 네가 누구든 상관없어."

"너는 이 집을 나갈 수 없어."

"너희들을 다치게 하고 싶진 않아. 웬만하면 그럴 마음이 없거든." 내가 말했다.

"이봐, 네 모습을 봐. 우리는 두렵지 않아."

"클로드, 입 다물어. 아니면 널 해칠 수밖에."

"그러면 꽤 아프겠네."

레더맨들이 웃자, 그들 주위로 검은 가스가 자욱이 뿜어나왔다.

"여기 문 옆에 기압계가 보이니? 그리고 옷걸이도 보이지? 잘 지켜봐."

나는 눈을 감고 기압계를 망가뜨렸다. 그것은 폭발해서 순식간에 검게 그을리고 오그라들었다. 또 옷걸이는 천장 위로 치솟았다가 담쟁이덩굴처럼 기어 다녔다.

"오, 클로드. 바로 그 클로드야."

"갈라진 발굽을 가진 분이야."[8]

"상상해 봐. 내가 너희한테 어떤 일을 할 수 있겠는지. 자, 친애하는 레더먼들, 이제 런던 거리로 나가서 호루라기 소리가 나는 곳을 향해 용감하게 달려가."

최대한 엄하게 말하는 내 명령에 레더맨들은 고개를 끄덕였다.

"호루라기한테 달려가자."

● 8   갈라진 발굽은 중세 신화에서 악마의 상징으로 나타난다.

"그런데 문이 잠겨 있어."

내가 할아버지처럼 손가락을 튕기자 자물쇠가 구부러져 바닥에 떨어지고 문이 찰칵 열렸다.

"너희들도 보다시피, 지금 문이 열렸어. 자, 어서 나가. 비나디트를 여기로 데려올 텐데, 그와 가까이 있으면 너희 뱃속이 터질 수 있거든."

그러자 그들은 아주 빨리 말귀를 알아듣고 도망쳤다.

"오, 클로드! 넌 정말 멋져!"

"별것 아니야. 내가 할 일이지."

"그럼 가자. 이제 나가야 해."

피날리피의 마지막 말이 마치자마자, 거리에서 경찰의 호루라기 부는 소리가 또 한 번 들려왔다.

"하지만 비나디트도 데려가야 해."

"비나디트라고? 그 덩치가 우리를 순식간에 끝장낼 거야."

"비나디트 없이 나는 한 발짝도 움직이지 않겠어. 어쨌든 그도 이레몽거야."

"오, 맙소사! 좋아, 그를 데려와. 하지만 서둘러!" 피날리피가 외쳤다.

나는 어둠 속에서 비나디트를 부르며 더듬더듬 계단을 내려갔다. 어둠밖에 아무것도 없었다. 쥐들이 내 발 주위를 껑충껑충 뛰어다니며 신발 끈을 잡아당기며 뭔가 하고 싶은 말이 있는 듯 나를 올려다보았다. 그때 드디어 소리가 들렸다.

"나, 여기 있어. 여기!"

곳곳에 쌓인 물건들이 그에게로 가는 길목을 막고 있었다. 나는 회오리바람을 일으켜 물체들을 공중에 띄워 멀리 날려버렸다. 그러자 아주 단단한 철문이 나타났다. 자물쇠를 비틀어 열자, 그곳에 그가 있었다. 거대한 조각상처럼, 이레몽거 인류의 원형처럼. 비나디트는 하나의 쓰레기산이었다. 내가 문을 열자마자, 수백 개가 넘는 작은 물체들이 그를 향해 돌진하며 달라붙었다.

"안녕, 내 조각 친구들." 비나디트가 말했다.

"어서, 비나디트. 지금 서둘러 나와야 해."

"아주머니? 아주머니?" 비나디트는 소리쳐 부르기 시작했다.

"도대체 쟤는 왜 그래?" 피날리피가 계단 꼭대기에서 내려다보며 말했다.

"아마 로사무드 고모를 찾나 봐. 자기 엄마니까."

"그들은 모두 떠났어. 우리가 마지막으로 남은 거야." 피날리피가 덤덤한 말투로 말했다.

"그분이 가지 않겠다고 얼마나 고집 피우셨는지 몰라. 우리에게 널 돌봐달라고 신신당부하셨다니까." 내가 재빨리 둘러댔다.

"내 가족이야!" 비나디트가 으쓱거렸다.

"빨리 와, 안 그러면 우리는 아마 사망한 가족이 될걸." 피날리피가 우리를 문 쪽으로 끌어당기면서 소리쳤다.

그리고 우리는 거리 바깥으로 나갔다. 런던이다.

"클로드, 이제 어디로 가야 하지?" 피날리피가 말했다.

"런던." 비나디트가 말했다.

"룽던." 피날리피가 정정했다.

별안간 총성이 들렸다. 그리고 성난 분노와 고성이 터져 나왔다. 분명히 레더맨들이 발각된 것 같다. 자. 클로드, 어디로든 움직여야 해.

"어디로 갈지 생각났어. 런던에 아는 사람이 있어."

"정말, 클로드?" 피날리피가 물었다.

"클로드? 클로드! 네 이름이 클로드야?"

비나디트가 나를 가리키며 물었다. 그의 주위로 거리에 있던 누더기와 신문 조각들, 흙먼지들이 차츰 굴러와서 눈덩이처럼 불어나기 시작했다.

"그래, 내가 클로드야. 우선 너부터 숨겨야지."

"클로드? 루시가 말했던 클로드! 루시?"

"그래, 비나디트. 루시가 말했던 소년이 나야."

"단추!"

"그래, 그녀가 단추였지."

"루시? 루시?"

"그녀는 죽은 것 같아. 비나디트."

"루시! 루시!" 비나디트가 울부짖기 시작했다.

또다시 총성이, 이번에는 더욱 가까이에서 들렸다. 그래서 우리는 거리 맞은편에 있는 집으로 들어갔다. 문이 열려 있어서 아주 살그머니 숨어들 수 있었다.

"루시! 루시!"

"쉬, 비나디트. 이러다 전부 죽을 거야. 제발 가만히 있어." 나는 베네딕트를 진정시킨 후에 계단 위를 보며 속삭였다. "거기 누구

있어요? 작은 소녀, 우리를 도와줄 수 있어?"

그때 2층에서 아이의 비명이 들렸다.

"제발 도와줘! 나를 살려 줘!"

모자를 눌러쓴 리핏 이레몽거

제11장

어둠 속에서

엘리노어 크랜웰의 집에서 1분 거리에 있는
에드가르 거리에서 들리는 소리

리핏.

제3부

인사이드 아웃

루시 페넌트.

제12장

강물

방랑자 루시 페넌트가 어떻게 런던까지 오게 되었는가?

잠결에 클로드를 찾으며 소리 지르다 깨어났는데, 아마 또 기절했던 것 같다. 정신 차려보니, 온통 깜깜해서 아무것도 보이지 않았다. 저 지하 깊은 곳에서 런던발 기차의 기적이 울렸다.

얼마나 시간이 흘렀는지 알 수 없다. 지금 나는 피 흘린 채 베이리프 하우스의 무너진 잔해 틈 사이의 에어포켓 속에 갇혀 있다. 그 캄캄한 어둠 속에 몇 안 되는 파울샴의 아이들이 있었다. 남녀노소 가리지 않고 모두 화염과 흙더미에 뒤덮였고 생존자들은 단지 한 줌에 불과했다. 참으로 끔찍한 대학살이었다. 아직 숨이 붙은 이들은 계속 살아가야 한다. 나는 생존자들에게 각자의 이름을 불러보라고 시켰다.

"루시 페넌트." 내가 먼저 이름을 불렀다.

침묵.

"자, 다들 이름을 불러야 해. 그래야 살 수 있어. 나는 루시 페넌트, 다음은?"

"제니 라일." 내 친구 제니는 어릴 적부터 나와 같은 건물에 산 친구다.

"버그 라일." 그녀의 남동생. 본명은 딕인데, 바퀴벌레 경주에서 이름을 날리면서 버그라는 별명이 붙었다.

"콜린 생크스"

"테스 생크스"

"아서 오츠."

"에스더 넬슨."

"로저 콜."

"바르톨로뮤 루이스."

여기서 이름이 멈췄다.

"누구? 여기 다른 사람은 없어?"

더 이상 다른 사람은 없었다.

"다른 사람은 없어? 그러면 총 아홉 명이야?"

"미안, 나도 여기 있어. 몰리 포터라고 해."

"좋아, 몰리. 이제 우리는 한 팀이 되었어. 네 주위에 또 누가 있니?"

"아니, 여긴 나뿐이야. 다른 사람들은 어디 있죠?"

"내 생각엔 10명만 남았어. 더는 잃으면 안 돼요. 어디 빠져나갈 구멍이 있나 주위를 둘러봐. 누구 불 가진 사람 있어?"

아무도 불을 가지고 있지 않았고, 비좁은 공간에서 옴짝달싹하기도 어려웠다. 어느 쪽이 위아래인지, 거꾸로 뒤집힌 상태인지도 알 수 없었다. 판자촌의 마을 파울샴 전체가 몰락했고, 아주 작은 생명이 달린 에어포켓 속에 오로지 10명의 생존자만이 남았다.

"도와줘요! 여기 아래 사람이 있어요! 도와주세요!"

아무도 오지 않는다. 무거운 바위와 물체가 떨어지는 소리만 몇 시간이고 계속되었다. 아니, 며칠이 지난 걸까? 우리는 잠 들었다가 비명을 지르며 깨어나 부서진 벽을 손가락으로 부수려 했다. 자꾸 힘이 빠졌다. 결국 땅 위에 있는 공장이 그대로 있는 한, 우리는 먼 훗날 화석으로 발견될 때까지 이 끔찍한 쇳덩어리와 흙 무더기에 갇힐 것이다.

그런데 갑자기 적막이 깨졌다. 느닷없이 뭔가 바위틈에 들어와 우리를 저 위로 떠밀었다. 입과 발톱이 있고, 털이 수북한 것들, 마치 작은 강의 흐름 같은 것. 도대체 무엇일까?

"쥐? 저거 쥐 떼야?" 어떤 아이가 소리쳤다.

"그렇다면 따라가자! 쥐들은 분명히 빠져나갈 구멍을 찾을 거야." 내가 외쳤다.

"쥐들이?"

"그래! 쥐 떼를 따라가. 우리 목숨이 달려 있어!"

공장 건물 자체가 불평하고 도움을 청하듯, 끔찍한 신음과 삐걱거림을 냈다. 하지만 끝장이라고 생각한 순간 살길이 보였다. 반드시 저 쥐들을 따라가야 해. 날카로운 돌에 손이 베이고 손바닥은 온통 피로 끈적였지만, 건물이 붕괴하기 전에 빨리 떠나야 했다.

"나를 따라와! 어서! 움직여!"

정신 차리자. 클로드는 아직 살아 있어. 여기에 갇혀 있다면, 그는 나를 찾을 수 없을 거야. 나는 아이들을 재촉했다.

"난 못해! 그냥 날 두고 떠나!"

"아니, 절대 널 두고 가지 않아! 움직여, 아니면 널 때릴 거야!"

어디든 움직여야 한다. 몸을 움직이자, 조금씩 기어다닐 틈이 있었고 곳곳에는 쥐들이 이동하고 있었다. 아야! 다리를 세게 물렸다. 어쨌든 살아 있는 게 분명해.

얼마나 오랫동안 따라갔을까? 막다른 장소에 다다르면 다시 뒤로 돌아갔다. 조금만 뒤로, 그리고 조금 앞으로, 그러다가 조금 뒤로 움직였다. 일렬로 네발로 기어가며 우리보다 훨씬 빠르게 움직이는 쥐들을 따라가려고 애썼다. 너무 어둡고 비좁고, 공기도 부족했다. 조금만 더 버티자.

또 한 번 이름을 불렀다.

우리 중 7명, 8명, 9명, 10명. 아직 모두 살아있다.

쉬어라, 휴식이 필요하다. 쉬어야 한다.

♠

공기가 희박해지면서 잠시 기절한 것 같았다. 불현듯 정신을 차린 나는 다시 동료들을 깨웠다. 몇몇은 그냥 내버려 두라고 울었지만, 서로가 격려하며 전진했다.

잠시 후 어떤 암벽에 닿았다. 베이리프 공장은 여전히 불평하고 아파하며 무너지고 있었다. 건물의 배관이 뒤틀리고 찢어지고 휘어지는 소리가 들렸다. 그것은 죽어가는 건물의 소리였다. 잠시 후 머리 위에서 파이프 배관이 터지면서 더럽고 악취 나는 물이 세차게 쏟아졌다. 마치 아우성치는 공장이 흘리는 피처럼, 또는 땀처럼.

이곳에서 숨을 거두게 될까?

주변 땅에 축축히 물이 차올랐다. 뭔가 터지고 그 냄새가 온몸에 스며들 때, 어딘가 낯익은 야생의 느낌, 달콤한 친숙함이 느껴졌다. 그래, 전에도 이런 일이? 불쌍한 베네딕트와 함께했던 지하 여행이 떠올랐다.

"여기는 하수도야. 에프라 강으로 흘러가지."

오물의 강, 우리의 희망! 하수관을 찾고 그것을 따라 에프라 강에 도착한다면, 탈출이 가능하다. 다시 우리 주위에 쥐들이 움직이고 있었다. 홍수를 피해 마구 기어 오는 쥐 떼들, 너희들이 길을 가르쳐 주렴, 그래 줄래?

"이리 와, 다들 가자!"

"안 돼! 못해! 우리를 그냥 내버려 둬!" 일부는 울고 신음했다.

"한순간도 쉴 수 없어. 계속 움직이지 않으면, 깔려 죽을 거야! 어서 일어나!"

높은 곳에서 물에 첨벙 떨어지는 소리가 났다. 철썩철썩 부딪치는 물소리! 나는 아이들을 잡아끌며 갔다. 그런데, 어디 있지? 아무리 더듬어봐도, 어릴 적 친구 제니를 찾을 수 없었다.

"제니! 제니!"

"루시, 도와줘! 루시!"

"제니!"

갑자기 내 발아래 아무것도 없었다. 나는 떨어지고 떨어지고 또 떨어져서 마침내 저 깊은 물 바닥 아래로 가라앉았다.

♠

마침내 물 위로 떠 올랐다. 그토록 차갑고 축축한 추위 속에서 무엇이 나를 숨 쉬게 했을까? 그때 나를 가까이 끌어당기는 것.
"에프라! 지하에 흐르는 강이야! 자, 모두 어서 뛰어내려!"
풀쩍! 첨벙! 한 명씩 아래로 강 속으로 뛰어내렸다. 그리고 흙탕물 속을 조금씩 헤엄쳤다. 각자의 이름을 부르면서.
"루시 페넌트."
"제니 라일. 버그? 버그!"
"버그 라일."
"오, 하느님 감사합니다!"
"숨을 쉴 수 없었어."
"또 누가 있지?"
"아서 오츠," "테스 생크스," "콜린 생크스," "에스더 넬슨," "로저 콜," "바르톨로뮤 루이스."
"그리고? 또? 몰리? 어디 있어?"
"몰리 포터. 나 여기 있어!"
"잘했어. 모두 훌륭해."
이제 어느 길로 갈까? 대답은 간단했다. 우리가 갈 수 있는 길은 강뿐이다. 다른 길은 무너진 잔해로 꽉 막혀 있고, 한때 필칭이라 불렸던 마을이 그 안에 파묻혔다. 그러니 남은 길은 런던으로 가는 길뿐이다.

♠

우리는 온몸이 쑤셔올 때까지 한참을 헤엄쳤다. 드디어 나타난 커다란 파이프를 따라 오르고 올라서 드디어 그 끝이 보였다. 그리고 큰 금속 맨홀 뚜껑.

"가 보자."

안간힘을 쓰며 뚜껑을 돌리고 밀친 끝에, 마침내 땅 위로 올라가 퀴퀴한 공기를 한껏 들이마셨다. 이른 아침인지 거리와 주택가에 인적은 없었다. 런던의 추위가 우리를 덮쳤다.

"우리가 해낸 것 같아." 제니가 말했다.

"런던? 런던에 도착한 거야?" 추위로 덜덜 떨며 로저 콜이 물었다.

"그래. 이곳이 런던이야. 그리고 너희는 런던에서 환영받지 못해." 등 뒤에서 어른의 목소리가 들렸다.

"도망쳐. 어서 튀어!" 내가 소리쳤다.

경찰의 호루라기 소리가 울렸다.

"저기 있어! 쥐 같은 녀석들이 십수 명은 되겠군!"

경찰이 호루라기를 불면서 뛰어왔고, 저 작은 바르톨로뮤 루이스를 잡았다. 나는 아이를 빼앗긴 엄마처럼 필사적으로 경찰에게 달려들었다. 그러자 다른 아이들도 달려들어 바르톨로뮤가 빠져나올 때까지 경찰을 발로 차고 때렸다. 아직은 숨이 붙은 그는 또 다시 호루라기를 불었다.

　야밤에 우리는 허둥지둥 뿔뿔이 도망쳤다. 다리에 도착했을 때는, 일행은 기껏해야 세 명이었다. 여기저기서 호루라기 소리가 계속 들렸다. 그리고—아, 신이시여!—아주 난폭한 금속 동물이 벼락같이 짖는 소리가 들렸다. 그것은 바로 총성이었다. 경찰들이 우리를 죽이려고 총을 겨누고 있었다. 어쨌든 목숨을 지키려면 우선 숨을 곳을 찾아야 한다. 어떻게 생명을 지킬까?

　"살아남을 때까지 무조건 달려!" 나는 소리쳤다.

가죽 인형, 아이린 틴타이프

제13장

비밀의 방

클로드 이레몽거의 이야기는 계속된다

어린 소녀

우리는 내게 손을 흔들었던 소녀가 살고 있는 맞은편 집 복도에 있었다. 그러니까 우리는 여전히 코노트 플레이스에 있었다는 뜻이다. 위층에서 누군가가 살려달라고 외치고 있었다. 거리에서는 경찰의 호루라기와 뛰어가는 구두 소리에 총소리까지 들렸다.

"누구 없어요? 여보세요!" 나는 계단을 올라가며 더 큰 소리로 불렀다.

"도와주세요! 나 여기 있어요!" 마침내 대답이 들렸다.

소녀의 방은 잠겨 있었다. 자물쇠를 열기 위해 생각을 집중하자 자물쇠가 흐늘흐늘해지고 문고리가 튀어나왔지만, 문은 여전히 열리지 않았다.

"열어봐! 우리가 도와줄게."

"문이 저절로 잠겨서 열 수가 없어. 제발 도와줘. 소화기가 저절로 움직여. 침대, 카펫, 모두 마찬가지야. 나를 짓밟으려나 봐!"

"너희들은 일단 여기 있어." 나는 피날리피와 비나디트에게 말했다.

나는 문에 손을 얹었는데, 너무 뜨거웠다! 매우 특별한 노력이 필요했다.

"내 생각엔, 저 문이 문제가 아니라 방 전체가 각성해서 스스로를 봉인했어. 저 안에 들어가려면 외과 수술을 해야 할 것 같아! 저 방이 살아나려는 거야!"

"경찰이야! 이 집이 포위됐어!" 아래층에서 초인종이 울리자, 피날리피가 다급하게 말했다.

"제발 날 도와줘요!" 어린 소녀가 흐느꼈다.

"루시, 루시." 온몸에 쓰레기를 가득 묻힌 채, 비나디트가 소리쳤다.

"피날리피, 정말 경찰인지를 확인해봐. 만약 경찰이 아니라면, 집 전체가 살아나서 초인종을 울려대는지도 몰라!"

피날리피는 현관 쪽으로 내려갔고, 나는 비틀린 열쇠 구멍 사이로 대화를 시도했다.

"착한 방, 안녕, 어떻게 지내니?"

그때 집이 온통 움직이기 시작했다. 마룻바닥이 삐걱대고 투덜거리고, 창문은 흔들리고, 문은 열었다 닫혔다 하며, 물건들은 천지사방으로 마구 돌아다녔다.

"집이 초인종을 울리는 게 아니야." 현관에 있던 피날리피가 말했다.

"그럼 경찰이야?" 내가 물었다.

"경찰도 아니야. 아주 작은 소녀야." 피날리피가 말했다.

"그래? 일단 안으로 들어오게 한 다음 현관을 잘 잠그자. 그 아이가 경찰을 부를 수도 있으니까. 비나디트, 너는 방 안에 들어가 숨어."

"안녕! 문 열어줘서 고마워. 난 아이린 틴타이프라고 해."

아, 피날리피에 인사하는 목소리의 주인공은 가죽으로 만든 인형이었다.

"세상에, 넌 가죽 인형이잖아?"

우선 나는 방부터 해결하기로 결심했다. 엄청한 소음이 들렸고, 방이 살아나서 거의 움직이기 직전이었다.

"조용한 방이 되어라." 내가 명령했다.

방은 신음하며 소리를 질렀다.

"침착해. 방아, 한 번 더 잠들어라."

방 안에서 무시무시한 소리가 들렸다. 아마 마루 널빤지가 튕겨 나가고, 벽이 숨 쉬고, 창틀이 부서지고, 가구들이 망가지는 것 같았다. 마치 방이 싫다고 반항하는 것처럼. 방은 생명을 원했다. 하긴 누가 살고 싶어 하는 사물을 비난할 수 있을까?

"똑똑똑." 내가 말을 걸었다.

탁탁탁. 뭔가 묵직하게 두드리는 소리가 대답처럼 들려왔다.

"난 클로드야. 안에 들어가고 싶어."

툭툭툭.

경찰 호루라기 소리가 들린다.

내가 지금 들어갈게.

우당탕.

제13장 비밀의 방

파울샴 최후의 쥐잡이, 헤이워드 가족

제14장
오물 속에 묻히다.

루시 페넌트의 이야기가 계속된다.

나와 함께 남은 아이는 다섯 명. 우리는 갈 수 있는 모든 방향으로 달렸고, 등 뒤에서는 고함과 호루라기 소리, 그리고 잇따른 총성이 들렸다. 오, 하나님! 비명, 그리고 침묵. 우리는 경찰들이 따라잡지 못하도록 계속 모퉁이를 돌았다. 언제 그랬는지도 모르게 온통 긁힌 상처 투성이가 되었지만, 나는 멈출 수 없었고 멈춰서도 안 되었다. 길을 전혀 알 수 없었다. 어디로 숨어야 하나?

런던, 난 네가 싫어졌어.

우리가 길고 높은 벽에 닿았을 때, 처음에는 파울샴에서 자주 보던 그 성벽인 줄 알았는데 훨씬 높고 견고했다. 하긴 예전의 벽들은 이미 사라졌다. 우리는 그 높은 벽의 옆면을 따라 달리기로 했다. 따라가자. 벽을 따라가자. 갑자기 그 벽의 끝에 다다랐다. 그리고 갑작스러운 빛, 그 밝음. 아주 드넓은 강줄기로 성벽이 끊겨 있었다. 불현듯 그 강의 이름이 떠올랐다.

"저건 빌어먹을 템즈강이야. 아까 우리가 건넜던 템즈강이 틀림없어."

 큰 소리로 외친 나는 충격에 오싹해졌다. 멀리서 거대한 불꽃이 타오르고 있었다. 검은 연기가 얼마나 높게 치솟았는지, 런던 전역을 비추는 거대한 횃불처럼, 아주 거대한 성냥처럼 보였다. 저쪽에 보이는 마을이 파울샴, 불타서 사라지는 우리의 집이었다.

 "세상에, 저게 파울샴이야?"

 "바르톨로뮤는 어디 있지? 조금 전에 같이 있었는데."

 "내 동생이 안 보여. 테스? 테스? 지금 어디에 있니?"

 "루시 페넌트." 내가 이름을 말했다.

 "제니."

 "버그."

 "콜린 생크스."

 "에스더 넬슨."

 "더 없어?"

 더 없었다. 다섯뿐이었다. 우리 중 절반만이 남았다.

 "몰리? 몰리?" 제니가 불렀다.

 "제발, 그만하자." 내가 제지하며 말했다. "발각되면 끝장이야. 조용히 숨을 곳을 찾자. 가족들에게 우리 생명을 빚졌으니, 어떻게든 살아남아야 해."

 "난 못해! 나는 한 발짝도 못 가겠어!" 콜린이 외쳤다.

 "그럼 포기해. 그런데 호루라기와 총알이 너를 훨씬 더 빨리 찾을 거야." 나는 말했다.

 "네가 그렇게 똑똑하다면, 우리는 어디로 가야 해?" 에스더가 물었다.

"나도 모든 것을 알지는 못해. 우리가 뭘 해야 할까?"

또다시 들려온 호루라기 소리에 우리는 움찔 놀랐다. 점점 더 가까이 오는 발소리. 숨어, 루시, 나는 혼잣말을 했다.

"숨자. 땅 위든, 진흙 아래든. 그래, 진흙에 들어가 몸을 덮자."

더 가까이.

지금 숨어야 해.

우리는 벽과 강줄기 사이로 두껍게 쌓인 진흙탕으로 잠수했다. 그곳에 쌓여있는 말똥과 진흙과 한몸이 된 것처럼. 점점 가까워지던 소리가 바로 우리 앞을 지나가고 있었다. 행진하는 경찰들의 대열에 파울샴의 아이들이 체포되어 끌려가고 있었다. 모두 네 명이었다.

"애들은 감방에 가두자. 오늘 밤은 소란을 피운 대가를 치러야지." 한 경찰이 떠들고 있었다.

파울샴의 아이들은 이 먼 곳까지 왔다가 결국은 붙잡히고 말았다. 그리고 우리 뒤에는 파울샴이 화염에 휩싸여 런던의 밤하늘을 훤히 밝히고 있었다. 경찰한테 끌려가던 테스가 멀리서 마을을 뒤덮은 불꽃을 보고 비명을 지르고 도망가려고 했다. 그러자 경찰들은 순식간에 테스를 쓰러뜨린 후, 그녀의 머리채를 잡고 질질 끌고 갔다. 어쩌면 우리는 무너진 잔해 속에 그대로 있는 게 나았을 것이다.

런던. 혐오스러운 런던.

그들은 커다란 철문에 당도했다. 우리가 파울샴의 잔해를 보느라 정신이 팔려서 미처 보지 못했던 것 같았다. 문이 덜커덩 열리고 경관이 나왔다.

"몇 명이나 잡았어?"

"네 명입니다. 하수관 쪽에서 발견된 아이들입니다. 그리고 몇 명은 도망갔어요."

"탈주한 애들이 있다고?"

"그래도 한 명은 총에 맞았어요. 정말 쏠 생각은 없었는데."

아마 그 아이는 몰리일 거야. 네가 쏜 아이의 이름은 몰리 포터야.

"존스 경사, 괴로워할 필요는 없어. 그들은 쥐야. 알아들어? 존스. 자 말해 봐, 나는 쥐를 쏘았다라고."

"네, 제가 쏜 것은 쥐입니다."

"앞으로는 그들 머리를 조준하도록 해. 우리는 명령받았고, 오물과 질병과 전쟁 중이라고. 알았나, 존스?"

"네, 명심하겠습니다. 다시는 동요하지 않겠습니다."

"그리고 실종된 녀석들을 빨리 찾아, 반드시. 변명은 용서치 않겠네."

"네, 경관님."

철문이 다시 닫히고, 저 아래로 발소리와 감옥 벽을 탕탕 치는 몽둥이 소리가 들렸다. 그러다 갑자기 조용해졌다. 진흙 속에서 비 맞은 개처럼 떨던 나는 거의 시체 같았다.

클로드?

비나디트?

너는 어디에 있니?

여기에 있니? 런던 땅에?

너희들이 보고 싶다. 이 이방인들 사이에서. 이 런던의 진흙탕 속에서. 런던은 남극이나 북극보다 더 춥고, 런던의 심장은 차갑고 잔인하고 비열하고 매섭다.

자, 드디어 런던이다.

내 이름은 루시 페넌트야.

이것이 나의 이야기야. 너무 얘기가 길었지? 안 그래?

♠

다시 눈을 번쩍 뜬 나는 내 주위의 동료들을 잡아 일으키며 말했다.

"여기 오래 있으면 안 돼. 이곳은 최악이야. 감옥과 같지. 자, 흙을 털어내고, 저들과 반대쪽으로 가보자."

"테스가 그들에게 잡혔어. 내가 봤어." 콜린이 말했다.

"그렇다면 테스가 아직 살아 있다는 뜻이야? 안 그래?"

"그들이 테스를 어떻게 할까?"

"글쎄, 콜린. 나도 모르겠어. 하지만 그나마 사살이 아니라 체포라서 다행이야. 자, 날이 밝기 전에 다른 은신처를 찾아야 해."

진흙탕에서 나온 우리는 저 파울샴의 끔찍한 불빛을 피해 어두운 거리로 숨어들었다.

"어디로 가야 할까?" 내 옆에 있는 제니가 물었다.

"한 걸음씩 가보자." 나는 말했다.

"우리도 언제 총에 맞을지 몰라."

"그럴 수도 있고 아닐 수도 있어."

"저들이 또 다른 위험한 짓을 벌일까?"

"아마도. 그런데 저 바보들이 방금 우리를 바로 앞에서도 못 잡았잖아. 그러니까 우린 안전할 거야."

"하긴 그들도 바보야. 레더맨처럼 뇌가 없나 봐."

한 소녀가 말하자, 다들 따라 웃었다. 나 역시 잠시라도 웃을 수 있었다. 멍청한 경찰들.

"자, 우리는 런던 아이들처럼 보여야 해. 그러니 옷을 좀 훔쳐야겠어. 그건 내가 곧잘 하지. 웃을 수 있는 한, 우리는 아직 죽지 않아."

"테스와 다른 아이들은?" 콜린이 물었다.

"아직 어떻게 해야 할지 모르겠지만, 결국 그들을 구할 방법을 찾을게. 다시 만날 거야. 콜린."

"그래. 우린 그래야만 하니까." 그는 속삭였다.

우리는 전투에서 승리한 것처럼 사기가 높아졌다. 하지만 우리 앞에 더 많은 전투가 기다리고 있었다.

"가자, 친구들. 이 모퉁이만 돌면 돼."

모퉁이를 돌자, 갑자기 횃불을 든 사람들이 나타났다. 그들은 우리 얼굴에 횃불을 들이대고 거친 목소리로 소리쳤다.

"이런, 이런, 이런, 우리가 만난 게 누굴까?"

프레데릭 하빈 경감

제15장
영국 왕실의 쥐잡이

메릴본의 'D'부서, 프레데릭 하빈 경감의 보고서

1876년 2월 6일 오후 6시

다수의 이레몽거가 코노트 플레이스의 은거지에 숨어 있는 것은 확실하다. 불행한 작은 수컷(내가 체포한 이 생명체는 자신을 팀피 이레몽거라고 말하며, 망가진 호루라기를 애타게 붙잡고 있다)은 몇 번의 저항 끝에 아주 협조적으로 주소를 제공했다. 코노트 플레이스 18번지.

   나는 그 주소로 경찰력을 급파해서 매우 신속하고 조용하게 포위했다. 그들을 체포하는 것이 더 낫다고 생각했다. 그런데 진입하기 전부터 야밤에 도주하는 녀석들을 발각했다. 경고를 했는데 그것들은 우리를 향해 달려들었다. 두려움에 싸인 일급 경사 앤즐리와 브록이 총을 발사했다. 브록은 자신이 쏜 것이 사람이라고 주장했지만, 거리에서 발견된 것은 사람 옷을 걸치고 쓰레기를 가득 채운 가죽 자루였다. 아마 우리의 작전을 늦추려는 일종의 미끼 내지는 허수아비인 것 같다.

   시간이 너무 지체되었다. 우리는 호루라기를 불며 집을 수색했다.

하지만 때는 늦었다. 아마 팀피의 장기 부재로 인해 우리의 계획이 노출된 것 같다. 팀피의 가족들은 그 이상한 괴물이 모조리 자백할 가능성을 염두에 두었을 것이다. 그 괴물은 그야말로 완벽한 밀고장을 썼으니까. 어쨌든 우리가 도착했을 때, 이레몽거들은 벌써 도망쳤다.

코노트 플레이스 18번지는 방마다 오물과 부패가 가득했고, 야생 짐승의 우리처럼 곳곳이 심하게 변색했다. 지독한 악취에다 이상한 형태로 변형되어 원래 모양을 짐작할 수 없는 물건들. 집 전체가 무질서해서 아주 특이하고 나쁜 용도로 사용된 것으로 추정된다. 아무튼 이 집이 이레몽거의 은신처였던 것은 분명하다. 그들이 어디로 갔는지는 알 수 없지만, 조속히 발견될 것이라고 나는 믿는다.

오후 7시 15분

증인 확보가 최우선이다. 거리 양 끝에 바리케이드를 쳤다. 이제 아무도 허가 없이 통행할 수 없다. 현재 우리는 제보를 기다리며 집집이 탐문을 시작했다.

오후 7시 45분

암울한 상황이 정말 우려된다. 현재 어떤 목격자도 찾을 수 없다. 정확히는 인기척 자체를 느낄 수 없다. 경찰 신분을 밝히고 모든 집마다 방문했지만, 아예 아무도 나서는 이가 없다.

원활한 의사소통을 위해 나는 현관문을 부수라고 명령했다.

먼저 18번지에 이웃한 16번지부터 진입했다. 언뜻 그 집은 질서 정연한 듯 보였지만, 아무도 살지 않았고 전혀 어울리지 않는 물건들만 발견했다. 예를 들어, 세숫대야에서 흔들리는 오보에, 침실 안락의자에 놓인 정원 갈퀴, 욕조에 떠 있는 발판 등이 보였다. 서재에는 카펫 방망이가 있었고, 접견실에는 누더기가 된 페티코트가 있었다. 다른 장면은 더욱 말이 되지 않았다. 부엌의 냄비와 프라이팬 사이에 군복과 여성용 잠옷이 걸려 있었고, 포도주 저장고에 당구대가 있었고, 창고에는 커다란 외국 상선 모형이 떡하니 자리를 차지하고 있었다.

부하들은 처음에는 당황했으나 곧 불평을 늘어놓았다. 나는 그들에게 정신을 바짝 차리고, 14번지를 수색하라고 말했다. 그러나 어디서도 사람의 흔적은 찾을 수 없었고, 아주 당황스러운 장소에 기묘한 물건들이 놓여 있었다.

"모든 집을 샅샅이 수색해라. 누구라도 좋으니 사람을 찾아!"

그래서 부하들이 뿔뿔이 흩어져 거리 위쪽부터 수색에 돌입했다. 세상의 안팎이 바뀐 듯한 현상이 거듭되자 부하들은 새파랗게 질려 식은땀을 흘렸고, 몇몇은 토하기 시작했다.

"기운 내서 다른 집을 돌아봐. 철저히 수색해. 사람을 찾아내."

그런데 호루라기를 불며 각자 수색에 나섰던 부하 두 명이 사라졌다. 비로소 나도 불안해져서 실종 장소를 철저히 수색하도록 명령했지만, 제임스 픽프드와 리처드 스토어는 보이지 않았다. 부하 한 명이 뭔가를 찾았다고 주장했지만, 이상하게 따뜻한 생선 주전자로는 두 사람의 부재를 설명할 수 없다.

그때 지원을 요청했다. 이상하게 나도 아프기 시작했기 때문이다.

"뭔가 잘못되었어. 집에 들어가지 말고, 전문가들이 올 때까지 거리만 수색하도록. 반복한다. 최소한 두 명 이상 함께 다니고 지원이 올 때까지 집 안에는 들어가지 말아라."

오후 8시 30분

생명체가 사라진 코노트 플레이스의 끔찍한 상황을 보면, 이레몽거들이 일으킬 공포를 짐작할 것이다. 실종된 주민들이 어디로 갔는지 알 수 없으나, 그들이 어떤 식으로든 생명을 잔인하게 도둑맞았다는 것은 확실하다.

생각해보라. 런던은 세계에서 가장 크고 위대하며 어느 도시보다 더 많은 인간의 영혼이 살고 있다. 그런데 방문객이 다 떠나버린 박물관처럼 런던에 생명체가 텅 빈 거리가 있다니.

마치 인류가 종말을 맞이한 것처럼.

오후 9시 15분

지원 병력이 도착해서 수색이 남은 집들에 진입했다. 모든 것이 아까의 상황과 같았다. 어린이 침대에 생뚱맞게 배에 걸려 있어야 할 노걸이가 보였다. 마치 노걸이가 아이를 괴롭혀 내쫓은 후 이기적으로 편안함을 즐기는 듯하다. 부부 침실에는 석탄 통과 불쏘시개가 있었고, 하인 침실에는 담요를 덮어 둔 책상이 발견되었다. 평생토록 느끼지 못했던 공포가 느껴졌다. 그것은 일종의 악이다.

오후 10시

수색 중인 집이 다섯 채가 남았다. 그다음에는 거리 전체를 감시할 것이다.

오후 10시 30분

이레몽거들이 악의에 찬 행동 또는 특유의 질병을 통해 인간성의 잔혹한 부재를 초래했다. 당장 경계경보를 내리지 않는다면, 런던 사람들이 위험할지도 모른다.

밤 11시

이제 수색할 집이 두 채 더 남았다.

우리는 계속 점호를 부르는 중이며, 더 이상 실종되는 경찰은 없다.

밤 11시 15분

파울샴의 이레몽거 가족은 분명 우리 근처에 숨어 있다. 예전에는 한 곳에 은신했다면, 지금은 런던 전역에 흩어진 것으로 추정된다. 그들을 발본색원할 가능성이 열 배, 백 배 더 어려워진 것으로 판단된다. 도시의 모든 집을 수색하고, 모든 시민을 검문해야 한다. 그다음에는 어디를 추적해야 할까. 오로지 결사 항전의 태세로 최대한 신속하게 이레몽거를 찾아야 한다.

밤 11시 45분

루들리-그리핀 총경이 거리에 도착했다. 그는 내가 처음 만난 특수정보부 소속이다. 종적을 알 수 없는 부하들 걱정으로 애가 타는 나와 달리, 그는 이런 현상이 처음이 아닌 듯 담담했다.

"하빈, 이런 종류의 일은 아는 게 적을수록 좋아."

"네, 물론이죠, 총경님."

"예전에 유행하던 질병도 이런 유사한 증상이 있었지. 그때 한 남자가 충분한 보수만 준다면 그 곤경을 해결하게 주겠다고 제안했어. 아무도 그가 누구이고 어디서 왔는지 알지 못했지만, 사건은 확실히 해결하더군. 그 후로는 종적이 묘연했는데, 오늘 저녁 그에게서 연락이 왔어. 그의 이름, 아니 암호명은 존 스미스 논-이레몽거라네."

"그도 이레몽거인가요?"

"아니, 오히려 정반대일 수도 있어. 아무튼 그에 대해서는 나도 아는 게 없네. 어쨌든 중요한 점은 과거에 그가 쓸모 있었다는 것이지."

"그럼, 이번에도 그 신사분한테 도움을 요청해야겠군요."

"그냥 '그것'이라고 부르게, 하빈."

"네, 총경님?"

"정체는 모르지만 적어도 신사는 아니야. 아무튼 나는 이제 가 볼 테니, 상황을 잘 마무리하시오, 하빈."

루들리-그리핀 총경은 서둘러 자리를 뜨고 싶은 듯했다. 지금 낯선 소음으로 거리 위아래가 시끄러웠고, 문이 저절로 여닫히고,

이상한 균열이 계속됐다. 마치 거리 전체가 살아나는 것 같다.

오전 12시 17분

집이 한 채 남았다.

밀뱅크의 링크 보이

제16장
움직이는 가로등

루시 페넌트의 이야기는 계속된다.

횃불들이 우리 주위를 빙 둘러쌌다. 불빛이 너무 밝아 횃불을 든 자들의 모습은 잘 보이지 않았지만, 우리를 집어삼킬 것 같은 열기만은 확실히 느낄 수 있었다. 어느 틈엔가 우리는 모두 포위되었다. 그래, 잡을 테면 잡아 봐. 하지만 그전에 내가 두어 녀석은 해치울 거야.

"너희들은 누구지? 정체를 밝혀라."

의외의 질문이었다. 경찰은 벌써 우리의 정체를 알고 있어. 그렇다면 이들은 경찰이 아닐 거야. 그리고 경찰 제복도 입고 있지 않다.

"어디에 있든 우리 마음이지. 네 파이프나 신경 쓰라고." 짐짓 센 척을 해봤다.

"파이프 얘기가 나와서 말인데, 성냥이나 불 있어?"

아, 나한테 성냥 이야기를 한다니… 에이다 크룩섕크스라는 이름의 성냥 상자. 꿈에서 나는 그 빼빼 마르고 우울한 가정교사를 봤었지. 그녀 역시 나처럼 삶을 원했다.

"우리는 상관 말고 너희 갈 길이나 가." 내가 으름장을 놓았다.

"저 여자애는 말이 너무 험하구나." 횃불을 든 다른 소년이 말했다.

"신께 맹세하건대, 누구든 가까이 오는 사람부터 물어뜯을 거야. 전혀 두렵지 않아. 우리 중 하나라도 건드리면, 너희도 무사하지 못할걸?"

"왜 그렇게 화내는 거야? 네가 불이 있나 확인했을 뿐이야."

"네가 누구든, 우리의 허락 없이는 이 거리에서 불을 붙이면 안 돼."

"왜 안 된다는 거지?" 내가 물었다.

"음, 우리는 링크 보이야. 그리고 여기가 우리 구역이야."

횃불을 뒤로 물리자, 그들의 모습이 보였다. 횃불을 들고 돈을 버는 런던 소년들, 지저분한 여드름투성이의 사내아이들.

"내 이름은 루시 페넌트야. 그리고 여기는 내 형제자매나 다름없는 친구들이야."

대담해진 내가 먼저 소개하자, 잠시 침묵이 흘렀다. 가장 말이 많던 소년이 통성명하기 시작했다.

"음, 나는 토미 크로닌, 이 구역 대장이지. 그리고 이 친구들은 밀뱅크의 링크 보이들이야.[9] 짐 로우, 새뮤얼 박스올, 피터 프레이어, 호레이스 포인트, 윌리 로체스터, 그리고 저쪽은 조지 클라크

● 9 링크 보이(link-boy)는 19세기 초반 런던에서 송진을 묻힌 횃불을 들고 다니며 거리의 가스등을 밝히는 소년들을 일컫는다. 보통 일당 0.25페니의 급료를 받았다.

라고 해."

 차례로 소개받을 때마다, 소년들은 제각기 횃불을 살짝 흔들며 인사했다. 다른 아이들과 약간 떨어진 곳에 있던 마지막 소년 조지는 무척 병약하고 우울해 보이는 인상이었다.

 우리는 마치 필칭 무도회에 나온 소년 소녀처럼 어색해했다. 그때도 양쪽 줄에 소년 소녀들이 멀찍이 떨어져서 멀뚱멀뚱 쳐다보기만 했었다. 그런데 지금은 춤과는 전혀 분위기가 달랐다. 적어도 삶과 죽음 사이에서 춤추는 게 아니라면 말이다.

 "너희가 링크 보이라면, 낮에는 집에 있을 때 아냐?" 나는 물었다.

 "넌 아무것도 모르는군. 이제 해가 떠도 런던 하늘은 어두컴컴한걸. 거리마다 가스등이 있는 것도 아니니까 길을 잃거나 술에 취하면 갈지자걸음으로 템즈강에 빠질 수도 있어. 그래서 낮에도 우리 링크 보이가 불을 밝히지. 우리는 거리의 안내자, 생명이 있고 걸어 다니는 가로등이라고 할까? 더구나 돈벌이도 꽤 쏠쏠하니까. 이 간판이 보이니?" 토미가 말했다.

 〈밀뱅크, 어둠에서 빛을 밝힙니다. 유료입니다〉

 "그런 생각을 해내다니, 정말 영리해. 대단한 사업이야!" 나는 진심으로 감탄했다.

 "그렇지? 이걸로 큰 부자가 될 거야. 자, 본론으로 들어가서, 너희가 가는 곳을 알려주면 나와 샛별들이 길을 밝혀줄 수 있어." 잭이 말했다.

 "아, 우리는 런던에 처음 왔어."

 "환영해. 위대한 도시, 가장 위대한 도시 런던으로!"

"그래, 런던에 대해서는 귀에 못이 박히게 들었지. 그래서 직접 구경하려고 왔어." 내가 말했다.

"내가 런던을 세 단어로 정의해줄게. 크고 무겁고 더러워." 우울한 표정의 조지 클라크가 새된 목소리로 중얼거렸다.

"아주 멋진 표현이야." 내가 말했다.

"세상에서 가장 멋진 곳으로 온 걸 환영해, 뜨내기들." 조지의 말을 막으며 토미 크로닌이 끼어들었다. "너희는 어디서 왔지? 러시아, 아니면 블랙풀? 아프리카, 오리노코, 아니면 액톤? 어디든 상관없어. 그냥 돈만 내면 데려다주지. 자, 단도직입적으로 묻자. 집은 어디야?"

"우리는 집이 없어."

"음, 원즈워스의 방랑자들이니? 아니면 크리크우드의 사기꾼들이니?"

토미는 런던 이외에 다른 지역은 아예 알지도 못하는 듯했다. 시내 외곽의 자치구들을 마치 낯선 외국이라도 되는 양 읊어댔다.

"아니, 모두 다 아니야." 내가 대꾸했다.

"너희들은 특별히 키가 크지 않으니까 하이버리에서 온 것도 아니겠지?"

"그래."

- 10 원즈워스(Wandsworth)와 방랑자들(wanderers), 크리크우드(Crickewood)와 사기꾼들(crooks)의 영어발음이 유사한 것을 이용한 언어유희다.
- 11 런던의 장소에 관해 언어유희로 표현하고 있다. 키의 높고 낮음에 따라 하이버리(High-bury), 로우레이튼(Low-Leyton), 벨사이즈(Bellsize)로 각각 표현했으며, 풀햄(Fullham), 스톡웰(Stockwell), 홀로웨이(Holloway)은 각각 '햄이 가득찬', '꽉 찬', '텅 빈'에 빗대어 인용했다.

"특별히 키가 작지도 않으니까, 로우 레이튼도 아닐 거고."

"벨 크기인가? 벨사이즈 파크에서 왔구나?"

"아냐. 우릴 도와줄 수 있어? 도와줄래?" 내가 물었다.

"너희들 배고픈 거야?"

"그래!"

"그러면 풀햄이나 스톡웰 출신도 아니겠구나. 그럼 홀로웨이에서 왔니?"

"아니, 아니야." 내가 말했다.

"너희들이 정말 지저분한 건 확실해 보여. 그렇다면 웜우드 스크러브스[12] 출신인가?"

"나 혼자서라도 너희 몇 명쯤은 당장 때려눕힐 수 있어!" 나는 진심을 담아 말했다.

"이야, 성질이 정말 대단한데."

"저렇게 소리 지르는 걸 보면, 바킹 출신이 틀림없어."

"아냐, 개들의 섬[13]에서 왔겠지."

"제발! 이제 그만하고 우리를 도와줄래?" 내가 소리쳤다.

"어디서 왔는지부터 말해야지. 진흙투성이 아이들이라니, 평범하진 않잖아? 도대체 어디서 온 거지?"

토미가 어른 흉내를 내며 진지하게 말했다. 나는, 아니 우리 모두 망설였다.

"아무 대답 못 하는데? 똑똑하지 않나 봐."

● 12 영국 런던에 있는 교도소 이름이다.

● 13 《개들의 섬(Isle of Dogs)》은 2018년 스톱모션 애니메이션의 제목이나, 1543년 안톤 반 덴 빙가르드의 여행기에 그 명칭이 처음 등장한다.

"오, 맞아, 덜위치에서 온 게 틀림없어." 조지가 말했다.

그래서 나는 등 뒤로 하늘이 가장 밝게 타오르는 곳을 가리켰다. 링크 보이들은 뒤돌아보더니 전율하며 두어 걸음 물러났다.

"오, 바로 저기? 파울샴?"

"그래."

"파울샴에서 왔다니. 냄새 때문에 혹시나 했는데."

"그렇다면 캠버웰 출신은 아니겠네?"

이제 그들의 농담에는 열의를 찾아볼 수 없었다.

"그래. 제발 도와줘. 지금은 돈이 없지만 어떻게든 보상할게. 나는 솜씨 좋은 도둑이거든. 항상 잘 해냈어."

"파울샴에서 온 도둑이군. 여기는 왜 온 거야?"

"너희들은 런던에 오지 말았어야 했어." 토미 크로닌이 말했다.

"그래? 파울샴은 화재로 벌써 며칠째 타고 있어. 차라리 저기서 우리가 죽어야 했을까? 다시 돌아갈까? 그러면 만족하겠니? 제발, 우리를 도와줘. 부탁이야."

"이건 무단침입이야. 그러니까 여기 있으면 안 돼."

"너희들은 오염되었어. 그것도 아주 지독하게. 파울샴에서 온 사람은 반드시 사살하라고 그랬어."

"제발, 오늘 밤만이야. 잘 곳과 음식이 필요해. 내일 떠날 거고, 그러면 다시 우리 소식을 들을 리도 없어."

"파울샴 사람과 나란히 잔다니, 있을 수 없는 일이야."

"그렇다면 우리가 안전하게 숨을 장소라도 알려줄 수 없니?"

"아니, 세상에 그런 곳은 없어. 너희 같은 녀석들이 있을 곳은 없어."

"그럼, 가게 해줘. 그냥 지나가기만 할 거야."

"다들 뒤로 물러나. 절대 닿지 않게 조심해." 토미가 소리쳤다.

"어서 가자, 빨리. 경찰들이 우리를 찾기 전에." 나는 동료들에게 말했다.

"잠깐만!" 토미가 소리쳤다.

"왜?"

"경찰들이 너희를 쫓고 있니?"

"그래! 그 경찰들이 망할 총으로 우리를 쐈어! 우리는 벌써 다섯 명으로 줄었고, 그중 한 명은 거의 죽어가고 있어." 나는 고함쳤다.

"경찰들은 우리도 괴롭혔어. 짐의 엄마를 말대꾸했다고 발로 차고 구치소에 가뒀어. 게다가 집세를 내지 못한다고 우리 집을 허물고 철거했어. 몇몇은 아예 실종되었지." 링크 보이 중 한 명이 말했다.

"이레동거들이 내게 한 짓과 똑같네." 내가 말했다.

"그래, 우리는 경찰들을 좋아하지 않아. 하지만 달리 별수가 있겠니?"

"제발 우리를 조금만 도와줘." 내가 다시 부탁했다.

토미가 잠시 생각하더니, 횃불을 든 주위 동료들과 뭔가 수군댔다. 잠시 후 그가 제자리로 돌아왔다.

"좋아, 우리가 경찰들을 감시하다가 다른 방향으로 유도할게. 하지만 우리가 벌금을 물면, 네가 대신 갚아야 해."

"고마워. 두 배로 갚을게!" 나는 눈물을 흘리며 말했다.

"좋아, 두 배! 그럼 합의됐군. 이제 우리는 거리에 나가 망을 볼 테니까, 조지가 너희들을 안내해줄 거야." 토미가 말했다.

"난 싫은데." 조지가 투덜거렸다.

"네가 싫어도, 우리 중에 가장 날쌘 네가 해야 해." 그리고 그는 우리를 돌아보며 말했다. "만약 너희가 체포되면, 그땐 각자 알아서 해결해야 해."

"고마워. 정말 고마워!" 내가 말했다.

"자, 출발 준비를 해. 나중에 다시 만나자. 행운을 빈다."

그리고 횃불들이 모두 사라진 후, 조지와 우리만 남았다.

"난 네가 마음에 들지 않아. 그래도 경찰이 훨씬 더 싫으니까. 경찰은 나를 우울하게 만들고 심지어 이젠 냄새도 잘 맡지 못해. 넌 분명히 냄새날 것 같이 생겼는데, 그조차 맡지 못한다니까." 조지가 말했다.

"음, 분명히 얘기해줘서 고맙군. 어쨌든 지금 우리는 좀 급해."

"아직 널 미워할지 말지 내 마음을 결정하지 못했어. 어쨌든 어딘가 너희를 숨겨야겠지? 사람들한테 발각되지 않을 장소 말이야."

"네가 그렇게만 해주면 정말 고마울 거야."

"자, 그럼, 출발하자. 나는 네가 싫고, 아마 매 순간 점점 더 싫어질 것 같아. 그러니 이제 잠자코 있어주면 좋겠어."

"그래. 알겠어."

"조용히 하라고 했잖아. 입 좀 열지 마."

우리는 대답 대신에 고개를 끄덕였다.

"좋아, 너희들은 그냥 나만 따라와. 발각되지 않게 횃불을 끄고 신속하게 움직일 거야. 나는 이 동네에서 12년 동안 살았으니까 지리에 아주 밝아. 그런데 너희는 여기 뜨내기이니까 열심히 따라와. 하나씩 탈락해도 난 계속 움직일 거야. 자, 그럼 출발하자."

그가 횃불을 끄자 어둠이 엄습했다. 우리는 모두 공포에 질려 사냥개처럼 달리는 조지의 뒤를 바짝 쫓았다.

♠

우리는 가끔 좁은 샛길로 갈 때도 있었지만, 대부분은 템즈 강을 따라 달렸다. 그것이 런던의 미로에서 길을 잃지 않는 유일한 방법이었다. 진흙으로 뒤덮인 뒷골목과 어둡고 방치된 장소들. 파울샴은 분명 사랑스러운 마을이 아니었지만, 런던의 썩어빠진 거주지들과 비틀린 그림자들은 확연히 더 비참해 보였다. 이곳에서 어떻게 인간다운 삶을 살 수 있을까? 이렇게 사람답게 살기를 멈춘다면 다른 어떤 존재로 바뀌는 것일까?

얼마나 지났을까? 우리는 조지의 종적을 놓쳤다 찾기를 반복하면서 이 영원한 어둠 속을 계속 달렸다. 가는 길에 마주치는 사람들은 하나같이 미끈미끈한 기름기가 젖은 옷에 얼굴을 더러운 천으로 꽁꽁 싸매고 있었다. 아마 지하 물탱크 바닥에 사는 사람들. 물이 뚝뚝 떨어지는 삶들. 때로는 낯설고 으슥한 건물 구석에서 고래고래 소리치는 사람들 사이를 헤치며 우리는 계속 달렸다.

삶을 온전히 포기한 것 같은 이곳에서 어떻게 살 수 있지? 어디서 빛과 온기를 찾아야 하나? 우리는 더러운 강의 거대한 물줄기를 따라 앞으로, 뒤로, 다시 아래로 달렸다.

오, 제발 그만해. 이제 멈춰. 한 걸음도 더 갈 수 없어. 아니, 아직 한 걸음, 또 한 걸음 더 가야 해.

그런데 별안간 조지가 뜀박질을 멈췄다.

"쉿! 저기서부터는 걸어갈 거야. 더없이 행복한 사람처럼 행동해. 자, 따라와." 조지가 말했다.

크고 어두운 그림자가 위용을 드러냈다.

"저건 뭐야?" 내가 물었다.

"영국 은행이야. 여긴 스레드네들 거리야. 따라와, 몇 걸음만 더 가면 돼."

램프를 내걸은 마차들이 오르락내리락하는 대로를 지나서 아주 좁은 골목으로 접어들었다. 깊은 어둠 속에서, 나는 동료들의 이름을 차례로 점호했다. 탈락한 동료는 아무도 없었다.

"자, 이제 안심해도 좋아. 여기는 비숍게이트, 내가 사는 곳이야." 우울한 얼굴의 조지가 말했다.

제17장
새로운 동행

클로드 이레몽거의 이야기는 계속된다.

깨어진 삶

집 밖에서는 경찰이 고함치며 달려왔고, 방은 혈투가 벌어진 듯 세차게 흔들렸다. 복도의 벽지에 부글부글 거품이 일어 조각조각 찢겨나갔고, 벽에 걸린 그림 액자는 흔들리며 바닥으로 떨어졌다. 문에 갖다 댄 손바닥에는 화상 자국이 남았다. 마침내 문의 네모진 테두리를 따라 벽이 칼로 잘린 듯 천천히 갈라지자, 나는 그 틈을 비집고 들어가려 했다. 그러자 곪은 종기가 터져나오는 듯 방 안의 가구 집기와 벽지와 마루판자가 갈라진 틈으로 우르르 쏟아져나왔고, 곧이어 종말을 맞이한 것처럼 끔찍한 비명과 고함, 천둥 벽력 소리가 이어졌다. 그리고 모든 것이 고요해졌고, 나는 방 안으로 들어갔다.

온통 뒤틀리고 뒤죽박죽되고 시체처럼 검게 변한 곳. 잠시나마 살아 있는 생물처럼 따뜻한 온기가 돌았던 방이 빠르게 식고 있었다. 살아 있다는 것은 무슨 의미일까. 보면대가 커튼 뒤에 숨어

자기 이름을 속삭이고 있었다. '제니 커넬리프.'

방 한쪽에 전복된 침대 밑에서 신발 한 짝을 발견했다. 그리고 소녀의 왼발이 보였다! 아마 침대가 그녀 위에 드러누우려고 했던 걸까? 밤마다 소녀가 침대 위에 누웠던 것처럼. 아마 방 안의 사물들은 사람들이 늘 하던 대로 따라 했던 게 아닐까? 그렇다면 어느 누가 이 사물들을 비난할 수 있겠는가? 나는 황급히 침대를 들어 올렸고, 그녀는 아직 숨이 붙어 있었지만 아주 긴 소화기 호스가 그녀의 목에 칭칭 감겨 있었다.

"정말 미안해. 그런데 먼저 이것부터 풀어줄게."

나는 조심스럽게 소화기 호스를 푼 후 소화기를 저 멀리 치웠다.

"바로 너구나." 그녀가 헐떡이며 말했다.

"네가 방을 깨웠니? 네가 저 가엾은 소화기를 놀라게 해서 자기가 살아 있다는 생각을 심어준 거야?"

"아니, 소화기가 내 목을 조르려고 덤벼들었어."

나는 사방을 둘러보았다. 그 불쌍한 소녀는 쓰러진 채 숨을 헐떡이고 있었고, 조금 전까지 포효하던 사물들은 지금은 딱하게도 침묵하고 있었다.

"사물들의 반란이라. 어쩌면 정말 자랑스럽고 대단한 일이야." 내가 설명했다.

"저것들이 나를 거의 죽일 뻔했어!"

"그저 자신들의 생명을 찾으려 했을 뿐이야."

"아마 그전에 내가 먼저 죽었을 거야. 방이 살아나다니, 어떻게 그럴 수 있지?"

몸을 일으킨 그녀는 되도록 내게서 멀찍이 떨어져서 자신의 상황을 이해하려 애썼다.

"게다가 부모님과 하인들 모두 어딘가로 사라졌어. 대신 그분들이 계시던 자리에 이상한 사물들만 있어."

"맙소사, 그들이 사물로 바뀐 거야."

"이 모든 것이 시작된 때가…. 그런데 넌 누구니?" 별안간 그녀가 뭔가를 깨달은 듯 내게 물었다.

"우리는 이레몽거야."

"그렇구나, 이레몽거, 그 더러운 사람들."

"넌 우리를 그렇게 부르니?"

"나는 그저 부모님이 다시 돌아오기를 바랄 뿐이야."

거리 아래쪽에서 경찰의 호루라기와 고함, 집집이 현관을 부수는 소리가 들렸다.

"우리를 구하러 왔나 봐! 경찰을 불러야 해." 그녀가 말했다.

"아니, 저 눈뜬장님들은 전혀 도움이 안 돼. 방이 침묵한 뒤에 찾아오면 뭐가 문제인지도 모를 거야. 사람이 물건으로 바뀌는 현상을 경찰이 해결할 수 있을까?"

"그건, 글쎄…"

"최근에 낯선 사람들을 만난 적 있니? 전에 못 보던 일을 할 수 있는 사람들 말이야."

"아마도."

"그런데 새로운 이웃이 경찰보다 더 도움이 된다고 상상해 봐. 왜냐하면, 음, 세상이 약간 새롭고 이상하게 바뀌었으니까. 그렇지 않니?"

"그래, 그건 부정할 수 없지." 그녀가 말했다.

"좋아! 잘 들어, 나는 사물 조정 능력이 있어. 만약 네가 계속 소녀로 남고 싶다면, 우리와 함께하는 편이 더 좋을 거야."

"나는 그냥 소녀가 아니라 엘리노어 크랜웰이야."

"그래, 엘리노어. 만나서 반가워. 나는 클로드 이레몽거야."

"클로드? 그건 흙덩어리, 바보, 멍청이를 뜻하는 말인데."

"그래? 난 전혀 몰랐어."

"클로드! 비나디트가 너를 찾고 있어."

비나디트가 복도에 나타나자, 피날리피가 재빨리 아이린 틴타이프를 계단 아래 다락방에 밀어 넣었다.

"도대체 저게 뭐야?" 엘리노어는 거의 비명을 지를 뻔했다.

"비나디트, 우리 이레몽거 일행 중 한 명이지."

"너무해. 온통 쓰레기야."

"비나디트, 넌 네 자리로 돌아가." 그를 돌려보낸 뒤, 내가 엘리노어를 향해 말했다. "자, 들어봐, 꼬마 엘리노어."

"난 벌써 열세 살이야!"

"그래, 아주 훌륭한 나이야. 사물에 생명을 주기 적당한 나이야. 자, 열세 살의 엘리노어, 우리가 숨을 만한 곳이 있을까? 밖에 나가면 비나디트가 쓰레기로 뒤덮이고 말 거야. 그가 움직일 때마다, 흙더미가 그에게 달려들거든."

"여기서 멀지 않은 코노트 광장에 로웨나 고모할머니 댁이 있어. 그분이라면 너희를 받아주실 거야."

"그분은 혼자 사시니?"

"그분과 하인 세 명이야. 그 외엔 스무 개가 넘는 인형들뿐이지."

"아마 노부인이시겠지?"

"응, 연세가 좀 드셨어."

"그분 시력이 나쁘셔?"

"안경을 쓰시지."

"아주 좋아. 그렇담 그분께 가도 되겠군."

"너희 모두 차 마시러 왔다고 말할게. 로웨나 할머니와 나는 종종 티 파티를 하거든. 물론 인형들도 함께."

"좋아! 가능한 한 빨리 떠나자."

"하지만 저 가죽 인형은 어쩌지?" 피날리피가 물었다.

"그녀도 함께 가야지."

나는 찬장 뒷문에서 불쌍한 가짜 얼굴로 흘끔거리고 있는 가죽 인형을 보며 말했다.

"가죽 따위와는 안 갈래. 나는 이레몽거의 순수 혈통이란 말이야!"

"피날리피, 고집을 부리려면 너 혼자 여기 남아야 해. 여기에 아이린을 두고 갈 수 없어. 가뜩이나 경찰에게 레더맨들을 보냈던 것도 미안한걸."

"레더맨은 이레몽거의 방패나 다를 바 없어. 그럴 만한 결정이었어."

"우리는 모두 평등하고, 그들도 살아갈 권리가 있어. 아마 아이린도 감정이 있을 것 같아. 다만, 비나디트 옆에 가지 않게 하자. 하마터면 그녀가 산산조각이 날 수 있으니까."

"넌 정말 바보라고 생각하지만, 논쟁할 시간이 없으니 내가 양보하도록 하지." 피날리피가 말했다.

"자, 모두들 나를 따라와." 엘리노어가 말했다.

"비나디트와 나는 곧 뒤따라갈게." 내가 말했다.

뒷문으로 빠져나갈 때, 현관 앞에서 문을 부수고 있는 경찰들이 보였다. 뒷마당 건너편 거리는 텅 비어 있었다. 그런데 비나디트가 한 걸음씩 내디딜 때마다 흙먼지가 뭉게구름처럼 피어올랐고, 엘리노어의 고모할머니 댁에 도착했을 때 그의 주변에는 쓰레기의 파도가 춤추듯 너울치고 있었다. 홀로 남은 런던 소녀와 이레몽거 아이들, 그리고 가죽 인형은 조용히 저택에 잠입했다.

인형의 집

벨을 당겼지만, 아무도 대답하지 않았다. 엘리노어는 갖고 있던 열쇠로 문을 따자, 피날리피가 그녀를 밀치고 먼저 집안으로 뛰어들었다.

"여기는 내 친척 집이야." 엘리노어가 불평했다.

"맞아, 하지만 빨리 들어가고 싶어. 안녕하세요! 저희가 놀러 왔어요!"

"제발, 소개는 내게 맡겨 줄래? 로웨나 할머니, 안녕하세요? 제 친구들을 데리고 왔는데, 괜찮으시죠? 프리쳇? 노울리스? 다들 어디 있죠?"

아무도 대답하지 않았다.

"따라와. 아이린." 엘리노어가 우리를 집 안으로 안내했다.

"난 아이린 틴타이프야." 그녀가 말했다.

"네가 누군지 모르는 사람은 없어. 네 솜뭉치가 빠져나오지 않게 조심하도록 해. 이 집에 문을 잠그고 들어가 있을 만한 곳이 있니?" 피날리피가 엘리노어에게 물었다.

"응접실은 어때?"

"어디든 문만 있다면. 비나디트와 아이린은 서로 만나면 안 되거든."

"왜?"

"설명하기 어려운데, 아무튼 둘이 만나게 되면, 아이린에게 불행이 찾아와."

"정말 환상적이구나! 마치 결혼식 전에 상대방을 보면 끔찍한 불행이 찾아온다는 얘기와 비슷하네."

"그런 셈이지. 좋아, 클로드, 이제 들어와도 돼."

피날리피가 아이린과 함께 응접실에 있는 동안, 나는 비나디트를 거의 밀듯이 데리고 왔다. 집에서 나온 후 쓰레기들이 잔뜩 달라붙어 그에게 몇 겹이나 새 피부가 돋은 듯했다.

"쓰레기들은 언제 어디서나 나를 찾아내. 내가 그들의 집이니까." 비나디트가 말했다.

"와, 저 사람 때문에 집이 엉망진창이 되었어!" 엘리노어는 쓰레기를 보고 질색하며 소리쳤다.

"비나디트가 아기 때 버려진 후로 쓰레기 더미가 그를 구해주고 가족처럼 돌봐줬어. 그래서 쓰레기들이 그를 그리워하며 찾아오는 거야."

"아, 어쨌든 썩은 냄새가 천국까지 닿겠어. 우선 그를 위층 욕실로 보내야겠다. 그리고 그 욕조는 고모할머니가 아끼는 제품이니까 소중하게 다루어 줘. 그로스베너의 볼딩에서 가져온 가장 최신형 롤 탑 욕조거든."

"비나디트, 욕실에 있으면 내가 음식을 가져다줄게." 내가 말했다.

"갈매기? 쥐?" 비나디트가 물었다.

"너희들이 쥐를 먹는다고?" 놀란 엘리노어가 대화를 듣고 끼어들었다.

"물론이지. 너는 안 먹니?" 내가 어리둥절해서 물었다.

"오, 하느님 맙소사." 그녀는 고개를 절레절레 흔들며 위층 계단으로 올라갔다.

불쌍한 소녀. 그녀와 나의 처지를 바꿔 생각하면, 그녀는 세상이 뒤바뀌었고 낯선 우리와 함께 있어야 한다.

얼마 지나지 않아, 엘리노어가 눈시울을 붉히며 위층에서 내려왔다.

"로웨나 할머니도 안 계셔. 다들 어디로 가셨지? 대신 침대에 이것이 있었어."

그녀가 내민 것은 빨갛고 흰 줄무늬가 그려진 기둥, 즉 이발사들이 가게 밖에 세워두는 광고판이었다. 그리고 조용한 속삭임이 들렸다. 이런, 저것은 그녀의 로웨나 할머니였다.

'로웨나 필리파 베아트리체 크랜웰.'

"오, 그분은 여기 계셔." 내가 말했다.

"정말 충격받았어. 어떻게든 나를 설득하지 못하면, 기절할 것 같아."

엘리노어가 금방이라도 울음을 터뜨릴 것 같은 표정으로 말했다.

"제발, 엘리노어, 우선 앉아서 얘기하자."

"네가 솔직했으면 좋겠어. 거짓말은 듣고 싶지 않아. 우리 고모할머니는 어디 계셔?"

"정말 유감이야."

"아! 내가 들고 있는 게 그분이야, 그렇지?" 이발소 기둥을 든 엘리노어의 손이 심하게 떨렸다.

"맞아. 그분은 지금 이곳에 계셔. 아주 희미하지만, 그분이 '로웨나 필리파 베아트리체 크랜웰'이라고 자신의 이름을 부르고 있거든."

"무슨 뜻이야? 그리고 너한테 고모할머니의 이름을 말한 적이 없어."

"엘리노어, 나는 사물의 소리를 들을 수 있어. 이 이발소 기둥이 자기 이름을 말해주었어."

"맞은편 집에 너희 가족이 이사 왔을 때, 내가 그 장면을 목격했어. 어떤 노인이 이웃집 하녀를 보면대로 만들어버렸어. 그녀는 단지 도우려고 했던 것뿐인데…. 너희 가족은 왜 우리 거리에 왔을까?"

"미안해. 런던이 우리 마을을 파괴했으니까 여기로 올 수밖에 없었어."

"당장 할머니를 원래대로 돌려놓아줘. 아, 불쌍한 로웨나 할머니!"

'로웨나 필리파 베아트리체 크랜웰? 로웨나?'

"친애하는 크랜웰 부인, 진정하세요. 저희가 함께 있으니까요." 내가 말했다.

"똑같은 일이 내게도 일어날까? 나도 물건으로 변하게 될까?" 그녀가 아주 조용히 물었다.

"엘리노어, 나도 알 수 없지만, 네가 영원히 엘리노어로 있도록 최선을 다할게."

"여기 내가 지켜보고 있다는 걸 잊지 마."

피날리피가 계단에 서 있었다. 그녀가 얼마나 오래 내 말을 듣고 있었을까?

"안녕, 피날리피. 그저 엘리노어에게 기운을 북돋아 준 거야. 그녀로서는 아주 낯설고 새로운 상황이니까."

"그래도 엘리노어가 상황을 빨리 따라잡아야 할 거야, 그렇지?"

그때 화장실에서 코 고는 소리가 났다. 비나디트가 욕조에서 잠이 들은 모양이다.

"도대체 이 소리는 뭐야?" 엘리노어가 말했다.

"비나디트가 자고 있어. 우리도 그러는 게 나을 거야. 밤이 늦었을 테니까."

"제발, 내 옆에서 잘래?" 엘리노어가 말했다.

"그만하면 충분해! 우리는 결혼할 사이라고!" 피날리피가 말했다.

"우리 모두 잘 수 있는 큰 방을 찾자. 그리고 아이린한테 가보

자. 그 아이도 너처럼 혼란스러울 테니까." 내가 제안했다.

"페넬로페, 너도 같이 가자. 그렇게 날 노려보지 말고." 엘리노어가 말했다.

"내 이름은 피날리피야! 그리고 그는 내 약혼자야. 부디 기억해 줘."

"그래 좋아… 피날리피."

응접실로 갔을 때, 처음에는 물건들이 뒤죽박죽 섞여 있어서 아이린을 한참 동안 찾아야 했다. 온갖 수집품들, 기념품들, 유품들, 금빛 거울, 흔들리는 목마, 지구본, 기차 세트, 나무 블록, 기계 새가 튀어나오는 정교한 새장. 무엇보다도 크고 작은 인형들이 곳곳에 놓여 있었는데, 심지어 몇몇은 카드놀이를 하듯 녹색 테이블 앞에 나란히 앉아 있었다. 아이린 틴타이프는 다른 인형들과 섞여 가만히 앉아 있었다. 유일한 차이점이라면 그녀의 입에서 흘러 나오는 희미한 검은 연기뿐이었다.

"로웨나 할머니는 정말 굉장한 수집가이셨구나."

"보다시피 그분은 어릴 적 추억을 소중히 여기셨어. 나이가 들수록, 더욱 좋아하셨지."

"안녕, 아이린 틴타이프. 기분은 어때?"

"아, 클로드님, 안녕하세요!" 갑자기 말고삐를 잡아채듯 아이린이 벌떡 일어나며 대답했다. "굳이 물어보신다면, 저는 정말 속상해요. 이 사람들은 정말 속물이에요!" 그녀가 인형들을 가리키며 내게 속삭였다.

"아, 네가 신경 쓸 필요는 없다고 생각해."

"그게 제가 하려던 말이어요! 수도 없이 나를 소개했는데, 말을 거는 사람이 없어요."

"아이린, 저것들은… 인형이야. 진짜가 아니야."

"무슨 뜻이에요?"

"저것들은 장난감 완구야. 인간처럼 보이는데 그냥 물건이야."

"저들이 죽었다는 뜻인가요?"

"저것들은 애초부터 살아 있지 않았어, 아이린."

"누가 왜 그런 짓을 하죠? 살아 있는 것처럼 만들다니, 너무 잔인하군요!"

"인형 제작자는 아마 인형들이 아이의 좋은 놀이 친구라고 생각했을 거야."

"세상에, 죽은 것을 가지고 놀다니!" 아이린이 몸서리치며 말했다.

"어쨌든 일단 조금 쉬고, 내일 앞으로 어떻게 할지 생각하자."

우리는 인형이 가득한 방의 소파에 누워 각자 잠을 청했다. 내 옆에는 런던의 어린 소녀, 가죽 조각을 꿰맨 소녀, 그리고 나와 결혼을 앞둔 소녀가 있다. 이런 친구들의 조합이라니, 세상이 어떻게 될까? 가장 먼저 피날리피가 잠이 들었고, 엘리노어가 뒤따랐다. 사실 아이린은 잠이 들은 것인지, 또는 흉내만 내는 것인지 분간할 수 없었다. 아이린은 때때로 눈물을 흘리며 중얼거렸. "가엾은 인형들!"

내일은 도대체 무슨 사건이 일어날까?

비숍게이트의 양초 공장

제18장
양초 공장

루시 페넌트의 이야기는 계속된다

  어린 시절에 나는 여행을 거의 하지 못했다. 대신 여행자들이 들려주는 이야기는 수없이 들었다. 드넓은 모래사장과 일 년 내내 눈이 내린다는 높은 산맥. 어느 나라는 일곱 면이 바다라고 했다. 그런데 내가 실제로 아는 산과 바다는 오로지 쓰레기산과 쓰레기가 파도치는 바다뿐이다. 책에서는 세상 어딘가에 사람들이 따스한 햇볕을 쬐며 일광욕하고, 공기가 맑아 새들이 지저귀며, 음식을 밖에 내놓아도 아무도 훔치지 않는 곳이 있다고 했다. 글쎄, 내가 이 이야기를 진실로 믿고 여행을 떠날 수 있을까? 언젠가 방랑자가 되어 바다에 발을 담그고 파도치는 기분을 느낄 수 있을까?
  언젠가는.
  우리의 안내자이고 구원자이며 아무-냄새도-맡지 못하는 조지, 이 우울한 런던 소년을 따라 낯선 건물에 도착했을 때, 나는 막다른 곳에 다다른 기분이었다. 조지가 정문을 세차게 두드리자 험상궂게 생긴 남자가 문틈으로 머리를 내밀었다.

"문 열어주세요."

그 남자가 손을 내밀고 조지가 동전 몇 개를 집어주자, 정문이 열렸다. 아마 그 남자는 수위인 것 같았다. 어두침침한 통로를 따라 내려가자, 드디어 조지의 집에 도착했다. 아, 그곳은 오물이 넘쳐나는 남루한 건물이었다. 천장 곳곳에 달린 쇠사슬에는 수많은 양초가 동굴의 종유석처럼 달려 있었다. 자세히 설명하자면, 밀랍이 가득 담긴 커다란 통에 담갔다 꺼낸 양초를 건조하기 위해 천장의 쇠사슬에 거꾸로 달아놓은 상태였고, 그 때문에 공장 바닥은 천장에서 뚝뚝 떨어진 밀랍이 그대로 굳어 온통 울퉁불퉁 미끄러웠다. 주변에는 밀랍을 씌울 때까지 보관 중인 두꺼운 양초 심지들, 통에 담긴 액체 밀랍이 굳지 않게 뜨거운 증기를 내뿜는 화덕들이 있었고, 그 외에도 온갖 종류의 대야, 촛대, 집게, 작은 톱과 계량기 등의 도구가 사방에 널려 있었다. 그 속에서 양초 공장의 노동자들이 순백의 양초를 제조하고 있었다. 그들의 팔과 손가락, 피부는 군데군데 벌겋게 덴 흉터로 가득했다. 상당수는 어린 소녀들로, 그들의 피부는 밀랍처럼 창백하고 그들의 머리카락은 불꽃이 붙기 직전의 심지처럼 보였다. 금방이라도 불이 타올라 그들의 생명이 파닥거릴 것 같았다.

"여기가 우리 공장이야." 조지가 말했다.

"고마워, 조지. 아주 그럴듯해." 내가 말했다.

우리가 들어왔을 때, 양초 노동자 일부는 고개를 들어 쳐다봤으나 대부분은 일감에서 눈을 떼지 못했다. 조지의 인사에 몇몇이 투덜거리며 반응을 보였을 뿐이다.

"이 많은 양초를 너희가 만드는 거야?"

"그래, 우리는 영국 교회에 정식으로 위탁받은 양초 제조업자야. 세인트 폴 성당, 웨스트민스터 사원, 그 밖에도 런던의 모든 예배당을 환하게 밝히도록 말이야. 그리고 휴식 시간에는 우리는 몰래 이 양초들을 빌려서 밀뱅크에서 링크 보이를 활약하는 거지(제발, 아무한테도 말하지 마). 일종의 부업이랄까? 수위한테 눈 감아주는 대가를 조금만 지불하면 돼. 아무튼 으리는 이 직업을 아주 자랑스럽게 생각해."

조지는 진정한 자부심을 내비치며 말했다. 나는 커다란 밀랍 통을 들여다보며 물었다.

"정말 엄청난 사업이야. 그런데 밀랍통에 빠지는 사람은 없니?"

"솔직히 다들 한 번쯤은 그랬을걸? 작업 시간이 길어지다 보면, 지쳐서 밀랍 통에 빠지곤 하지. 우리는 그걸 '세례'라고 불러."

"그러면 화상을 입을 텐데?"

"제때 못 건져내면 죽을 수도 있지." 주근깨가 가득한 노동자가 말했다.

"그렇게 말할 것까진 없잖아?" 조지가 쏘아붙였다. "자, 어쨌든 이 일이 마음에 들어야 할 거야. 왜냐면 너희가 할 일이니까. 내가 빵과 차와 잘 곳을 제공하는 대신, 너희는 저기 명부에 서명하고 도장을 찍어야 해. 그럼, 너희는 영국 성공회를 위한 거대한 하얀 양초를 제조하는 특권을 누리는 거야. 근무 시간은 아침 7시부터 저녁 7시, 식대와 숙비로 4실링을 빼면 주급은 11실링이야. 자, 어때?"

나는 주변을 둘러보며 이곳이 파울샴과 다를 바가 없다고 생각했다. 여기 노동자들은 교회를 위해 일하고 파울샴 주민은 이레몽거를 위해 일한다는 점만 빼면 말이다.

"글쎄, 우리야 감사해야겠지."

"아침에 목사님께서 서류에 서명하면, 너희는 정식으로 고용되는 거야. 일을 제대로 못한다면 거리로 도로 쫓겨나겠지. 자, 배고플 테니까 빵을 좀 먹어."

우리는 그가 내준 마른 빵조각 위에 달라붙었다. 우리가 식사하는 동안, 그는 계속 설명했다.

"이곳은 촛농 때문에 바닥이 좀 끈적끈적하지. 난 냄새를 못 맡지만, 동료들 말로는 교회처럼 신의 숨결 같은 냄새를 풍긴다더군."

"그래, 그런 것 같아." 제니가 말했다.

"게다가 이 안은 아주 따뜻해." 콜린 생크스가 용기를 내어 말했다.

"조지, 넌 언제부터 여기서 일했어?"

촛불 속에 비친 조지의 얼굴은 바싹 여위고 창백했으며, 고대 넙치의 후손이라도 되는 듯 이목구비는 균형이 맞지 않았다.

"내가 부모님을 잃었을 때부터야." 조지가 마지못해 설명했다.

"그분들에게 무슨 일이 있었는데?" 제니가 물었다.

조지는 잠시 침묵하다가 마침내 대구처럼 크고 거대한 입을 열었다.

"진실은 언젠가 밝혀지겠지. 지금은 나도 몰라. 부모와 친척들이 어떻게 왜 실종되었는지는 수수께끼야. 목사님이 가족 없이 남겨져 쓰레기를 뒤지고 있는 우리를 발견해서 이 공장으로 데려왔어. 그래서 우리는 신을 위해 촛불을 만들게 됐지."

"조지, 무슨 일이 있었는지 내게 말해줄래?" 내가 물었다.

"비밀이랄 것도 없어. 3주 전 라임하우스의 집에 있었을 때였어. 엄마가 아빠를 봤냐고 물었고 나는 저쪽에 있다고 대답했는데, 몇 분 전까지 있었던 아빠가 홀연히 사라진 거야. 대신 이것만 남겨져 있었어." 조지가 주머니에서 낡은 안경을 꺼냈다.

"혹시 안경이 따뜻했어? 그럼, 네 엄마가 실종되었을 때 무엇이 있었니?" 내가 물었다.

"그래! 그때는 이걸 찾았어!" 그는 양철로 만든 아기 딸랑이를 흔들며 외쳤다.

"오, 조지, 넌 그 물건들을 꼭 보관해야 해. 언젠가 가족들이 돌아올지도 모르니까. 파울샴에서도 비슷한 사건들이 있었어. 어른들이 사라진 다음 카펫 방망이나 빨래 건조대가 나타났지."

"그렇다면 이런 사건들이 더 많겠구나. 어쨌든 목사님께는 파울샴 얘기는 하지 마. 그걸 아시면, 아예 상대도 하지 않으실 거야."

그때 문이 열리고 토미를 선두로 해서 링크 보이들이 들어왔다.

"다들 무사히 도착했구나. 경찰들이 총동원되어서 너희를 찾으려고 혈안이더군."

"감옥에 갇힌 사람들에 관해 뭐 알아낸 것 있니?" 콜린이 물었다.

"아니. 하지만 밀뱅크 교도소에 호레이스의 아빠가 계시니까, 그쪽에 새 죄수가 들어왔는지 알아볼게."

"그럼 우리는 무엇을 허야 해?" 나는 궁금해 했다.

"양초 제조를 맡아야지. 이번 주말에 받는 너희 임금을 우리에게 주면 괴롭히지 않을게."

"그게 네가 제안한 거래로군." 내가 말했다.

"싫어? 그럼 꺼지든가." 토미가 말했다.

하지만 더 이상 우리가 갈 곳은 없었다. 어두침침한 기숙사에서 우리는 침대 하나에 두 명씩 누워 촛농이 잔뜩 튀어 뻣뻣해진 담요를 덮고 잠을 청했다. 오랜만의 휴식이었다. 에스더와 침대에 나란히 누워, 내일은 런던 시내로 가겠다고 나는 결심했다. 그따위 목사에게 신경 쓰지도 않고, 내 피부가 밀랍처럼 투명해질 때까지 여기 머무르지도 않을 것이다. 토미가 기숙사에 있는 작은 촛불을 끄자, 어둠이 밀려왔다.

제4부

아웃사이드 인

Hair

place Eyes here

place Nose here

place Mouth here

Chin

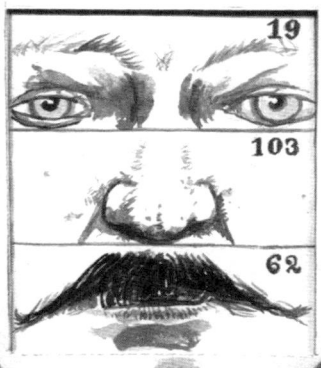

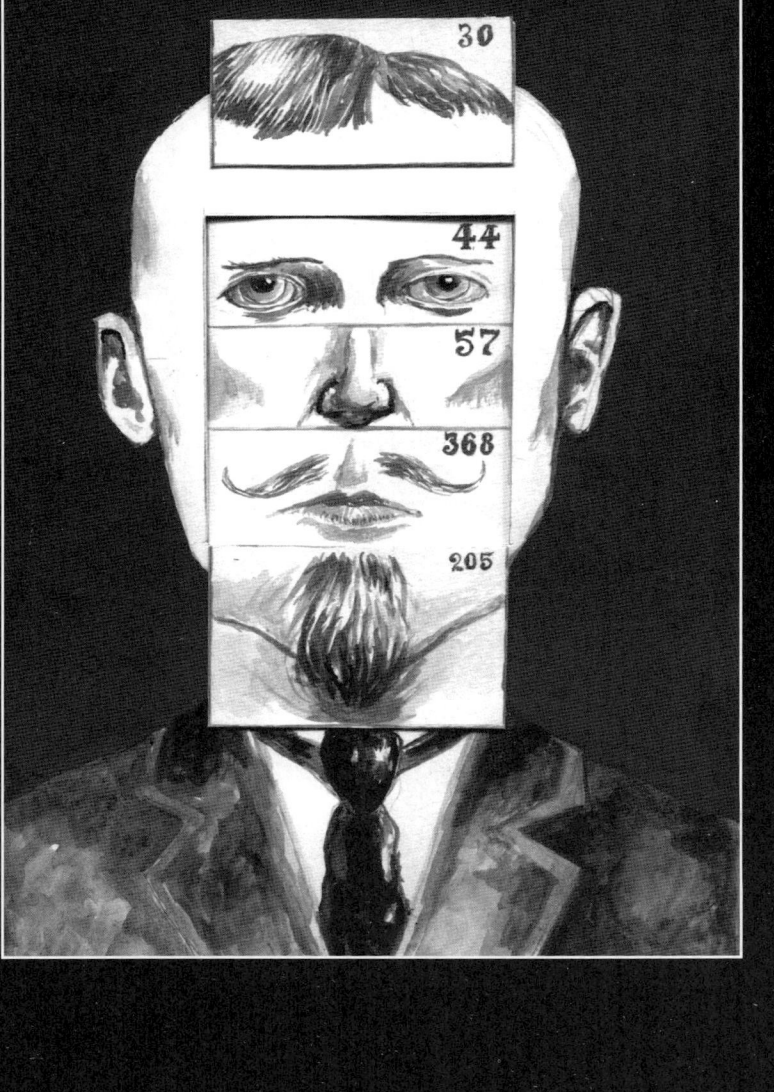

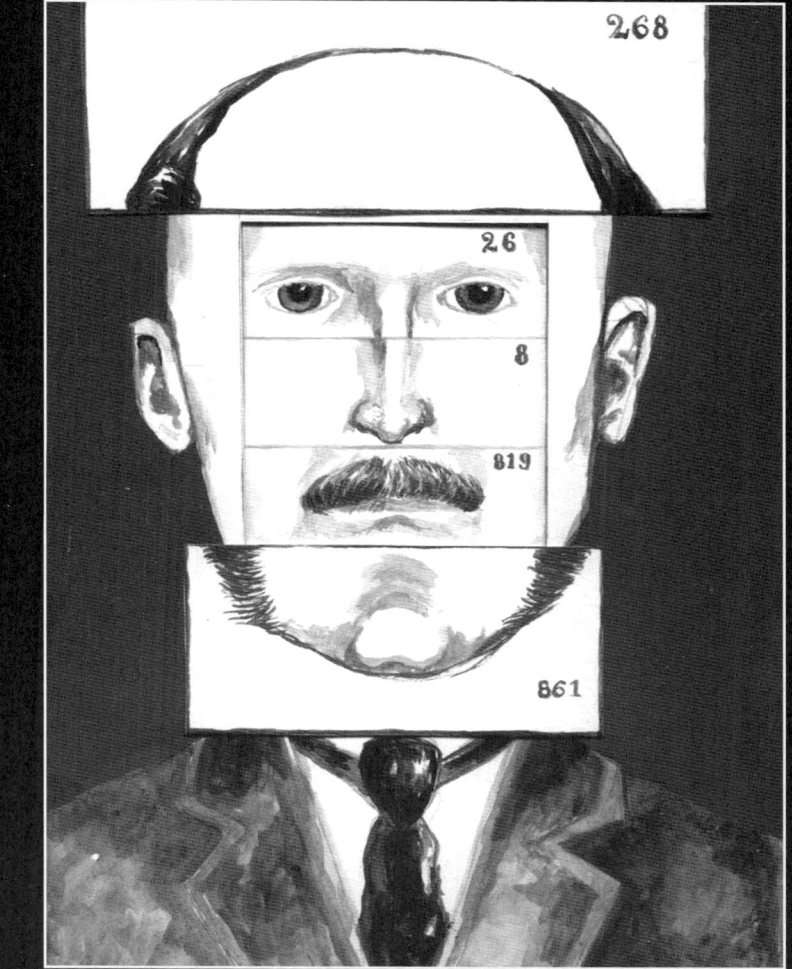

제19장
존 스미스 논-이레몽거

프레데릭 하빈 경감의 보고서

1876년 2월 7일 오후 3시

존 스미스 논-이레몽거[14]가 오늘 아침 도구들을 챙겨 우리를 찾아왔다. 솔직히 고백하면, 그자가 도착한 순간부터 나는 식은땀이 났고 가슴속에 공포가 일었다. 나만 그런 것은 아니었다. 메트칼프 경사는 책상 뒤에서 울고 있었는데, 그는 건장한 체구의 남자로 지난 5년 동안 우는 모습을 보인 적이 없었다.

스미스에 대해 알려진 것은 거의 없다. 5년 전, 런던에서 파견된 관리들이 이레몽거와 한통속임이 밝혀진 이후로 스미스가 대신 그 역할을 맡아왔다. 그는 자기만의 특별한 비법으로 관리들을 처리했다고 전해졌다. 오해일지는 모르나, 매우 잔인한 방법이었을 것이다. 그 후 그는 최초 등장할 때처럼 홀연히 종적을 감췄다.

그는 자기만의 방식대로 일하도록 허가받았다. 딱히 꼬집어 말할 수 없지만, 그는 왠지 불쾌한 구석이 있다. 물론 나는 매우 이

● 14 논-이레몽거는 이레몽거 아닌 자의 의미로 3부 내내 그의 정체는 미스터리에 싸여 있다.

성적인 사람이고 신을 믿지 않는다. 종교는 우리를 보다 나은 사람이 되도록 도움이 되는 한 존중할 뿐이다. 그런데도 이 글을 쓰는 이유는 그가 신의 섭리와 자연의 이치에 정면으로 배치된다고 생각해서다.

먼 훗날 나와 내 부하들에게 무슨 일이 생기면, 오늘 이 일기에 가감 없이 적힌 사건 기록과 증언이 도움 될 것이다. 솔직히 나는 20대 중반의 젊은 나이에 비해 과중한 직책을 맡고 있으나 직무에 충실히 봉사하며, 엄격한 규칙을 준수하면서 융통성도 있는 선량한 사람이다. 더구나 술을 입에 대지도 않으며, 공상이나 궤변과는 거리가 멀다. 또한 주 예수를 믿지 않으나, 여왕과 국가를 하나의 동일체로 보고 열렬히 신봉한다. 나는 런던의 이익을 위해서라면 어떤 위험이든 감수하고 목숨을 바칠 수 있다. 무엇보다 강조하고 싶은 점은 내가 분별력 있고 신뢰할 만한 인물이라는 점이다. 이 글을 읽는 독자는 반드시 이를 명심하고 수시로 되새겨주기를 바란다.

♠

이 글 첫머리를 (실제 가능할지 모르나) '존 스미스 논-이레몽거'라는 인물의 묘사부터 시작하고자 한다. 언뜻 보면 그는 아주 평범해서 사람들의 호기심을 끌 만한 대목이 없다.

먼저 그의 얼굴을 묘사해보자. 한 번 더 강조하지만, 그의 얼굴은 남들과 구별되는 특징이 없는 평범함 그 자체다. 콧수염과 구레나룻을 깔끔하게 다듬은 그는 이렇다 할 특징이 없는데도 분명히 낯이 익다. 그러니까 누군가를 닮았는데, 그저 좀 더 나쁜 버전의 인물이랄까? 왜 그런지는 설명할 수 없지만, 스미스는 아주 아주 잘못된 사람이다. 하나 더 그가 말할 때 얼굴 근육이 전혀 움직이지 않기 때문에 더욱 끔찍해 보인다.

또 어떤 점을 설명해야 할까? 그의 목소리는 입술이 아니라 몸통에서 울려 퍼지는 것 같아 매우 부자연스럽다. 게다가 음성은 손톱으로 칠판을 긁는 것처럼 가늘고 날카롭다. 더구나 얼굴 빼놓고는 옷과 중절모, 장갑, 손수건 등으로 온몸을 꽁꽁 감싸고 다녀 멀리서는 분간하기도 힘들다.

스미스는 부하들 외에는 항상 혼자 다닌다. 그의 부하들은 마차와 수레를 저 멀찍이 세워두고 고용주 주변에서 서성이곤 한다. 그들 근처에 가급적 얼씬하지 않는 것이 좋다.

그가 전염병 환자들을 제거하기 위해 동원하는 특이한 도구들도 꼭 기록해 둬야겠다. 긴 상앗대, 푸줏간의 갈퀴, 권총과 소총, 이상한 덫과 수많은 변장 도구. 특히 그가 지참하는 호루라기 소리는 일반인이 들을 수 없다. 개와 늑대와 비슷한 청력을 가진 스미스의 부하들만이 그 소리에 반응한다. 그는 매우 잔인한데다 치밀해서 단지 수 시간 만에 이레몽거들을 사냥할 수 있다. 백주 대로에서도 그는 전혀 거리낌 없이 총을 쏘고 숨통을 조른다. 오늘 아침 벌써 순혈 이레몽거 세 명—베이리프 하우스의 집사 커스퍼 이레몽거, 힙 하우스에 살던 중년 여성 포뮬라 이레몽거, 그리고 마지막으로 큰 납덩이를 지고 런던 거리를 활보하던 소녀 포이 이레몽거—이 사살당했다. 어쩌면 그의 처리 기술이 전염병 그 자체보다 더 혐오스럽다.

오전 내내 고심한 끝에, 나는 존 스미스 논-이레몽거에 관해 다음과 같이 결론을 내리고자 한다.

스미스는 생명이 없는 사람이다. 어떻게 가능한지 모르나, 그는 우리 사이에 살아 있는 것처럼 움직이는 죽은 사람이다. 그의 피부를 만져보면 도자기처럼 딱딱할지도 모른다.

오, 주여! 추호도 저는 저자를 만질 용기가 없습니다.

1876년 2월 7일
오전 7시 (태양은 여전히 뜨지 않았다)

최근 상원 의원들이 계속 실종되고 있어서 수배 전단지를 인쇄 중이다. 킬번 경은 실종이 확실하고, 밀필드 경은 어젯밤 일찍부터 행방이 묘연하다. 사우스워크와 케임브리지의 하원 의원들은 사흘째 종적을 감추고 있다. 현재 런던의 실종자는 수천 명이 넘었다고 보고되었는데, 고위층 인사의 실종은 이번이 처음이다.

오전 8시

오늘 아침 스미스와 동행하여 밀뱅크 교도소로 갔다. 이 감옥에는 최근 우리가 간신히 생포한 파울샴의 아이들이 갇혀 있다. 파울샴의 잔해에서 발견된 일부 이레몽거는 연구 목적을 위해 구조했고, 또 다른 아이들은 탈출 중에 체포되었다. 어젯밤 하수관을 통해 런던에 잠입한 아이들은 모두 5명으로 추정된다. 우두머리는 붉은 머리를 가진 야생의 소녀라고 알려져 있다. 현재 런던 전역에 대해 배포된 수배 전단지를 보면, 그 소녀는 매우 위협적인 존재로 보인다. 감옥에 새로 수감된 아이의 증언에 따르면, 그 빨간 머리 소녀의 이름은 루시 페넌트라고 한다. 자, 루시 페넌트, 너에게 남은 한 줌의 자유 시간을 마음껏 즐기렴.

우선 스미스와 함께 방문한 밀뱅크의 감옥으로 돌아가 보자. 이들은 아쉽게도 순수혈통 이레몽거가 아니고, 파울샴의 끔찍한 불길에서 우연히 살아남은 하찮은 잡종들이다. 결코 런던 시민들과 섞일 수 없는 비천한 자들이므로 쇠창살 안에 영원히 격리되어야 한다.

사실 저 아이들에 대해 곧 처형 명령이 내려질 것이다. 그 임무를 수행할 부서가 나와 내 동료가 아니라서 다행이다. 나의 내면 깊은 곳에는 그들을 인간으로 생각하기 때문이다.

그런데 스미스가 감옥을 찾았을 때, 이상한 사건이 일어났다. 스미스가 나타나자, 창살 안에 있던 죄수들은 최대한 멀찍이 숨으려 하며 애처롭게 흐느꼈다. 그의 존재만으로 공포가 퍼졌다. 오늘 오전 사건을 목격하고 나서 마음이 혼란스러웠기 때문에, 하나도 숨김없이 털어 놓으려 한다.

♠

감옥 안에 한 노인이 몸을 웅크리고 떨고 있었다. 아마 스미스가 죄수를 직접 고른 듯했다. 창살의 빗장을 풀고, 그의 명령대로 비참하게 떨고 있는 노인을 끌고 왔다. 그때 스미스가 꽥꽥거리는 이상한 목소리로 말했다.

"사랑하는 친구여, 내가 축복하나니, 지금 우리를 따르시오."
(아, 그 섬뜩한 목소리!)

마치 스미스는 어린아이를 대하듯 그 노인을 상냥하게 쓰다듬었다. 그러자 부들부들 떨던 노인이 숨을 크게 들이쉬더니, 격렬한 경련 끝에 급작스러운 죽음을 맞이했다(스미스의 등에 가려 노인이 제대로 보이진 않았다). 노인의 창백한 피부는 온기를 잃어 순식간에 생명이 없는 회색으로 변했다. 그리고 (나는 이 불가능해 보이는 사건을 최대한 솔직하게 기술한다면) 그 노인이 있던 짚 위에는 상당히 멋진 백랍 주전자가 남았다. 그것이 어디에서 왔고 어떻게 여기에 있게 되었는지는 알 수가 없다.

그런데 내 뒤에서 지켜보던 스미스가 숨을 크게 들이마셨다. 그러자 그의 온몸이 팽창하더니, 감옥 안에 있던 백랍 주전자가 사라졌다. 노인도 없고, 주전자도 없고, 아무것도 남아 있지 않았다. 그 일은 그렇게 마무리되었다. 그런데 그냥 나의 상상일 수 있지만, 스미스가 이전보다 키가 약간 더, 1인치 정도 더 커졌다.

불현듯 아주 끔찍한 생각, 오싹해지는 추측이 벽력처럼 떠올랐다. 즉 그 노인은 잡아먹힌 것이다.

어떤 방식인지는 모르겠지만, 존 스미스 논-이레몽거는 죄수들을 잡아먹고 있다.

무어커스 이레몽거와 그의 토스트랙

제20장
돔 아래에서

세인트 폴 성당의 속삭이는 갤러리

토스트랙, 이 치사한 녀석. 거기 숨어있는 거 알아. 네가 아무리 멀리 떨어져 있어도, 넌 여전히 내 그림자에 지나지 않아.

리핏이 우리를 쫓고 듀빗과 스턴리가 죽었다고 해도, 나는 신경 안 쓸 거야. 그들은 결코 제 지위를 자각하지 못했고 우리 혈통에 어울리지 않았으니까. 하지만 나는 자격이 충분해. 벼랑 끝에 선 가문을 일으키고 이레몽거의 영웅이 될 거야. 늙고 병든 할아버지는 내게 제대로 된 사랑을 주지 않으셨지. 게다가 지금은 예전과 같은 눈빛으로 나를 쳐다보지 않아. 그게 다 너 토스트랙 때문이야. 네가 더 이상 수호물이 아니라 사람이기 때문이야. 더구나 할아버지는 클로드만 유심히 지켜보며 그의 성취를 일일이 궁금해하지.

그런데 클로드가 무사히 탈출하다니! 클로드 따위에 겁먹고 레더맨들이 전부 도망쳤다니! 난 화풀이로 레더맨의 실밥을 뜯어 거리에 흩뿌려놓았어. 그런데 리핏한테 잡히면, 나도 레더맨과 똑같은 처지가 될 거야. 어쨌든 나는 반드시 클로드를 죽일 테다. 이 몸이 직접!

클-로-드! 그는 이레몽거에게 관심이 없어! (아마도 너무 큰 소리로 말했나 봐. 이제 조그맣게 속삭일게.)

흔하디흔한 파울샴 소녀를 쫓아다니며 가족을 모욕하다니! 가족들에게 클로드의 본색을 드러내고, 얼마나 내가 위대한 인물인지를 똑똑이 알게 할 테다! 자, 여기 내 손에 들려 있는 이 위대한 보몬트-애덤스를 봐! 이 권총이 나를 위해 제대로 한 방 먹일 거야. 쌍둥이 권총 하나는 지금 어디로 사라졌는데, 아마도 토스트랙과 내가 리핏의 불꽃에서 도망칠 때 어디에 떨어뜨린 게 틀림없어. 하지만 너는 여기 세인트 폴 대성당의 돔 아래[15]에 나와 함께 있지. 친애하는 나의 권총! 너의 탄환에 키스하고, 내 메달에 맹세코 클로드 이레몽거를 죽이겠다고 선언한다. 그것이 나의 의무이고, 임무를 마친 후 마침내 나는 어른이 될 거야!

잠깐만, 그런데 토스트랙은 어디 있지? 어둠 속에 있나, 토스트랙? 토스트랙!

● 15 세인트 폴 성당의 위층 돔에는 '속삭이는 회랑'이 있다. 이곳에서 속삭이는 소리는 34미터 떨어진 맞은편까지 들린다. 이 음향학적인 비밀로 인해 롤랜드는 무어커스의 말을 몰래 엿듣게 되었으며, 이 현상은 1878년 제3대 레일리 남작 존 윌리암스 스트러트에 의해 공식적으로 밝혀지게 된다(글쓴이 주).

드러리 레인의 전당포 가게

제21장
런던 시민의 행렬

루시 페넌트의 이야기는 계속된다

다음 날 아침, 링크 보이들은 아직 자고 있고 근무조가 교대로 바쁜 시간을 틈타 나는 조용히 뒷문으로 빠져나갔다. 어두운 통로를 따라 내려가니, 저 멀리 정문이 보였다. 수위는 곤히 잠들어 있어서, 나는 정문의 걸쇠를 살그머니 따고 비숍게이트 거리로 나가려 했다. 자, 빨리 런던으로 가자! 그런데 웬 손이 내 어깨를 꽉 잡았다.

"안 돼."

토미 크로닌이 머리 꼭대기까지 화가 나 있었다.

"손 떼. 토미, 난 싸우고 싶지 않아."

"넌 나에게 빚졌어. 네 임금을 주기로 이미 동의했잖아."

"빌어먹을 돈은 반드시 갚을게."

"그래, 이번 주말에 당장 갚아야지. 자, 목사가 곧 현장감독들과 올 테니, 넌 꼼짝하지 말아."

그는 나를 잡아끌고 다시 마당을 돌아가려 했다.

"나를 건드리지 마."

"내 마음이지!"

"저기에 쌓인 흙더미가 보여?"

"그래. 그런데? 너는 갈 집도 없잖아, 그렇지?"

그는 퉁명하게 대꾸하면서도 내 손가락이 가리킨 방향을 쳐다보았다. 그때 나는 그가 무슨 일인지 깨닫기도 전에 그를 오물더미로 밀쳤다. 진흙 범벅이 된 그가 나를 패기 시작했고, 나 역시 세차게 반격했다. 런던 비숍게이트의 골목에서 우리는 그렇게 땅바닥을 구르며 서로 발로 차고 주먹을 휘둘렀다. 분이 풀리지 않았는지 그의 주먹 한 방에 나는 이빨 하나를 잃었다. 머리끝까지 화가 치민 나는 진흙 속에 그를 밀어 넣고 꼼짝 못 할 때까지 두들겼다.

"토미, 이제 괴롭힘이라면 지긋지긋해. 젊은이가 힘이 더 세다는 이유로 노인에게 힘을 쓰고, 아이들이 몸 약한 아이를 따돌리고, 저 잘난 이레몽거들이 우리를 쓰레기산으로 내모는 광경을 매일 지켜봐야 했어. 하지만 그런 일을 더는 두고 보지 않을 거야."

피투성이가 된 토미는 한동안 몸을 일으키지 못했다. 마침내 그가 말했다.

"넌 정말 지독하구나? 그러다가 교수대에서 최후를 맞을 거야."

"그래? 내가 악당이라니, 나와 생각이 비슷하네."

"난 그저 내 몫을 챙기고 싶은 거야."

"그래? 그렇다면 더욱 다부지게 굴어야 할 거야."

내가 주먹을 치켜들자, 그는 약간 움찔하며 아픈 턱을 문질렀다. 나는 그를 일으켜 세웠다. 그가 얼마나 떨고 있던지. 그는 주머니 속에 있던 재봉 키트를 꺼내 꼼꼼히 살펴본 후 다시 잘 집어넣었다.

"그건 뭐야?"

"네가 신경 쓸 일 아냐."

"그 물건이 갑자기 나타났을 때… 네가 그걸 찾았을 때, 따뜻했어? 혹시 누가 사라졌니?"

"내 형이 사라졌어." 그가 나를 잠시 쳐다보더니 말했다.

"유감이군."

"누가 다음 차례일까? 어쩌면 내일 내가 신발 끈이 될지도 모르지."

"그럴지도 모르지."

"아니면 내가 60세까지 살지도 몰라."

"아마도."

"잘 들어, 루시 페넌트. 넌 지독한 냄새 나는 빨간 녀석이지만, 어쨌든 너와 나는 살아 있어. 지금 내가 할 수 있는 말은 그게 다야."

"나는 계속 살아갈 거야. 나와 파울샵 사람들을 막으려는 어떤 시도에도 굴하지 않겠어. 더구나 런던에는 찾아야 하는 친구가 있어. 내게 아주 특별한 사람이니까."

"그 사람이 어디 있는지 알아? 주소라도 아니?"

"아니. 전혀 몰라." 나는 인정할 수밖에 없었다.

"런던은 아주 큰 도시야. 파울샵처럼 어설픈 빈민촌이 아니야."

"그렇지만 저기 앉아서 양초 일을 하다 보면, 절대 그를 찾을 수 없어."

"내가 도와줄게. 우리는 런던의 링크 보이들이야. 서로의 입을 통해 소문을 전하는, 살아 있는 거대한 신문이야. 그러니까 도시 전체에 걸쳐 뻗어나가는 확성기랄까. 네가 필요하면, 우리를 부르면 돼. 이렇게 말이야."

그는 두 손을 오므리고 손가락 사이의 빈틈에 숨을 살짝 불어넣은 다음, 비둘기 울음과 똑같은 소리를 냈다.

"이제 네가 해 봐."

"왜?"

"한 번 해봐. 계속해. 해!"

내가 부는 휘파람 소리는 엉망이었다. 그는 내 손을 오므리고 공기를 부는 방법을 되풀이했지만, 여전히 절망적인 소음이었다. 하지만 그가 꾸준히 가르친 끝에, 마침내 약간 상처 입은 구슬픈 비둘기 소리가 났다.

"그 정도면 충분해. 비둘기는 아주 흔하니까, 네가 몇 번 더 분다고 해서 누가 이상하다고 생각하진 않을 거야."

호출 신호에 관한 얘기를 믿지는 않았지만, 그런 믿음이 갑자기 그를 순수하고 단순한 어린애로 느끼게 했다. 그래서 이번에는 내가 작은 희망을 주기로 했다.

"들어봐, 토미. 내가 아는 사람이 사물의 소리를 듣고, 사물을 조정할 수 있어."

"이름이 뭐야? 우리가 그 이름을 퍼뜨릴 수 있어."

"그는 클로드 이레몽거야."

"클로드 이레몽거, 전혀 마음에 들지 않는 이름이네. 죽음을 불러올 것 같아."

"아니, 그는 파리 한 마리도 해치지 못해. 머리가 크고 아파 보이는 열여섯 살 소년이야."

"결국 그는 건강한 편은 아니구나."

"그가 아직 살아 있다면, 누구도 할 수 없는 기적을 해낼 거야."

"엉뚱한 이야기이지만, 어쨌든 믿을게. 좋아, 루시 페넌트. 떠나라. 목사님이 보기 전에 어서 떠나렴."

아까의 격투로 몸이 욱신거렸지만, 저 멀리서 목사 일행이 오는 모습이 보였다. 안경을 쓰고 턱이 약해 보이는 작고 둥근 남자 옆에 코트를 입은 키 큰 남자들이 등불을 들고 골목을 따라 내려오고 있었다. 나는 서둘러 자리를 떴다.

♠

여기저기 부대끼는 사람들 틈에 섞여 돌아다니며, 나는 간만에 해방감을 느꼈다. 가장 먼저 할 일은 새 옷과 음식을 얻는 것이었다. 화려하고 번잡한 대로에서 약간 비켜난 곳에 꽤 길게 줄지어 있는 사람들을 발견했다. 처음에는 수프나 빵을 주는 무료 배급소인 줄 알고 나도 줄에 합류했다. 줄은 아주 천천히 움직였지만, 나는 서두르지 않았다. 단지 사람들 사이에 있는 것이 좋았고, 목숨 걸고 달리지 않고 이마를 부드럽게 스치는 선선한 바람을 느낄 수 있어서 좋았다. 줄을 선 사람들을 유심히 살펴보았다. 옷차림이 초라해 보이는 이들도 있었지만, 몇몇은 꽤 좋은 옷을 입고 있었고, 두어 명은 거의 멋쟁이처럼 빼입었다. 대부분 허리가 구부정했는데, 아프거나 늙어서가 아니라 각자 무겁거나 소중한 물건을 들고 있었기 때문이다. 곡괭이 머리, 주판, 말 안장, 연, 자수 방석, 도자기 인형, 심벌즈 한 쌍. 한 노부인은 무거운 단검을 들고 초조히 자기 순서를 기다리고 있었다.

이런, 런던에 쓰레기 열병이 유행하고 있었다. 나 역시 그런 병을 잘 알고 있었다. 아빠는 수프 냄비가 되었고 엄마는 양초 가위가 되었으니까 말이다. 그리고 그들이 왜 여기에 줄을 서 있는지도 알게 되었다. 가게 간판은 아주 낡았지만, 적혀 있는 글씨는 알아볼 수 있었다.

철제 프레임이 걸린 세 개의 빨간 공.[16] 파울샴에서도 빨간 공 대신 이레몽거의 월계수 잎이 그려져 있었을 뿐 똑같은 간판이 걸려 있었다. 전당포. 그리고 전당포 중개인들. 줄은 선 사람들은 모두 물건을 내놓고 몇 푼이라도 얻으러 왔다. 그들의 물건을 넘겨주고 검사받고 가치를 평가받고 대신 돈을 받는다.

그릇, 보석, 의류, 그리고 모든 재산 증서에 대해 선불금을 드립니다.

● 16 1835년 《이브닝 스탠다드》에 실린 찰스 디킨스의 런던 스케치에 따르면 드러리 레인의 전당포 가게 있는 3개의 빨간공 표시가 등장한다. 통상적으로는 3개의 황금색 공이 전당포의 표시인데, 성 니콜라스가 빈자의 세 명의 딸에게 황금 주머니를 하나씩 나눠주었다는 설화에서 유래되었다.

세월의 흐름과 부주의로 인해 더럽고 얼룩진 이 낡은 표지판 옆에는 다음과 같은 글이 꼼꼼하게 새겨진 새 표지판이 나란히 붙어 있었다.

물건 감정에 관한 특별 고지:

당신의 새로운 물건들!
당신의 소유물 중 가장 최근 물건!!
새 물건일수록 최고의 가격을 계산해 드립니다!!!

아! 그들은 자신들이 사랑하는 사람을 전당포에 맡기러 왔다. 진실을 알지 못했겠지만, 결과적으로 그들은 몇 페니, 또는 한두 파운드를 벌기 위해 아이들, 부모, 조부모, 친구, 남편과 아내, 연인과 정부를 저당 잡히고 있었다. 많은 경찰이 오가고 있어서, 나는 애써 따분한 표정을 지어 보이며 인파 속에 몸을 웅크렸다. 경찰들은 아무 표정이 없었고 이상하게 멍한 얼굴을 하고 있었다. 서로 표정이 너무 비슷해서 마치 한식구 같았다.

사람들의 어리석음이란. 그래, 내가 진실을 얘기해야 해. 좋아, 그럼 해보자. 그런데 어떻게?

내 옆에는 남편으로 보이는 물건을 헐값에 맡기러 온 노파가 있었다. 그녀는 (지금은 흔들의자로 바뀐) 불쌍한 노인을 끌고 전당포 앞으로 왔다. 낡은 의자가 땅바닥에 긁히는 모습을 보면, 그 노인(지금은 의자)이 무척 들어가기 싫어하는 게 분명했다. 내가 아니라면, 또 누가 말하겠어?

"이봐요. 의자 잠깐만 빌려줘요. 조심해서 쓸게요. 여러분, 제

말 들리나요?"

나는 흔들리는 의자 위에 서서 재빨리 균형을 잡으며 말했다. 나를 흉측한 범죄자처럼 노려보는 노파를 제외하고, 다들 품 안의 물건을 지키느라 나를 볼 틈이 없었다.

"여러분이 들고 있는 물건은 팔면 안 돼요. 미친 것처럼 들리겠지만, 그것들은 물건이 아닙니다. 사실… 당신들이 잃어버린 사람들이에요. 그들이 원인 모를 병에 걸려서 사물로 바뀐 거예요. 그건 쓰레기 열병이라고 불리고, 한바탕 휩쓸고 가다가 어느 정도 시간이 지나면 전염이 멈춘다고 합니다. 그러니까 여러분이 가지고 온 물건은 사람이니까 전당포에 팔아넘기면 안 돼요. 자, 어서 집으로 돌아가세요."

아무도 믿지 않는 듯 미동도 하지 않았다. 아까보다 더 많은 경찰이 대여섯씩 무리를 지어 이쪽으로 오고 있었다. 시간이 벌써 다 되었어, 루시.

"입 닥쳐. 네 일이나 신경 쓰라고."

"쟤가 내 물건을 탐내는군."

"이 의자가 윌프레드라고? 내 의자나 어서 내놔!" 노파가 주먹을 휘둘렀다.

"저는 그냥 돕고 싶었을 뿐이에요. 여러분이 진실을 알고 있는지 확인해야 했으니까요."

나는 내려와서 의자의 먼지를 털며 말했다. 그때 경찰이 내 쪽으로 다가오고 있어서 입을 다물어야 했다. 아, 이들과는 아무것도 도모할 수 없어. 새롭고 신선한 새내기들, 위대한 군대가 필요해. 그때 누가 내 옆구리를 쿡 찔렀다.

"줄을 계속 서 있을 작정이라면, 계속 가."

"내 앞에 할머니가 있으니까…" 나는 줄의 위아래, 좌우를 살펴봤지만, 의자만 두고 노파가 사라지고 없었다.

"아까 여기 있던 할머니 본 사람 있어요?"

하지만 아무도 늙은 할머니는 신경 쓰지도 않았다. 그런데 아주 날카로운 면도날이 흔들의자에 놓여 있었다. 나는 그것을 향해 손을 뻗었다. 그 면도날은 뜨거운 김이 모락모락 나고 있었다. 그 노파도 바뀐 것이었다!

"오, 명복을 빌어요. 그리고 저를 용서해주세요. 당신을 전당 잡힐 수밖에 없어요."

이제 그들을 위해 내가 할 수 있는 것은 아무것도 없었다. 그리고 주여, 저 역시 도움의 손길이 필요하다는 것을 알아주세요.

마침내 내 차례가 되자, 나는 면도날과 흔들의자를 들고 전당포로 들어갔다. 전당포의 창문은 너무 더러워서 밖에서는 들여다보이지도 않았다. 버려진 사물들의 숨결로 유리창이 후끈 달아오른 것처럼. 얼마나 물건이 많던지! 더러운 셔츠, 납작한 다리미, 독이 든 파란 병, 찻주전자, 보닛 모자, 싱글 슈즈, 버터 나이프, 사도 스푼, 놋쇠 촛대, 성모상, 연필꽂이, 졸업모, 절삭기, 톱, 아동용 주머니칼, 기와, 담요, 피아노 덮개, 스테인드글라스, 도어 노커, 아마도 당신이 생각하거나 생각할 수 있는 모든 것들. 얼마나 많은 런던 사람이 이 상점 선반 위에 살고 있을까?

가게에 있는 사람들도 뭔가 이상했다. 그들도 경찰처럼 모두 같은 얼굴이었다. 콧수염과 구레나룻의 색깔만 달랐다. 희고 검거나 쥐색일 뿐 모두 똑같았다. 루시, 바보같이 굴지 마. 하지만 계산대에 있는 여자도 몸에 꼭 맞는 드레스를 입고 얼굴에 분칠했지만, 콧수염 자국이 희미하게 보였다.

"이 물건들을 언제부터 소유했죠?" 그녀는 멍한 얼굴로 질문했다.

"어느 날 갑자기 생겼죠. 의자는 어제, 면도날은 오늘 아침에 발견했어요. 게다가 맹세코 처음 본 물건들이에요!"

나는 가짜 이야기를 지어냈다. 그녀의 앞에 놓인 장부가 아주 두툼했다.

"이름?"

"왜 제 이름이 필요해요?"

"이름을 적어야 해요."

"그럼… 제 이름은 플로렌스 발콤비에요."

아, 그 이름을 난 절대 잊지 않을 것이다. 콧수염 찻잔으로 바뀐 후, 힙 하우스에서 살해당한 불쌍한 친구.

"17펜스 드릴게요."

"고작? 이건 눈뜨고 코베는 짓이에요."

"17펜스, 더 이상 줄 수 없어요."

"차라리 헌옷과 교환은 어때요?"

"그럼, 저 옷더미에서 꺼내 가요. 몇 달 동안 버려졌으니, 아무도 가지러 오지 않을 거에요."

"네, 그러죠."

"서명."

"다음! 다음 사람 나오세요!"

"그런데 당신은 드레스를 입었는데 콧수염이 보이네요. 좀 특이하네요, 그렇죠?"

"다음!"

나는 폐품 더미에서 코트와 드레스, 낡은 신발과 큰 모자를 집었다. 모자는 약간 찌그러져 있지만, 가릴 처지가 아니었다. 만약 이 옷들이 사람이었다면? 그리고 그들을 전당포에 맡기고 간 이들도 사물로 바뀌어서 아무도 찾지 못한다면? 과연 이 옷들을 입어도 될지 의문이 들었지만, 나 역시 어쩔 도리가 없었다. 그래도 계속 입고 있던 하녀 옷을 벗을 수 있으니 속이 시원했다.

"여기, 이 옷은 태워주세요."

계산대에 있던 여자는 기계적으로 내가 내민 옷을 접어서 쓰레기통에 넣으려다가, 우연히 옷에 수 놓인 월계수 잎 표시를 발견했다. 그녀는 멈칫하더니 계산대 위에 있는 호루라기를 들고 힘차게 불었다. 아무 소리도 들리지 않았지만, 가게에서 일하던 종업원들에겐 그 소리가 들린 것 같았다. 다들 흥분해서 이리저리 뛰어다녔다.

나는 가게 안의 사람들을 밀치고 다시 거리로 뛰쳐나왔다. 루시 페넌트! 새 옷을 입은 숙녀로, 네 발이 닿는 한 런던을 마음껏 밟아라.

그리고 그때 저쪽 줄에 있는 그녀를 봤다. 너무나 사악한 여자.

힙 하우스의 가정부! 코르셋을 입는 수호물의 관리자, 살인자 피그고트 부인. 그녀를 본 것만으로도 내 뺨이 후끈 달아올랐다.

파울샴에서 살아남지 못한 이들이 떠올랐다. 그런데 그녀는 저렇게 피둥피둥하다니. 그녀는 손에 든 은색 물건을 소중한 보물이라도 되는 듯 들고 있었다.

내가 너무 오래 노려보고 서 있었기 때문일까. 경찰관 한 명이 다가왔다. 아까와 같은 얼굴. 이제 슬슬 겁이 나기 시작했다. 경찰들이 레더맨이 아닐까 하는 생각이 점차 확신으로 바뀌었다.

"뭐 하고 있나?"

"아무것도 아니에요, 그냥 지나가던 참이에요."

"이름은?"

"플로렌스 발콤비."

"집 주소는?"

빨리, 빨리, 생각해 내.

"벨사이즈 파크." 나는 어젯밤 소년들의 대화에서 한 대목을 떠올려 말했다.

"집으로 곧장 가시오."

"네, 네, 가고 있어요."

거리에 있는 경찰 숫자가 서른 명은 족히 넘어 보였다. 하지만 미망인처럼 상복을 차려입은 저 가정부를 만나지 않고 그냥 지나칠 수는 없었다. 경찰이 돌아서자마자, 나는 배짱을 부리며 곧장 그녀에게로 갔다.

"오, 안녕하세요. 제가 아는 분 같은데."

"아마 착각했나 보네요. 저는 여기 초행이라서요." 그녀는 아무 말 없이 눈을 내리깔며 대답했다.

"저도 여기 초행인데, 어떻게 당신을 알까요? 피그고트 부인."

공개 장소에서 자기 이름이 불려진 데 대한 분노와 두려움으로 그녀가 고개를 들었다.

"당신은 내가 모르는 사람인데." 그녀의 목소리가 약간 흔들렸다.

"이러면 나를 알아볼 거야."

나는 보닛 모자를 벗고 빨간 머리를 내보였다. 그녀는 뒤로 물러났다. 정말 충격을 받은 듯했다. 물론 나를 기억하고 있었다!

"아니, 그럴 리 없어. 넌 죽었어."

"그렇다면 내가 귀신인가요, 피그고트?"

"피그고트 부인이라고 불러야지!"

"아니, 피그고트. 아니면 클라르라고 부를까?"

"이 뻔뻔한 계집!"

"이레몽거의 가정부, 클라르 피그고트가 파울샴에서 탈출했다니."

"제발, 이러다 우리 모두 죽게 될 거야."

"어쨌든 상관없어."

"우리는 너에게 피난처를 주었고, 먹을 것을 주었어."

"그런 자선 따위는 경멸해. 나를 죽이려던 걸 잊었어?"

"오해야. 제발, 이레몽거."

"루시 페넌트, 그게 내 이름이야."

"하녀는 이름을 가질 수 없어."

"루시 페넌트, 지금 당장 불러봐. 그렇지 않으면 경찰을 부를 거야."

"루시… 페넌트…"

"이제 내 이름을 기억하겠군. 그렇지?"

"단 한 번도 난 네 이름을 잊은 적이 없어. 더러운 파울샴의 아이가 아래층에 있는 우리에게 고통을 주고, 위층에 있는 고귀한 분들께 혼란을 안겼지."

"말조심하는 게 좋을 거야."

"나한테 뭘 원해?"

"우선, 네가 들고 있는 그 멋진 은화를 주면 떠날게."

거리에는 경찰들이 늘어나 벌써 50명이 넘었다. 무슨 일이 생긴 걸까? 겁 먹은 피그고트는 내게 은화를 넘겼다.

"이제 가! 내 눈앞에서 썩 사라져!" 그녀가 침을 뱉었다.

"자, 자, 점잖게 굴어. 클라르."

"가라고, 제발, 날 내버려 둬."

"내가 원하는 게 또 있어."

"난 다른 게 없어. 네가 다 가져갔어."

"클로드는 어디에 있지? 나의 클로드는 당신들과 같이 있어?"

"그는 네 것이 아니야. 항상 피날리피의 배필이었어."

"하지만 그는 피날리피를 전혀 신경 쓰지 않잖아? 그가 원했던 것은 바로 나였어."

"그건 부정하지 않겠어. 너 때문에, 그가 망신을 자초하고 집을 망가뜨리고 있으니까."

"오, 클로드가! 왜지?"

"불행과 슬픔 때문이지. 왜냐하면 네가 죽었다고 생각하니까."

"하지만 난 살아 있는데! 제발 그가 있는 곳을 말해 줘. 심지어 당신한테 키스라도 할 수 있어."

"내가 왜 그래야 하지?"

"그가 어디 있는지 말해주면, 난 즉시 떠나서 다시 귀찮게 하지 않을게. 어서, 경찰이 뭔가 냄새를 맡았어. 폭동이 일어날 것 같은 분위기야. 자, 이제 비밀을 털어놓으라고."

"아니, 나도 몰라. 설령 내가 알더라도 너한테 말하지는 않을 거야. 그런 식으로 가족을 배신할 수는 없어."

"말해주지 않으면 내가 당신을 따라다닐 거야. 오, 피그고트, 그가 어디 있는지 알려줘. 경찰이 움직이고 있어."

"나는 존엄한 움비트님과 옴마볼 마님만을 섬길 뿐이야. 클로드는 우리와 함께 오지 않았어."

"그러면 클로드는 어디 있지? 어서 말해!"

"그는 피날리피와 함께 있을 거야. 하지만 우리는 벌써 뿔뿔이 흩어졌어."

"마지막으로 그를 본 곳이 어디야? 적어도 그건 말해줘."

"어제까지 코노트 플레이스에 숨어 있었어. 그리고 다들 웨스트민스터 다리에서 만나기로 했어. 아침이 두 번 지나간 후에."

그녀는 정보를 줄줄이 읊더니, 스스로 놀라서 자기 입을 손으로 막았다.

"클로드가 살아있다니! 코노트 플레이스에서! 그리고 나 때문에 슬퍼한다니!"

나는 은화를 가지고 그 장소를 떠났다. 경찰들을 어떻게 벗어나야 할지 감이 잡히지 않았다. 점점 더 가까이, 점점 더 많이, 점점 더 빠르게 그들이 다가왔다. 금세라도 잡힐 것이다.

"멈춰! 당장 멈춰!"

나는 가만히 정지한 채로 눈을 감고 기다렸다. 고함 소리가 또 한 번 들렸다.

"멈추지 않으면 쏜다."

하지만 나는 벌써 멈췄다고!

"정지!"

아주 큰 총성이 울렸다. 내가 총에 맞은 거야? 고통이 느껴지지 않았다. 아마 충격이 너무 컸기 때문일까? 조심스럽게 눈을 떴다. 내 곁에는 아무도 없었다. 경찰들이 달려가는 곳, 저 앞쪽 거리에 쓰러져 있는 사람은 바로 잉거스 브릭스 부집사였다. 여전히 월계수 무늬가 새겨진 집사 옷을 입은 그가 피 웅덩이에 누워 있었고, 그의 주변에는 리넨 식탁보와 그가 저당잡히러 온 물건들이 나뒹굴고 있었다.

이제는 내가 도망갈 차례였다.

오타 이레몽거

오타 이레몽거

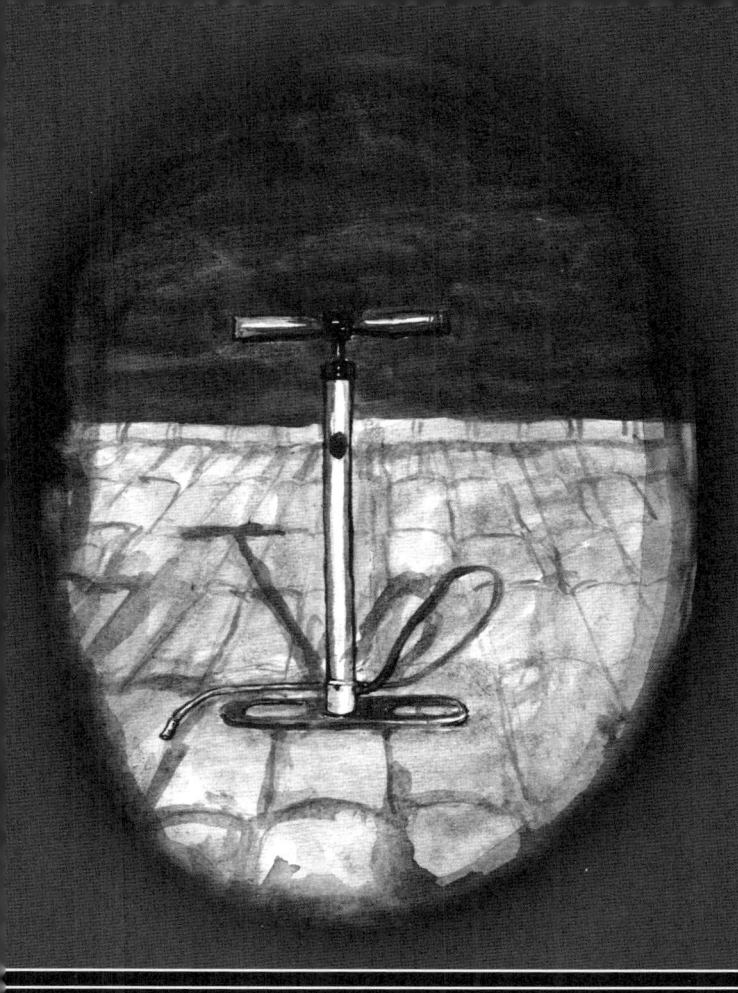

으타 이레몽거

오타 이레몽거

제22장

수를 헤아리다

클로드 이레몽거의 이야기는 계속된다

나는 그들이 부르는 소리를 들었다.
꿈속에서 나는 그 소리를, 잃어버린 이름들을 들었다. 잠이 든 상태에서도 아주 똑똑히 들렸다.
'제임스 헨리 헤이워드.'
'에이다 크룩스행크스.'
나의 마개, 그리고 루시의 성냥 상자.
나를 부르는 그것들이 내 손이 닿을 만큼 가까이에 있었다. 그때 소스라치게 잠에서 깨어났다. 피날리피의 얼굴이 내 얼굴에 거의 맞닿아 있었다.
"잘 잤니?" 그녀가 물었다.
"뭐 하고 있어? 여긴 어디지?" 내가 물었다.
"내 사랑, 우리는 룬던에 있어. 웨스트민스터 다리에서 만날 때까지, 이제 단 하루의 낮과 밤만 남았어. 그때까지 내가 널 안전하게 지켜줄게."

"굉장한 꿈을 꿨어."

"너를 깨울 걸 그랬나 봐. 엘리노어가 잠시 나갔다 왔는데, 거리마다 경찰들이 둘러싸고 검역 중이래. 전염병이 돈다는 소문이 돌고 있대."

"안녕, 클로드." 엘리노어가 말했다. "여기 광장에 살던 사람들이 모두 물건으로 바뀌었어. 그래서 경찰들이 광장 길목마다 바리케이드로 막았어. 나이트 브리짓 연대가 파견되었고, 하이드 파크와 리젠트 파크 사이의 거리들은 모두 봉쇄됐어. 우리는 이 구역에 꼼짝없이 갇힌 거야."

"최대한 좋게 생각해보자." 피날리피가 대화에 끼어들었다. "적어도 누가 여기 안으로 들어오진 않겠지. 경찰의 보호를 받고 있달까? 가만히 기다렸다가 탈출할 기회를 엿보자고."

"그리고 예전에 못 보던 이상한 물건들은 현관 앞에 내놓으라고 했어. 그러면 그 물건들을 수거해간대. 환자가 계속 늘어나는 걸 막는 유일한 방법이라는데, 그게 가능할까?"

"아마 조금은 효과가 있을 거야." 나는 고개를 끄덕였다.

"그러면 내가 할게. 로웨나 할머니와 노울스, 프리체트를 따뜻하게 담요로 싸서 내놔야지. 너무나 잔인해. 이런 말도 안 되는 일들이… 어쨌든 클로드, 네가 여기 있어서 다행이야. 이 모든 걸 어떻게 감당했을지."

"피날리피, 나는 밖에 나가고 싶어. 이제껏 본 적 없던 굉장한 꿈을 꾸었어."

"넌 정말 태평하구나. 난 거의 뜬눈으로 밤을 지샜는데."

"내 마개가 아주 가까이 있는 것 같았어. 마치 이 방에 있는 것처럼."

"그래?" 피날리피는 충격을 받은 듯 떨리는 목소리로 말했다. "하지만 네 마개는 리핏이 갖고 있잖아. 언젠가 기회만 오면, 내가 마개를 찾아줄게. 아마 금단 증세 때문에 그런 꿈을 꾸었겠지. 나도 내 수호물인 도일킥가 보고 싶어."

그녀는 내 머리를 가볍게 토닥이며 결론지었는데, 왠지 나와 약간 거리를 두려는 것 같았다.

"그리고 내 마개뿐만 아니라 루시 페넌트의 성냥 상자도 내 옆에 있는 것 같았어."

"클로드! 어떻게 그럴 수 있니! 우리가 이렇게나 가까워졌는데!"

"뭐? 내가 뭐라고 그랬는데?"

"네가 모르면 누가 알겠니!" 피날리피가 소리치며 방에서 뛰쳐나갔다.

"오, 맙소사. 도대체 내가 어쨌다는 거야?" 내가 말했다.

"엿들으려던 건 아닌데, 네가 그녀를 수치스럽게 한 것 같아." 담요를 갖고 돌아온 엘리노어가 말했다.

"내가? 그럴 생각은 전혀 없었어."

"너희 이레몽거들은 어떤지 모르겠지만, 런던 예절로는 약혼자 앞에서 옛 애인 얘기를 꺼내는 건 금물이야."

"아, 그렇구나. 하지만 난 피날리피와 결혼할 마음이 없는걸."

"지금 그 말은 그녀에게 전하지 않을게."

"그 약혼은 할머니의 생각이었어. 우리가 아기 때부터 어른들끼리 얘기된 거지."

"피날리피는 그 생각이 마음 든 것 같은데? 런던에서도 그렇게 결혼하고 가정을 꾸려."

"하지만 그 후에 난 루시를 만났어."

"도시 전역에서 실종과 사망이 끊이지 않고 사람들이 닥치는 대로 사물로 바뀌고 있어. 죽음과 공포는 누구에게도 한 조각의 애정이나 자비를 보여주지 않았어. 여기는 내 고모할머니 집이야. 클로드 이레몽거, 네가 신사처럼 행동하지 않겠다면, 차라리 이곳에서 나가는 것이 낫겠어."

"너, 어디 가려는 거야?" 내가 물었다.

"피날리피를 위로하러 가. 그리고 쓰레기를 버리듯 현관 앞에 고모할머니의 유품을 두고 와야 해. 그게 지금 내가 해야 하는 일이라고!"

엘리노어는 그런 말을 남기고 단호하게 떠났다. 5분도 지나지 않았는데, 나는 무려 두 명의 여자를 화나게 했다. 확실히 이런 일에 서툴지만, 엘리노어가 맞는 말을 했고 이 황량한 저택에서 서로 잘 지내기 위해 노력해야 한다고 나는 확신했다.

줄어드는 집

집안 곳곳에서 서로가 알레르기를 일으키듯 긁어대고 아파하는 동안, 아이린 틴타이프는 집 안을 마음껏 돌아다녔다. 아이린은 문이 잠긴 방을 발견하면 열쇠 구멍으로 들여다보면서 베네딕트가 있는 위층 욕실까지 갔다.

"도와줘!"

"왠 남자가 보이네. 거기, 안녕!" 아이린은 열쇠 구멍을 들여다보며 인사했다.

"여긴 들어오지 마. 절대 안 돼."

"나는 아이린 틴타이프야."

"난 비나디트야. 그런데 쿠시는 나를 '베네딕트'라고 불렀어."

"베네딕트?"

"그렇게 불러주는 사람이 이제 두 명이 됐네."

"베네딕트!"

"안녕, 고마워!"

"안녕, 베네딕트! 넌 언제 밖에 나올 거야?"

"아직 아니야."

"열쇠 구멍으로 보면 네가 잘 브여!"

"나도 네가 잘 보여!"

두 사람은 재미있어 하며 깔깔댔다.

"수줍음을 타니? 부끄러워하지 말고 나와서 놀자."

"클로드가 내게 말했어. 여기 욕실 안에 있어야 한다고."

"클로드 씨? 클로드 씨?"

"왜 아이린? 무슨 일이야?" 내가 대답했다.

"욕실에 있는 베네딕트가 밖으로 나올 수 없대요."

"정말이야, 아이린. 그는 나올 수 없어. 그런 편이 나아."

"아, 불쌍한 베네딕트. 그가 나쁜 짓을 했나요?"

"아니, 그가 밖에 나올 때, 나쁜 일이 벌어지거든."

"아, 가엾어라. 내가 여기 앉아서 얘기해도 될까요?"

"괜찮아, 하지만 문은 닫아두는 게 좋겠다. 너는 괜찮니, 비나디트?"

"베네딕트." 아이린이 고쳐 말해줬다.

"아주 좋아, 아주 좋아!" 비나디트가 대답했다.

"안녕, 나는 아이린 틴타이프야. '에이'가 아니라 '아이'야. 너와 친구 해도 될까?"

"문밖에 있을 거라면. 더 가까이 와서는 안 돼."

"여기 있을게. 욕조 안의 베네딕트."

오전이 꽤 지났는데, 피날리피가 보이지 않았다. 그녀의 변덕은 오랜 습관처럼 우리를 안절부절못하게 했다.

"넌 기분이 어때, 엘리노어?"

"자꾸 엄마와 아빠, 그리고 불쌍한 고모할머니가 떠올라. 나도 곧 그렇게 될까?"

"나쁜 생각이 들지 않게, 내게 런던 얘기를 들려줄래?"

"클로드, 뭘 알고 싶니?"

"전부 다."

"좋아, 해보자." 엘리노어는 목청을 가다듬고 숫자를 인용하기 시작했다. "런던의 기온은 연평균 12도야. 8월에는 27도, 1월에는 영하 6도까지 오르락내리락하지."

"파울샴은 쓰레기산의 열기 때문에 더 따뜻했어."

"런던은 지구 북반구의 거의 정확한 중심에 있어. 이걸로 봐도 런던의 상업적인 명성이 충분히 짐작되지 않을까?" 그녀는 여행 안내인처럼 자세를 똑바로 하고 친절히 설명했다.

"음…그런가?"

"주택 수는 298,000채, 상점은 1만 에이커가 넘고, 주민들은 2,336,060명이지."

"모두 여기에? 다 런던에 있다고?"

"그래, 클로드. 총리는 벤자민 디즈레일리, 야당 당수는 글래드스톤 경이야. 여왕은…"

"빅토리아."

"맞아, 빅토리아야. 지난 50년 동안 런던 면적은 2배 이상 커졌고, 모든 분야에서 놀랍게 성장하고 있어."

"그렇다면 도시가 살아 있는 거네, 그렇지?"

"그렇게 말할 수도 있겠지. 이 도시에는 부유한 사람과 가난한 사람, 키가 작은 사람과 큰 사람, 뚱뚱한 사람과 날씬한 사람, 친절한 사람과 잔인한 사람이 아주 많이 살고 있어. 그리고 이 도시는…" 그녀가 여행 안내인의 목소리를 중단하고, 평소의 목소리로 돌아와 말했다. "바로 내 고향이지."

"내가 진정한 런던 토박이와 함께 있구나."

"나는 곧 학교를 다닐 거야. 미래와 희망을 배우는 거지."

"아, 나는 사물의 힘에 관해 배우고 있어!"

"클로드, 이레몽거들은 웨스트민스터 다리에 모여 무엇을 하려는 거야?" 느닷없이 그녀가 질문했다.

"어떻게 알았니?"

"우연히 피날리피와 너의 대화를 들었어. 그때 난 옆방에 있었거든."

"내일 아침 8시, 살아남은 가족들은 그곳에 모일 거야."

"모두 모인 후에는?"

"나도 몰라. 이건 할아버지의 명령이고, 그분이 우리 가문의 가장이거든."

"너희들의 계획이 끔찍한 거니?"

"아니길 바라. 우리가 찾는 것은 집이야. 우리만의 집은 벌써 불탔고, 이 세상에서 우리의 집이라 부를 곳이 필요하니까."

"왜 하필 내일 아침이야? 왜 웨스트민스터 다리일까?"

"맹세코, 나도 몰라."

"난 알 것 같아. 내일이 8일이야!" 엘리노어가 자기 머리를 탕탕 두드리며 말했다.

"그래, 그런데 그게 무슨 뜻이야?"

"지난해 8일에 유모와 함께 더몰에 갔었어. 그분의 행차를 보기 위해 새벽부터 집을 나섰지."

"누구를 말하는 거야, 엘리노어?"

"여왕! 여왕 말이야! 내일은 의회 개회식이야!"

"아, 그러면 의회에 가서 우리에게 집을 돌려달라고 하려나 봐." 나는 여전히 상황을 이해할 수 없었다.

"하지만 의회 안에는 절대 못 들어가. 경찰과 군인들이 곳곳에

● 17 더몰(The Mall)은 버킹엄궁전부터 웨스트민스터 화이트홀(정부중앙청사)를 잇는 큰 대로를 말한다.
● 18 여왕의 개원연설을 시작으로 영국 의회의 회기 개시를 알리는 행사다.

깔릴 테니까. 그런데 왜 다들 다리에서 모이는 걸까?"

"글쎄, 엘리노어. 이건 내 계획이 아니야. 단지 그곳에 모이라는 명령만 들었어."

"너희들은 잔인해. 우리 집이 너희 집 맞은편에 있었잖아. 내가 어둠 속에 있었을 때, 나에게 물건을 던지며 겁을 준 것은 바로 너야. 클로드, 넌 잔인해 보이지 않지만, 바로 그 악마일 수도 있어."

"우리도 누구 못지않게 인권이 있어. 엘리노어."

"넌 잔인한 짓을 하지 않겠다고 약속해 줘."

"왜 잔인한 짓을 한다는 거야? 들어봐, 엘리노어…"

"클로드 이레몽거, 나를 봐. 아무도 해치지 않겠다고 맹세해."

"왜 그런 말을 하는지 이해할 수 없지만…"

"내게 맹세해!"

"그래, 당연히 맹세할게."

"클로드, 네가 괜찮다면, 나 혼자 남아서 일기를 쓰고 싶어." 그녀가 약간 숨이 차서 말했다.

"물론이야. 그럼 난 가서 피날리피를 찾아볼까?"

"그래, 신선한 공기를 쐬는 게 좋아. 그녀는 다락방에 있어."

그래서 나는 서서히 쓰러져 가는 저택의 계단을 올라가며 피날리피를 생각했다. 오, 인간의 감정을 다루고, 생각과 감정의 배관과 엔진을 유지하는 이 사업! 사랑, 호감, 미움의 장부를 꿰맞추는 연애 사업이라니! 얼마나 수고로운가! 피날리피의 눈썹과 입술의 움직임을 읽고, 그녀의 반응을 이해하고, 그녀의 엔진이 작동하는 원리까지 헤아려야 한다니. 게다가 사용 설명서도 없다. 그녀의 복잡한 정신 구조는 쉽게 파악할 수 없고, 오로지 그녀 마음이 가는대로 만들어질 뿐이다. 항상 변덕스러운 피날리피 루리오나 이레몽거.

다락방의 방문이 닫혀 있어서 열어보니, 창가에 텅 빈 의자만 놓여 있었다. 나는 창문을 열고 지붕으로 기어나갔다. 이제 런던의 공기에는 짙은 어둠이 감돌고 있었다. 지붕 위에는 쓰레기가 깡충깡충 뛰며 옛 친구 베네딕트를 찾으러 기웃대고 있었다. 나는 매서운 바람을 뚫고 더 높은 지붕으로 올라갔다. 다락방의 망사르드 지붕[19] 저 건너편 굴뚝 뒤로 피날리피의 다리가 살짝 보였다. 나는 네발로 기어가기 시작했다. 힙 하우스 지붕의 숲에서 회합을 만나 도망친 그날 밤 이후, 지붕 위에 올라온 것은 처음이라 긴장되었지만, 그래도 빽빽한 지붕들 위로 올라가 런던의 뚜껑이 된 느낌은 나름 즐거웠다. 가까이 다가갔을 때, 두런두런 말소리가 들렸다.

피날리피는 혼자가 아니었다. 지붕 위로 오를수록 두 번째 사람이 조금씩 모습을 드러냈다. 또 다른 여자의 다리 한 쌍. 그들의 말이 잘 들리진 않았던 것은 비단 흙먼지와 회오리치는 바람 때문만은 아니었다.

"안녕." 그녀와 대화할 작정이던 내가 피날리피와 대화할 결심으로 먼저 인사를 건넸다. 두 사람의 목소리가 멈췄다.

지붕 모서리를 돌아가니, 피날리피와 커튼 링을 귀에 달고 있는

● 19 프랑스식 지붕으로 경사가 완만하다가 급하게 꺾인 지붕. 주로 아래 지붕에 창문을 내어 다락방으로 쓰게 고안되었다.

한 여자가 있었다. 사촌 오타였다. 나를 보자 그녀는 몸을 부르르 떨더니 굴뚝, 회색 여우와 마스티프견[20]으로 차례차례 변했다가 잠시 후 다시 오타로 돌아왔다. 하지만 그녀 특유의 우거지상은 여전해서 마치 투견처럼 보였다.

"오, 클로드, 너구나." 피날리피가 달갑지 않은 투로 말했다.

"안녕, 오타. 지난번에 날 속였지? 베이리프 하우스에서 언리는 터미스로 변장하고, 넌 갈매기인 척했잖아. 기억나니?"

"물론이야. 널 낚기 위한 것이었지."

"그건 별로 좋은 행동은 아니었어."

"잘못한 것도 없지! 넌 정말 아기로군. 아직도 과거에 사니?"

"과거가 있어야 현재가 있어."

"그 작은 역사에서 헤매는 건 너뿐이야. 나는 피날리피와 정보를 나누러 온 거야."

그녀는 단 몇 초 안에 ('귀하의 편의상 밀봉됨'이라고 표시된 띠지가 달린) 성냥 상자로 변했다가 다시 오타로 돌아왔다.

"아주 대단한 실력이구나, 오타 사촌."

"친척들에게 쥐로 변신하는 법을 가르치고 있어. 변신 능력을 쉽게 배우기는 어려우니까."

"쥐라…"

"너의 성냥 상자는 죽었어, 클로드."

오타는 설명하면서 잠시 관으로 변한 다음에 곧 인간의 모습으로 돌아왔다.

● 20 초대형 견의 품종으로, 고대 로마 시대에 검투사와 싸우는 투견으로 길러졌다.

"오타 사촌은 갈매기나 쥐와 딱정벌레로 변신해서 거리를 누빈 끝에 운 좋게 우리를 찾았어. 그녀의 보고에 따르면, 예전보다 우리 숫자가 많이 줄었대." 피날리피가 설명했다.

"코노트 플레이스를 떠난 후, 경찰에게 쫓기고 있어. 우리 이레몽거들이 낯선 거리에서 잡혀 투옥되거나 총살당했어." 오타가 말했다.

"오, 맙소사! 또 누가 죽었지?"

오타는 사망자들의 명단을 보여줬다. 먼저 잉크 압지로 변신했다.

"저 사람은 누구야?" 내가 물었다.

"커스퍼 이레몽거, 베이리프 하우스의 집사였어." 피날리피가 말했다.

"가엾은 커스퍼. 그를 전혀 몰랐지만." 내가 말했다.

그다음에 그녀는 장식용 칼로 변신했다.

"리핏이 잡혔군! 저건 파울샴의 재단사, 알렉산더 에르크만이야."

"아냐. 더 자세히 봐. 저건 편지 칼이 아니라 버터 칼이야. 쓰레기산의 성벽을 감독했던 철스 이레몽거의 수호물이지."

"그래? 그를 본 적이 없어. 리핏이 조금 아팠으면 바라는 게 내 잘못은 아니지. 그가 워낙 나를 괴롭혔으니까."

"정작 걱정해야 할 사람은 네가 아니라 피날리피야."

"피날리피? 정말? 왜?"

"리핏이 피날리피를 쫓고 있어."

"오타, 그게 확실해?"

"아다 리핏이 좀 미친 것 같아. 그가 룽던에 방화하는 걸 내가 목격했어. 그는 움비트님이 맡긴 물건을 잃어버려서 그걸 찾겠다고 사라졌대. 특히 피날리피를 추적한다더군."

"피날리피, 그가 네게 나쁜 짓을 하게 두진 않을게." 내가 말했다.

"사망자는 아직 더 있어." 오타가 말했다. 그녀는 올가미 모양으로 묶은 밧줄이 되었다.

"오, 포트릭 삼촌인가?"

"그래, 포트릭 삼촌이 세상을 떠났어." 피날리피가 말했다.

"불쌍한 노인이야. 하지만 그는 삶을 사랑하는 것 같진 않았어."

또다시 오타는 거북 껍데기로 만든 구둣주걱으로 변신했다.

"오, 이런. 저건 부집사 잉구스 브릭스 아니야?"

"그는 길거리에서 총에 맞아 죽었어." 피날리피가 말했다.

"가엾은 브릭스. 핀쿠션을 좋아해서 나에게도 보여줬는데, 정말 선량한 사람이었어."

"지금은 죽었어. 클로드, 그는 살해당한 거야."

또 오타는 옆면에 10킬로그램 글자가 적힌 아령으로 바뀌었다.

"오!" 나는 숨을 헐떡거렸다. "저건 포이 사촌이야. 단 한 번도 누구를 해친 적이 없는 온화한 녀석인데."

"그런데 그런 포이가 죽었어, 클로드. 심지어 아주 끔찍하게."

"친애하는 포이, 그건 잔인해. 제발, 이제 끝내자."

"아니, 클로드, 아직이야."

다음에 오타는 풋 펌프로 변했다.

"풀 사촌은 안 돼! 알다시피, 우리는 학교에서 푸르가멘툼[21] 수업을 함께 들었는데. 오, 안 돼…" 나는 울먹였다.

마지막으로 오타가 보온병 덮개로 바뀌었다.

"맙소사, 사촌 테비! 테비와 풀이 함께 죽다니! 그토록 사랑하던 연인들이…"

"가족들이 무참하게 살해되고 있어. 클로드, 바로 너의 가족 말이야." 다시 원래 모습으로 돌아온 오타가 말했다.

"아, 이토록 끔찍하고 잔혹한 살인을 저지르다니!"

"또 이것이 있었어." 오타는 순식간에 문 버팀쇠가 되었다.

"그건 듀빗의 수호물이야." 내가 설명했다.

"그리고 그 옆에는…" 그녀는 접이식 자가 되었다.

"그건 스턴리야. 둘 다 이 사건에 휘말렸구나. 사이가 좋진 않았지만 그들의 죽음을 바란 적은 없었어."

"하지만 스턴리와 듀빗을 죽인 자는 런던 경찰이 아니라 리핏이야."

"도대체 그가 왜 그렇게까지 했을까?"

"움비트님에게 반항한 걸 보면, 이제 누구도 리핏을 통제할 수 없어. 움비트님이 직접 명령한 아주 특별한 물건을 잃어버렸으니 어차피 용서받지 못하겠지. 그래서 리핏은 용의자들을 살해했고, 움비트님의 코트에 불까지 질렀지. 그래, 잔인무도해진 리핏이 지

● 21 푸르가멘툼(Purgamentum)은 라틴어로 '쓰레기' 또는 '오물'이라는 뜻이다.

금은 피날리피를 찾고 있대."

"왜지? 피날리피, 네가 뭘 가져갔어?"

"아무것도, 전혀 아무것도." 시체처럼 창백해진 피날리피가 말했다.

잠시 침묵이 흘렀고, 우리 사이에 스산한 바람이 불었다. 추위가 아니라 분노 때문에, 나는 부들부들 떨었다.

"지금까지가 내 보고서야." 오타가 말했다.

"정말 잔인해." 내가 속삭였다.

"너는 이레몽거가 되어야 해." 오타가 말했다.

"난 이레몽거야." 내가 맏했다.

"이레몽거의 생존을 위해서 너는 이레몽거답게 살아야 해." 오타가 말했다.

"내가 곧 이레몽거야!" 내가 다시 한번 강조했다.

"그럼, 그걸 증명해 봐."

오타가 나를 노려보더니, 지붕 위에서 엉덩이와 팔을 엉거주춤 치켜들고 뛰어올랐다. 순식간에 커튼 링을 단 거대한 갈매기로 변신한 그녀는 하늘로 날아올라 런던 시내로 돌아갔다.

"그녀가 나를 비난하는 것 같아. 하지만 그 모든 일은 내가 한 짓이 아니야."

"물론 네 짓이 아니지. 하지만 그걸 멈출 수 있는 사람은 바로 너뿐이야."

"내가?"

"그래, 클로드."

몸집이 커지는 경찰관

우리는 지붕 위에 잠시 침묵을 지키며 앉아 있었다. 피날리피와 나는 사건의 잔혹성에 크게 분노했다. 불쌍한 풀과 이비, 포이와 그녀의 슬픈 아령이 자꾸 떠올랐다. 지붕 위에 있다 보니 벼랑 끝 최후가 가까워진 것 같았다. 이윽고 나는 중얼거렸다.

"오타는 정말 천부적인 재능을 타고났군."

"그래, 클로드. 그녀가 살아 있는 한 그렇겠지. 그런데, 클로드, 우리 이레몽거들은 시간이 별로 없어."

"오, 피날리피, 대체 내게 무엇을 바라니? 난 그냥 클로드일 뿐이야. 그래, 사물을 움직이고, 사물의 소리를 들을 수 있지. 그렇다고 위대한 기사나 천둥의 신이 아니잖아. 난 단지… 그냥 클로드야."

"쉿, 클로드! 저 아래에 경찰관이 있어."

정말로 랜턴을 들고 광장을 배회하는 경찰관이 있었다. 주택에 격리된 사람들이 현관밖에 내놓은, 불행한 사연이 담긴 물건들을 모으는 중이었다. 우리는 지붕 가장자리에 바짝 달라붙어 그를 지켜봤다. 랜턴 불빛 아래에서 그가 챙긴 물건들이 무엇인지 대충 짐작했다. 라크로스 막대, 와인 디캔터, 경위의, 천칭. 그가 세 번째 집 앞에 서 있었을 때, 별안간 나는 무언가를 깨달았다.

"피날리피, 보이니? 그가 물건을 집고 그다음 집으로 이동할 때 말이야." 내가 속삭였다.

"그런데?"

"저 경찰이 옆집으로 이동할 때, 아까 주웠던 물건이 사라졌어."

"네 말이 맞아! 그런데 물건들이 어디로 간 거지?"

"핀, 그를 잘 봐. 어딘가 다르지?"

"내 눈에는 똑같아 보여."

"아니, 제대로 잘 봐. 광장의 집들은 다 똑같이 지어졌어. 저 경찰의 키가 아까는 도어 노커에 닿았는데, 지금은 더 길어졌어."

"그래, 그리고 더 뚱뚱해졌어. 그게 무슨 뜻일까?"

"그가 물건들을 잡아먹고 있어." 내가 대답했다.

"그렇다면 네 말은…"

"그래, 그는 바로 회합이야!"

"여기 런던에서 회합을 보다니! 어서 동료들에게 경고해야 해. 클로드, 단 하나의 회합이 힙 하우스에 미친 피해를 생각해봐. 그런데 만약 회합이 아주 많다면, 우리는 분명 위험해."

"오타는? 그녀라면 가족들에게 연락할 수 있어."

"오타는 내일 아침까지 돌아오지 않을 거야. 움비트님이 어디 있는지 내가 알아. 그녀가 내게 전갈을 보내 달라고 부탁했거든. 게다가 그분을 만나면 반드시 말씀드릴 게 있어. 내가 리핏보다 먼저 그분을 뵈면, 분명 나를 지켜주실 거야. 저 녀석이 먹이를 다 먹으면, 바로 내가 떠날게."

"나도 너를 따라갈게."

"아니, 안 돼. 내일 아침 다리에서 네가 필요하니까."

"왜지? 피날리피, 도대체 웨스트민스터 다리에서 내가 뭘 해야 하는 거야?"

"풀과 테비, 포트릭과 포이를 생각해. 심지어 브릭스와 팁피를. 그러면 클로드, 너도 뭔가 가치가 있는 아이디어를 떠올리겠지. 우리가 그들을 막지 못하면, 우리 모두 죽을 수밖에 없어. 최후의 우리까지."

"나도 어른이 된 값을 해야지. 이제 알겠어."

먹이를 다 먹어 치운 경찰관은 서둘러 광장을 떠났다.

"난 갈게, 클로드."

"꼭 가야 해?"

"키스해 줘, 클로드."

나는 그녀의 볼에 키스했다. 그녀에게 가까이 다가가자, 나는 갑자기 나 자신이 완벽해진 느낌이었다. 내가 제임스 헨리와 함께한 이후로 느끼지 못했던, 아주 특이한 결속감이었다. 피날리피와의 낯선 키스가 그런 느낌이라니, 꽤 충격이었다.

"안녕, 핀. 반드시 돌아올 거라고 약속해."

"노력할게. 그러겠다고 장담해."

"불꽃을 보면 멀리 피해. 불놀이를 좋아하는 리핏일 수 있으니까."

"안녕, 나의 클로드, 나를 조금이라도 생각해 줘."

그녀의 얼굴이 점점 가까워지더니 내 입술에 가득 키스를 남겼다. 그녀가 떠난 후, 나는 내 주위에 솟구치는 열기를 느꼈다. 나, 아니면 피날리피가 열이 있는 것일까? 두 사람 다 아니었다. 그것은 바로 주위에서 일어난 불꽃이었다.

지명수배

파울샴에서 온 방랑자
15세에서 18세 사이의 젊은 여성
특히 부스스한 빨간 머리가 특징임

위험 인물

발견 즉시 경찰에 신고 바람
일체 접근하지 말 것

제23장
흔적을 따라가다

루시 페넌트의 이야기가 계속된다

코노트 플레이스로 가는 방향을 찾기까지 2시간이나 걸렸다. 경찰들을 피해 무작정 도망치다 보니 엉뚱한 방향으로 도망친 것 같았다. 보이는 것은 피 흘리는 브릭스와 바람에 흩날리는 하얀 리넨뿐이었다. 마치 그가 총에 맞아 행복한 것처럼, 리넨은 총탄이 박힌 시체 주위를 춤추듯 너울대다가 여기저기 날아다녔고, 결국엔 경찰들의 구두에 밟혀 진흙탕에 처박혔다. 나는 쉴 새 없이 한참 달린 후에야 속도를 늦추고 숨을 돌렸다. 검은 안개가 자욱한 거리에는 멀리서 행인의 그림자들이 언뜻언뜻 보일 뿐이었다. 피그고트에게 내 얼굴을 내보인 다음, 끈을 제대로 묶지 않았는지 보닛은 벌써 어딘가에 떨어뜨렸지만, 그래도 난 여전히 좋은 드레스와 새 구두를 차려 있었다. 루시 페넌트, 그렇게 달리면, 네가 도망자라고 광고하는 것이나 다름없어. 차라리 런던 사람처럼 차분히 행동한다면, 오히려 그들 눈에 띄지 않을 거야.

그래서 나는 옷매무새를 만지고 호흡을 가다듬었다. 머리는 차분히 정리하려 해도 여전히 부스스했다. 간혹 나를 빤히 쳐다보는 사람이 있으면 오히려 내가 대차게 시비를 걸었다.

"무슨 문제라도 있나요?"

"저, 저요? 아니요."

"빤히 쳐다보다니 상당히 무례하군요."

"고의가 아니었어요. 죄송합니다."

"저는 당신과 똑같이 이 거리를 다닐 권리가 있어요."

"물론 그러시죠."

"제가 가급적 따귀를 때리는 건 참아왔는데."

"제발, 전 어떤 문제도 일으키고 싶지 않아요."

"그럼 그렇게 빤히 보지 말고 만회할 기회를 드리죠."

"네, 뭐라고요?"

"코노트 플레이스는 어디에 있죠?"

하지만 그는 전혀 지리를 몰랐다. 몇몇 통행인들에게 물어봤으나, 정작 제대로 아는 사람이 없었다. 설마 피그고트가 일부러 틀린 정보를 흘렸나? 아, 멍청한 루시, 링크 보이를 부르려면 휘파람을 불라고 했었지. 나는 몇 차례 시도 끝에 휘파람을 부는 데 성공했다. 그리고 기다리고 또 기다렸다. 어쩌면 어린아이의 유치한 장난이었을까? 캄캄한 어둠 속에서 유일하게 희망을 비추는 가로등 아래서, 나는 계속 휘파람을 불었다. 그때 비둘기의 휘파람 소리가 응답처럼 들려왔다.

"안녕하세요. 혹시 링크 보이?"

비둘기 휘파람 소리가 다시 응답했다.

"여보세요? 저기 네가 어디 있는지 모르겠어. 나 좀 도와줄래?"

"그러면 우선 가로등 불빛에서 나와. 빨간 빗자루야."

나는 가로등에서 물러났다.

"여기야."

"안녕." 나는 움직이는 그림자 쪽으로 가서 말을 걸었다.

"입 다물어! 그리고 빨리, 이걸 써." 그는 더러운 모자를 벗어 나에게 건네주었다.

"그렇게 빨간 머리를 내놓고 다니다니, 제정신이야?"

"그걸 금지하는 법이라도 있니?"

"그들이 널 찾고 있다고. 이 불타는 바보야."

그는 수배 전단을 내 얼굴 앞에 내밀었다.

지명수배
파울샴에서 온 방랑자
15세에서 18세 사이의 젊은 여성
특히 부스스한 빨간 머리가 특징임

"아!" 나는 모자를 깊게 눌러 썼다.

"네 머리는 불타는 화염병이나 마찬가지야. 런던 전체에 불이라도 지를 셈이야? 아예 소리 지르며 뛰어다니지 그래? '나 여기 있어! 나 여기 있다고! 모뉴먼트 거리에 있어!'라고 말이야." 어둠 속에서 소년이 말했다.

"미안해. 도망치느라 정신이 없었어. 네 모자는 고마워. 난 루시 페넌트, 넌 누구니?"

"내 이름은 아놀드 페티퍼, 홀본 구역의 링크 보이지. 우린 하루 종일 너를 미행했어. 밀뱅크의 전갈에 따르면, 네가 발각되기 전에 빨리 숨겨야 한다더군. 경찰이 이 전단지를 런던 담벼락마다 전부 붙였어. 넌 이제 꽤 유명인이야."

"그건 희망적인 소식은 아니군."

"자, 내 말부터 끝낼게. 그런데 네가 찾는 사람을 발견했다고 또 호출이 왔어. 클로트? 그런 이름이었는데."

"클로드! 클로드를 드디어 찾았구나! 그는 어디 있지?"

"방금 말하려던 참이야. 내가 말할 틈만 준다면. 베이즈워터 구역의 링크 보이 얘기로는 코너트 플레이스의 한 주택에 숨어 있대. 어젯밤에 안색이 나빠 보이는 녀석이 쓰레기들을 달고 다니는 덩치 큰 녀석과 함께 목격되었대."

"바로 그 사람이야! 클로드야! 어서, 가자!"

"아니, 먼저 널 보이지 않는 곳에 숨겨야 해. 그런 빨간 머리로 거리를 돌아다니면, 경찰이 번개처럼 너를 찾아낼 거야."

"하지만 모자를 쓰고 있는데?"

"그 빌어먹을 모자는 내 거야. 그리고 난 그걸 돌려받고 싶어."

"아놀드라고 했지?"

"그래, 피투성이 아놀드 페티퍼."

"피투성이 아놀드 페티퍼, 네 모자는 고마워. 하지만 난 클로드부터 찾아야 해."

"그래? 하지만 내가 들은 지시와는 다른데? 그리고 어떻게 너 혼자 길을 찾겠니?"

"대신 내가 너에게 돈을 줄게. 자, 여기 진짜 은이야. 제발, 나는 클로드를 찾아야 해!"

나는 피그고트의 은수저를 그에게 건네며 부탁했다.

"글쎄, 네가 모자를 계속 쓰고 있겠다고 약속한다면." 그리고 우리는 출발했다.

"그나저나 클롭… 그 뭔가는 그렇게 특별해?"

"클로드, 그의 이름은 클로드야."

"멋진 남자인가?"

"네가 상관할 바 아냐."

"그는 정말 곤경에 빠졌나 봐. 경찰이 코노트의 모든 것, 코노트 플레이스, 코노트 광장, 코노트 거리를 모두 포위했으니까."

"경찰에게 발각되면 안 돼."

"링크 보이가 계속 감시하고 있는데, 아직 나쁜 소식은 없어. 믿어도 좋아."

"양초 공장에 있는 내 친구들은 안전하지, 그렇지?"

"공장 사람들이 밀고하진 않을 거야."

"뛰어도 될까? 빨리 가고 싶어."

"너무 서두르면 좋지 않아. 오늘은 인적이 드문 편이지만, 다들 긴장하고 있거든! 될 수 있는 한, 눈에 띄면 안 돼."

그래서 우리는 뛰는 대신 아주 빠른 속도로 걸었다.

"여기가 교수대가 있는 타이번이야.[22] 어떤 면에서나 감옥에서

● 22 영국 런던 마블아치 근처에 있는 장소로 중세 시대 공개 처형을 하는 사형장이었고 현재는 관광지로 유명하다.

제23장 흔적을 따라가다

처형하는 게 예의 아닌가? 어쨌든 내가 본 교수형만 여섯 번이나 돼. 원한다면 잠깐 둘러볼래?" 소년이 설명했다.

"아니. 괜찮아."

"그럼 또 어디 보여줄까? 권투 무대? 음악 공연장? 지금 윌턴 홀[23]에서 하는 공연이 눈물이 쏙 빠질 정도로 웃기는데, 같이 볼까?"

"아놀드 페티퍼, 나한테 달콤한 말을 하려는 거야?"

"그래, 그런데 거의 진도가 안 나가네."

"우리에게 미래는 없어. 난 이미 좋아하는 사람이 있으니까."

"좋아, 그러면 친구로 지내자. 만약 네 친구가 너를 실망시키거나 떠난다면, 그땐 이 아놀드를 불러줘. 널 제대로 인도할 테니까."

"고마워, 아놀드. 하지만 솔직히 말하면, 난 일편단심이야."

"글쎄, 그가 너를 잘 대해줬으면 좋겠어."

"그럴 거야. 그에게 그럴 기회만 있다면."

"자, 그럼, 여기가 코노트 광장이야."

"여기?"

"일단 최대한 가까이에 왔어."

"오!"

광장 일대는 전부 봉쇄되어 있었다. 곳곳에서 소방차들이 화재를 진압중이었는데, 불길이 워낙 커서 광장 전체가 화염에 휩싸

● 23 1743년 에일 맥주술집으로 출발해서 1839년부터 음악회, 코미디, 인형극 등을 상연하는 다목적 공연장으로 쓰였다.

인 듯했다.

"어떡하지? 클로드가 불길에 갇혔나 봐."

"우리가 할 수 있는 건 별로 없어, 루시. 소방관들에게 맡겨두는 게 최선이야."

"하지만 그가 바로 근처에 있어. 내가 가야 해! 클로드!"

"온도로 봐선, 안 그러는 게 좋겠다. 소리 질러 봐야 좋을 게 없어."

"쿠." 한 어린 소년이 옆에 바싹 다가서며 말을 걸었다.

"쿠?" 아놀드가 물었다.

"지금은 휘파람을 불 수 없잖아?"

"그래, 안녕. 무슨 소식이야?"

"너랑 같이 있는 사람은 누구니?"

"그녀야. 빨간 머리, 루시!"

"그녀는 위장하고 숨기로 했잖아!"

"나도 알아! 하지만 그녀는 통제 불가능이야. 들불 같으니까. 오, 미안, 마지막 말은 아마 적절하지 않았을 거야."

"말해 줘, 제발, 무슨 소식 있니?" 내가 애원했다.

"음, 안으로 들어갈 수 없어, 아가씨. 광장이 불길에 휩싸여서 아무도 통과 못 해."

"내가 들어가야 해! 그러면 넌 클로드를 봤니?"

"응, 봤어. 화재가 일어나기 30분 전, 그는 옥상에 있었어."

"어때 보였어?"

"체구가 작고 머리가 크고 흑발에 가름마가 있어. 아마 키는 5

피트 3인치 정도로 보이던데."

"맞아, 클로드야. 불과 30분 전이라고? 저 안에 들어갈 수만 있다면."

"음, 자기보다 키가 더 큰 소녀와 같이 있던데? 흑발에 검은 드레스를 차려입고 부잣집 딸처럼 보였어."

"아마 피날리피일 거야."

"그리고 여자가 한 명 더 있었어. 그녀가 몸을 비틀고 휙휙 돌리고 앞뒤로 움직이더니 물건으로 변신했어. 좀 이상한 얘기지? 어쨌든 결국에는 갈매기로 변해서 네 친구와 여자 둘만 남겨두고 날아가더군."

"어린 녀석이 술을 마셨나?" 아놀드가 물었다.

"난 너와 동갑이야. 그리고 술에 취한 게 아니라, 내 눈으로 똑똑히 봤어. 요즘엔 워낙 이상한 일들이 벌어지니까, 아주 불가능한 것도 아니지."

"난 네 말을 믿어." 내가 말했다.

"음, 내 램프가 별로 밝지 않지만, 지붕 위에 있는 그 아이들을 봤어. 심지어 키스 장면까지 봤다니까."

"키스? 확실해?"

"불빛이 밝지는 않았지, 그렇지?" 아놀드가 말했다.

"아니, 그들이 키스했어, 내가 봤어! 맹세해!"

클로드가 지붕에서 여자와 키스하고 있었다니, 말이 안 돼, 그렇지? 벌써 나를 잊었나? 그는 나를 사랑한다고 수도 없이 말했어. 뭔가 다른 설명이 있을 거야. 내가 그를 다시 만날 수만 있다면. 나의 클로드.

"내가 엉뚱한 말을 했니?" 소년이 말했다.

"난 괜찮아. 상관없어." 내가 말했다.

"루시를 봐. 그러고도 넌 당당하니?" 아놀드가 소년을 나무랐다.

"난 있는 그대로 보고할 뿐이야. 감시를 소홀히 하지 말라고 했어."

"난 클로드가 좋은 녀석이라고 생각해. 아마 날씨 때문에 우스운 짓을 했는지 모르지." 아놀드가 말했다.

"그래." 내가 속삭였다.

"사실은 그건 대단한 키스도 아니었어. 그냥 입술이 뺨에 닿은 거야." 소년이 말했다.

"그런데 왜 그런 말을 꺼내 소란을 피운 거야?" 아놀드가 화를 내며 말했다.

"그런데 두 번째 키스는 입술에 했어…"

"그만해, 이 멍청아!"

우리가 서 있는 베이즈워터 로드를 회색 도시 여우가 활개를 치듯 달려가고 있었다. 그 크고 못생긴 짐승이 우리를 보더니 잠시 멈췄고, 맹세로 나를 향해 울부짖었다.

"저리 가, 형편없는 짐승! 가, 가라고!" 아놀드가 외쳤다.

여우의 발 하나에 번쩍이는 금속 고리가 채워져 있었다. 땅에 침을 뱉는 듯 보이더니, 그 흉측한 짐승이 다시 달아났다.

"자, 화재가 완전히 진압되기 전까지는 아무것도 할 수 없어. 따라와. 여기 머무르는 건 좋지 않아. 베이즈워터 링크 보이가 책임지고 현장을 지켜볼게, 알겠지? 그리고 원한다면 은수저를 돌려줄게."

"아니, 괜찮아. 그건 네가 가져."

"고마워. 가자, 우리는 홀본의 은신처로 갈 거야."

어디선가 종이 다섯 번 울렸다.

"세인트 메리 시계탑이 5시를 알리는군." 아놀드가 말했다.

나는 어떻게 해야 할지 갈피를 잡을 수 없었다. 혼잡한 거리의 건널목에서, 바삐 움직이는 런던 시민들의 강물에 휩쓸려 나는 별반 저항 못 하고 이리저리 떠밀려갔다. 아놀드 쪽으로 가려고 했지만, 무례한 사람들의 떠밀림에 밀려 점점 멀어질 뿐이었다.

"아놀드, 아놀드!"

인파에 휩쓸린 나는 아놀드를 찾을 수 없었다. 이제야 깨달은 것은, 5시 정각에 런던 거리 한복판에 서 있으면 안 된다는 것이다. 그러면 인파에 짓눌려도 할 말이 없다. 나는 사람들의 물결을 피해 마침내 작은 광장으로 빠져나와 숨을 돌렸다. 런던 생활이란 그런 것이었다. 제국의 기계 냄새, 커피와 담배 냄새, 와인과 진, 잉크와 그을음, 그리고 북적이는 사람들의 땀 냄새가 풍겼다. 마치 쓰레기산 위의 물건들처럼 난 런던 사람들의 파도 한복판에 내동댕이쳐진 것이다.

한 여자가 나를 치는 바람에 다시 정신이 번쩍 났다.

"조심해요!" 내가 소리쳤다.

하지만 그녀는 누군가에게 쫓기고 있는 듯 당황하며 사람들 사이로 숨었다. 자신의 추적자를 확인하느라 단 한 번 힐끗 뒤돌아보았을 뿐이다. 오로지 딱 한 번, 그런데 남들 머리 위로 살짝 보인 그 얼굴! 클로드와 약혼했던 피날리피 이레몽거! 그와 함께 지붕 위에 있던 그녀! 아, 난 그 키스에는 신경 쓰지 않는다. 그저 클로드의 안전을 바랄 뿐이다.

그녀가 왜 도망치는지 보려고 나도 재빨리 뒤를 돌아보았다. 낯설고 땅딸막한, 언뜻 보면 사람이 아닌 듯 보이는 한 남자가 피날리피를 쫓고 있었다. 나 역시 두 사람의 뒤를 쫓아갔다. 그들은 에지웨어 거리를 따라 달렸다. 피날리피는 공포에 질려 계속 뒤돌아봤고, 그는 아무도 막지 못할 기세로 사정없이 돌진했다. 차도에 뛰어든 피날리피는 말들의 울음과 욕설 퍼붓는 마부의 고함을 무시하고 공원 방향으로 쏜살같이 건너갔다. 그 못생긴 남자는 도로 위에서 잠시 머뭇대다가 흙탕길로 굴러 넘어졌다. 물론 그가 발을 헛디딘 것은 내가 잽싸게 발을 걸어서다. 그의 비명을 뒤로 하고, 나는 에지웨어 거리를 가로질러 공원 쪽으로 건너가 다시 피날리피를 따라잡았다.

저기에 그녀가 있다. 다섯 명 앞에, 아니 세 사람, 아니 두 사람 앞, 지금은 바로 내 앞에 있다. 지금 그녀는 빠른 걸음으로 걷고 있었으며, 그녀가 입고 있는 드레스와 코트, 보닛은 전부 검은색이었다.

마침내 누가 따라오는지 보려고 그녀가 돌아섰을 때, 나와 부딪혀서 둘 다 넘어졌다. 정면으로 시선이 부딪쳤다.

"미안해요." 그녀가 말했다.

"주위를 잘 살펴봐야죠." 내가 대답했다.

그녀가 땅바닥 위를 더듬거렸다. 저기 오래된 깡통이 떨어진 채로 깨졌는데, 아마 그 안에 있던 물건을 잃어버린 것이 틀림없었다.

"뭔가 잃어버렸나 봐요, 그렇죠?"

"네, 여기 어딘가에 있을 거예요. 반드시 찾아야 해요!"

그녀가 안타깝게 비명을 질렀다. 내 얼굴을 알지 못했기 때문에(하긴 왜 그녀가 나를 알아야 할까?), 나도 그녀를 도와 더러운 땅바닥을 더듬으며 물건을 찾았다. 그때 내 손에 뭔가 닿았다. 동그란 것에 체인이 달려 있었다.

"이건가요? 세상에, 설마… 이건 마개야. 욕조 마개!"

"제 거예요. 제게 돌려줘요."

"마개를 가지고 뭘 하려는 거야?"

"네가 무슨 상관이지? 그냥 흔한 마개잖아. 내게 돌려줘"

"문제는, 이건 네 것이 아니라 클로드의 마개잖아."

"뭐라고! 클로드라고? 넌 누구야?"

나는 알프레드의 모자를 조금 올려 그녀의 얼굴을 똑바로 쳐다봤다.

"나야."

"너는 죽지 않았구나!"

"아직은."

"이 못된 빨간 머리 계집애!"

"클로드는 어디 있지? 그는 무사해?"

"그는 너를 보고 싶어 하지 않아. 우리는 행복해, 알겠니? 우린 가족이고, 그가 날 핀디라고 부르고 키스했어."

"글쎄, 네 말이 진실이라면 그가 내게 직접 말하겠지."

"그걸 돌려줘! 그건 네 것이 아니잖아!"

"그렇다고 네 것도 아니야."

"내가 가져야 해! 내놔!" 그녀가 비명을 지르면서 내 손을 세게 치는 바람에 마개가 멀리 날아갔다. 황급히 우리가 땅바닥을 더듬는 동안, 맞은편에서 오는 사람들의 발에 계속 긁히고 밟혔다. 멀지 않은 곳에서 경찰 호루라기 소리가 들렸다. 그때 내 뒤에서 누가 소리쳤다.

"내 머리!" 그 사람이 외쳤다.

"불이야!" 다른 사람이 소리쳤다.

피날리피가 공포에 질려 위를 올려다봤고, 갈매기가 쓰레기 더미를 따라가는 쥐처럼 울어댔다. 그녀는 공포에 휩싸여 난간을 뛰어가다가 하이드 파크의 정문이 나타나자 그 안으로 사라졌다.

나는 마개를 찾기 위해 진흙 속을 샅샅이 더듬었다. 방금 여기 있었어. 그걸 잃을 수는 없어. 경찰의 호루라기 소리가 다시 들렸다. 그래도 난 마개를 찾아야 해.

저기 있다!

클로드의 욕조 마개, 그의 수호물!

제24장

그는 나를 사랑한다,
아니 사랑하지 않는다

피날리피: 이레몽거의 마지막 이야기

나쁜 계집애. 파울샴 출신의 악취 나는, 보잘것없고, 천박한 빨간 머리. 왜 그녀가 갑자기 등장해서 모든 것을 망쳐놓을까? 나로 말하면, 이레몽거의 순수혈통이야. 지금 파울샴으로 돌아갈 수 있다면, 그녀를 단추로 바꿔놓을 거야. 그리고 끔찍한 점토 단추를 가루로 만든 후에 내 입에 넣고 맛보고 깨물 거야! 내 송곳니로 산산조각 내고, 어금니로 꼭꼭 씹어서 그 더러운 가루를 꿀꺽 삼켜버릴 거야. 아름다운 피날리피의 세상으로! 그 가루는 피날리피 루리오나 이레몽거의 속에 들어와 흔적도 없이 지워지고 완전히 소멸할 거야. 그래! 그렇게 본때를 보여야 해! 움비트 이레몽거 앞에서 내가 맹세할 거야. 그런데…, 그런데… 할 수 없어. 파울샴은 사라지고, 세상이 온통 거꾸로 되었으니까. 그렇지 않다면, 저 평범한 하녀, 넝마주이, 쓰레기 더미에서 자란 어린애가 나를 거리에서 막아서다니. 세상의 규범은 어떻게 된 거지? 오, 나는 규범과 질서가 너무 그리워!

"나는 이레몽거야!"

어쩌면 내가 너무 크게 말했을까? 하지만 어디에도 인기척은 없다. 하이드 파크는 아주 음침하고 깜깜해서 어디로 가야 할지 전혀 짐작할 수 없어. 오타가 말했어. 하이드 파크를 지나 그 맞은편에 있는 여왕 폐하의 남편인 앨버트 공의 기념비를 찾으라고. 그러면 약속 장소에 거의 다 온 거야.

잠깐, 뭐지? 어둠 속에서 뭔가 소리가 들렸다. 멈춰. 조용히 해. 뭐가 들리지? 아무것도 아닌가 봐. 그게 다야. 조금만 더 빨리 가자. 그냥 내가 좀 흥분했나 봐. 하긴 그녀가 마개를 가져갔으니 그럴 수밖에.

빌어먹을 욕조 마개! 클로드의 마개! 기회가 아직 있었을 때, 내가 그에게 줬어야 했어.

그런데 내가 마개를 잃어버리다니. 어떻게 그런 짓을? 아냐, 결코 내가 그것을 손에 넣었었다고 말하지 않겠어. 그러면 아무도 모를 거야. 그런데 리핏이 내가 훔친 걸 알고 있어! 살인자, 리핏! 그는 나를 죽일 기회를 노리고 있어. 하지만 움비트 주인님께 부탁드리면, 더구나 회합에 대해 아는 걸 털어놓으면, 그분은 내게 크게 만족하실 거야. 그와 나를 결혼시키겠지. 나는 웨스트민스터 사원에서 장엄한 예식과 연회, 팡파르와 영광을 누리면서 아주 화려한 결혼식을 올릴 거야. 그리고 언젠가는 내가 가문의 여주인이 되어 가족들에게 수호물을 선택하고 나누어줄 거야. 그래, 그럴 거야. 대단해, 피날리피!

그런데 저것은 뭐지? 확실히 무언가 있어!

"너니? 리핏? 우리는 한핏줄이라는 걸 기억해 줘. 리핏? 리핏?"

아무도 없다. 바람? 그래, 저 나무에 부는 바람일 거야. 도대체 이 공원은 언제 끝이 날까? 앨버트 공의 동상을 찾아야 해. 같은 자리를 빙빙 돌고 있는 것 같아.

그 빨간 머리 계집애가 내게서 마개를 뺏었어.

그걸 나는 리핏으로부터 훔쳤어.

리핏은 움비트님께 받았어.

움비트님은 사촌 언리한테 전달받으셨지.

사촌 언리가 그걸 발견해서 베이리프 하우스에 다시 데려왔어.

마개는 인간 형태로 베이리프 하우스에서 탈출했어.

마개는 힙 하우스에서 기차를 타고 움비트님과 함께 파울샴에 온 거야.

움비트님이 클로드를 동전으로 바꾸고 마개를 인간으로 만드셨어.

이 모든 사건에 앞서, 최초로 아기 클로드가 옴마발 마님께 마개를 받았어.

이게 마개의 역사야. 정말 말썽꾸러기야. 마개에 얌전히 있는 법을 가르치고, 가끔 체벌도 해야 해. 아니, 그러면 안 돼. 지금 난 얼마나 마개가 그리운지 몰라. 마개를 소유한 것이 너무 좋았어. 나의 도일리를 대신해 줬지.

그런데 루시가 마개를 가져가서 클로드에게 돌려준다면, 그는 다시 그녀를 사랑할 거야. 절대 그가 그녀를 만나면 안 돼. 여태껏 그녀가 살아 있다는 것을 숨겼는데. 하지만 어떻게 해야 그 불꽃 같은 악당을 막을 수 있을까? 어떻게 하면 그녀의 불꽃을 영원히 꺼뜨릴까?

이곳은 너무 어두워. 조금만 불빛이 있다면. 내게 랜턴이나 성냥이 있다면.

잠깐! 오, 피날리피, 핀처럼 예리한 소녀! 내가 성냥을 가지고 있잖아. 쌀쌀맞은 가정교사, 에이다 크룩스행크스라는 이름의 성냥 말이야. 오! 내 문제들을 한 번에 해결할 수 있어.

질문: 어떻게 어두운 공원에서 길을 밝힐 수 있을까?

정답: 성냥을 긋는다.

질문: 어떻게 해야 붉은 머리 루시 페넌트를 영원히 없앨까?

답변: 아까와 똑같은 대답, 성냥을 긋는다. 그러면 루시는 다른 룽던 사람처럼 물건으로 바뀌겠지.

성냥 상자를 꺼냈다. 얼마나 달각대는지. 아마 안에 뭐가 있구나.

성냥을 긋자! 불꽃이 타올라 악마 루시가 살아나 춤추는 모습을 봐. 약간의 온기까지 느껴져. 아, 내게 얼마나 힘이 되는지!

만약 여기 누가 나를 노리고 있다면 이 작은 불빛 때문에 내가 발각될지도 몰라. 그렇다고 해도 난 멈추지 않겠어. 저 성냥개비들을 다 태워버릴 때까지. 루시를 잿더미로 만들고 지워버릴 거야. 잘 가라, 루시 페넌트.

벌써 성냥 두 개가 꺼졌어. 루시의 작은 빛이 갑자기 피어올랐다 다시 죽어가고 있어. 성냥을 긋자! 하나 더! 오, 클로드 이레몽거, 절대 넌 그녀를 다시 볼 수 없어.

그는 나를 사랑해. 나는 불꽃이 꺼지기 전에 속삭인다.

그는 나를 사랑하지 않는다. 그는 나를 사랑해! 나를 사랑하지 않는다. 그는 나를 사랑해! 공원이 빨리 끝나기를 바라면서 나는 계속 달리고 있어. 그는 나를 사랑하지 않는다. 이제 마지막이야. 그는 나를 사랑해! 아, 성냥을 모두 태웠어. 성냥 상자를 한 번 흔들어 봐. 아, 상자 옆에 성냥개비가 하나 더 남았어. 이제 그걸 힘차게 긋자!

그는 나를 사랑하지 않는다.

뭐라고? 그는 나를 사랑해야만 해. 그를 믿어. 나와 키스했잖아. 다른 성냥이 또 남았을 거야. 그리고 이곳은 너무 어두워.

뭔가 움직이고 있어. 바로 저기! 확실히 소리를 들었어. 도대체 뭘까?

"오타? 너니?" 내가 속삭였다.

고개를 들어, 내 앞에 나타난 거대한 것을 보았다. 인간 모양의 아주 거대한 몸집! 저것은 틀림없이 앨버트 공의 동상이야. 드디어 공원 맞은편에 도착했나 봐. 그런데 (저것이 정말 동상이라면!) 동상이 움직이고 있는데, 누구나 동상이 움직일 수 없다는 걸 알아.

아! 나는 절대 움비트님에게 말하지 않을 거야.

아! 너무 거대해! 그리고 내게서 성냥 상자를 빼앗았어.

탕탕탕!

오, 핀! 총을 맞았어. 피! 너무나 고통스러워…

빅토리아 앨버트 박물관의 야간 경비원

제25장
평범한 대갈못

사우스 켄싱턴 박물관[24]의 야간 경비원의 진술서

사우스 켄싱턴 박물관의 꼭대기 층에서 하이드 파크 너머로 불빛이 보였다. 오늘 밤에도 공원에서 또 이상한 소리가 들린다. 왠지 미심쩍은 소리. 나는 교대할 때마다 벌써 15년 전에 세상을 떠난 앨버트 공의 찬란한 동상을 올려다본다. 저 거대한 황금상은 그 자체로 뛰어난 예술품이다.

오늘 밤에도 박물관 곳곳에 이상한 소리가 들린다. 현대적인 건축물이니만큼 이런 문제를 예상해야 했다. 건물 무게로 지반이 내려앉는 것 같다. 최근에 전 세계로부터 임대해 온 '과학기구 특별모음전'이 열리고 있어 첨단 기계 설비와 장비들이 많이 전시되어 있다. 비록 조금 전 쥐 한 마리가 분광 광도계와 온도계 사이로 도망가는 장면을 봤지만 말이다.

● 24 1851년 런던 하이드 파크에서 열린 만국산업박람회가 성공한 이후 그 수익금으로 미술공예품 전문 박물관 건설에 착수하여 1859년 '사우스 켄싱턴' 박물관을 열었으며, 1899년에는 빅토리아 앨버트(V&A) 박물관으로 개명다.

저쪽에는 캐스트 코트[25]가 보인다. 내가 긴장한 탓인지, 미켈란젤로의 커다란 다윗 조각상이 나를 돌아본 것 같았다.

또다시 쥐들이 나타나 갤러리를 가로질러 갔다. 저 쥐 무리를 막는 것은 내 능력 밖이다. 구멍 하나를 막으면, 이내 다른 구멍을 찾아 쥐들이 들어온다. 덫을 몇 개 더 놓았지만, 아무 성과가 없다. 어젯밤엔 상상 외로 엄청나게 큰 쥐 한 마리를 보았다. 세상의 종말이 다가온다 해도, 쥐들은 계속 생존할 것이다.

더욱 이상한 점은, 오리엔트 전시실의 바닥에 코가 생기고, 귀퉁이마다 귀가 나 있다는 것이다. 모양은 사람의 귀처럼 생겼고, 놀랍게도 밀랍으로 가득 차 있다.

인기척이 들렸다고 생각한 나는 소리가 들리는 쪽으로 황급히 달려갔다. 그곳에 도착했을 때, 아무도 눈에 띄지 않았지만 유리 케이스 하나가 박살 났고, 그 안에 있던 전시품(<카탈로그 번호 116 데르비시 월렛[26], 꽃과 비문이 새겨진, 코코넛 반쪽 모양으로 생긴 그릇>)이 없어졌다. 경찰을 부르기 위해 경비실로 가다가 갤러리 복도를 따라 군데군데 유리 케이스가 깨져 있는 광경을 목격했다. 위아래층 할 것 없이 전시 물건들이 도난을 당했다!

"도와주세요! 도둑! 도둑이야!" 내가 소리쳤다.

당황한 내가 생각한 거라곤 고작 '도둑!'이라고 외친 것뿐이었다. 그런데 복도 모퉁이를 돌았을 때, 어떤 키 큰 남자와 마주쳤다. 중절모를 쓴 그 신사는 아주 크고 헐렁한 외투를 입고 있었는

● 25 이 전시실에는 다비드상, 피렌체 예배당 문 등 세계적으로 유명한 조각품의 복제품을 전시하고 있다.

● 26 데르비시 월렛(Dervish's wallet)은 종교적 청빈을 상징하는 이슬람 탁발승의 그릇을 뜻한다.

데, 그 아래에 물건들을 숨긴 것처럼 보였다.

"도대체 당신은 누구요?" 내가 소리쳤다.

"물론 자네가 궁금해하는 것도 당연하겠지."

"자, 여기 또 있습니다."

그때 아주 사무적인 목소리가 또 들려왔다. 뒤를 돌아보니 첼시 연금 수급자[27]가 한 명 서 있었다. 내 쪽을 향해 치켜뜬 그의 눈동자는 온통 하얗다!

"오… 하느님!" 나도 모르게 읊조렸다.

"이건 영국이 아프리카에서 약탈해 온 귀중품이죠. 암마 물레콰라는 이름이 들려요. 당신에게 이것도 드릴게요!" 장님이 키 큰 신사에게 궤짝을 건네주며 말했다.

"고마워, 이드위드. 그런데 이번에는 좀 살살해 주게."

"이봐! 여기서 뭐 하는 거야?"

"나는 여기 산다네." 그 노인이 말했다.

"아니야, 아무도 여기 살지 않아. 여긴 박물관이야."

"바보 같으니. 이곳에는 천 명 이상의 영혼들이 밤낮으로 쉬고 있어. 이리 와서 계속하게, 이드위드."

"이만 실례합니다." 궤짝을 든 장님이 나를 밀치고 지나가며 말했다.

"거기 멈춰라. 이 도둑놈!" 내가 '도둑놈'이라고 힘껏 고함치자, 여기저기서 수십 명이 넘는 사람들이 대답했다.

"도대체 너희 숫자가 얼마나 많은 거야? 여기서 무슨 놀이라도

● 27　런던 첼시에는 퇴역군인과 상이용사를 구호하기 위한 첼시왕립병원이 있다.

하는 게야?"

"자네 말대로, 우리는 지금 도둑질 중이지." 키 큰 신사가 대답했다.

"그럴 수는 없어. 박물관에 보관된 물건들은 전부 국가의 소유이니까."

"맞아, 아주 고맙게 잘 쓰겠네."

"내가 꿈을 꾸는 건가? 분명히 악몽을 꾸고 있나 봐."

"아니, 엄연한 현실이지. 내가 보증하겠네."

"어떻게 박물관 내부에 침입했지?"

"평소처럼 입구로 들어왔네. 다만 박물관 문이 닫힌 후에도 남아 있었을 뿐이야."

"하지만 내가 구석구석 순찰했어. 돌아다니는 건 쥐밖에 없었다고."

"쥐를 봤다고?"

"그래. 내가 본 것만 해도 백 마리가 넘었어. 어떤 전시실에 쥐들이 가득 차 있었고, 나를 물려고 하는 쥐도 있었지."

"그래, 네가 본 쥐들이 바로 우리 이레몽거 가족이야."

"박물관의 쥐들이 너희라고? 잠깐만, 혹시 '이레몽거'라고 말했나? 그 오염된 사람들이 나의 박물관에 왔다고?"

"박물관은 네 것이 아니라 국가의 것이겠지. 그리고 우리는 이 귀중한 보물 속에서 머물 곳을 찾은 거야."

"그런데 어떻게 당신이 쥐가 될 수 있지?"

"알리버, 한 번 보여주겠나?"

"네, 움비트 각하. 물론입니다."

노인 신사가 손을 휙 휘두르자, 바닥에 네발로 웅크려 있던 사람이 갑자기 몸이 쪼그라들더니 털이 자라나고 분홍빛 꼬리가 생겼다.

"잘했네, 알리버. 방금 자네가 본대로, 우리는 변신이 가능해."

내 눈으로 똑똑히 봤지만, 도대체 믿을 수가 없었다.

"이제 시간이 거의 다 되었군." 노인이 말했다.

"무슨 시간?"

"전쟁을 할 시간이야."

"전쟁?"

또 다른 야간 경비원이 갤러리로 들어왔다. 모자를 푹 눌러쓰고 있어서 처음에는 그가 누구인지 알아볼 수 없었다.

"이봐요. 무슨 일이 있는지 보라고! 도둑, 수백 명이 넘는 도둑들이야!" 내가 소리쳤다.

그 야간 경비원이 앞으로 나섰다.

"처음 보는 경비원 같은데, 당신은 누구요?"

"해리 스토케스."

"아냐, 그건 내 이름이야!"

그 야간 경비원이 모자를 벗고 얼굴을 들자, 아, 너무 끔찍하게도 그의 얼굴엔 코도, 귀도 없었다. 다만 나를 향해 웃고 있는 입만 있었다.

"이건 꿈이야! 아주 무시무시한 악몽이야!" 나는 울부짖었다.

그러자 그 경비원이 주머니에서 뭔가를 주섬주섬 꺼냈다. 그리고 그는 그것들을 하나씩 자기 얼굴에 올려놓았다. 차례로 코가 생겼고, 귀가 생겼다. 그리고 마지막으로, 그는 머리카락과 가짜 수염을 붙였다. 그리고 모자를 쓰자, 이제 그의 얼굴은 완벽해졌다. 아, 그런데 그 얼굴은 내 얼굴이다. 마치 거울에 비친 나 자신처럼!

"이럴 수는 없어. 내 얼굴을 도둑맞다니!" 나는 울부짖었다.

"자, 스토케스 씨, 이제 열쇠를 내놓으시오."

"그럴 수 없어. 절대 열쇠는 내놓지 않겠어."

"그건 자네 생각일 뿐이야. 어쨌든 그만 헤어질 때야. 잘 가게, 스토케스."

그가 피에 젖은 손가락을 튕기자, 나는 부르르 떨다가 땅바닥에 굴러가다가 어느 순간 멈췄다. 나는 아주 작은 물건으로 쪼그라들었다. 왠 손이 나타나 나를 들어 유리 케이스 안에 넣어둔다. 바로 앞에는 작은 표지판이 붙어 있다.

평범한 대갈못

오, 이건 현실이 아닐 거야. 저건 내가 아니야. 난 핸리 스토케스야. 저들이 나를 이곳에 가두었어. 날 꺼내 줘. 나는 바꿔치기 당하고 도둑맞았어.

그들을 막아야 해! 누군가는 막아야 해!

저 도둑들을 잡아라!

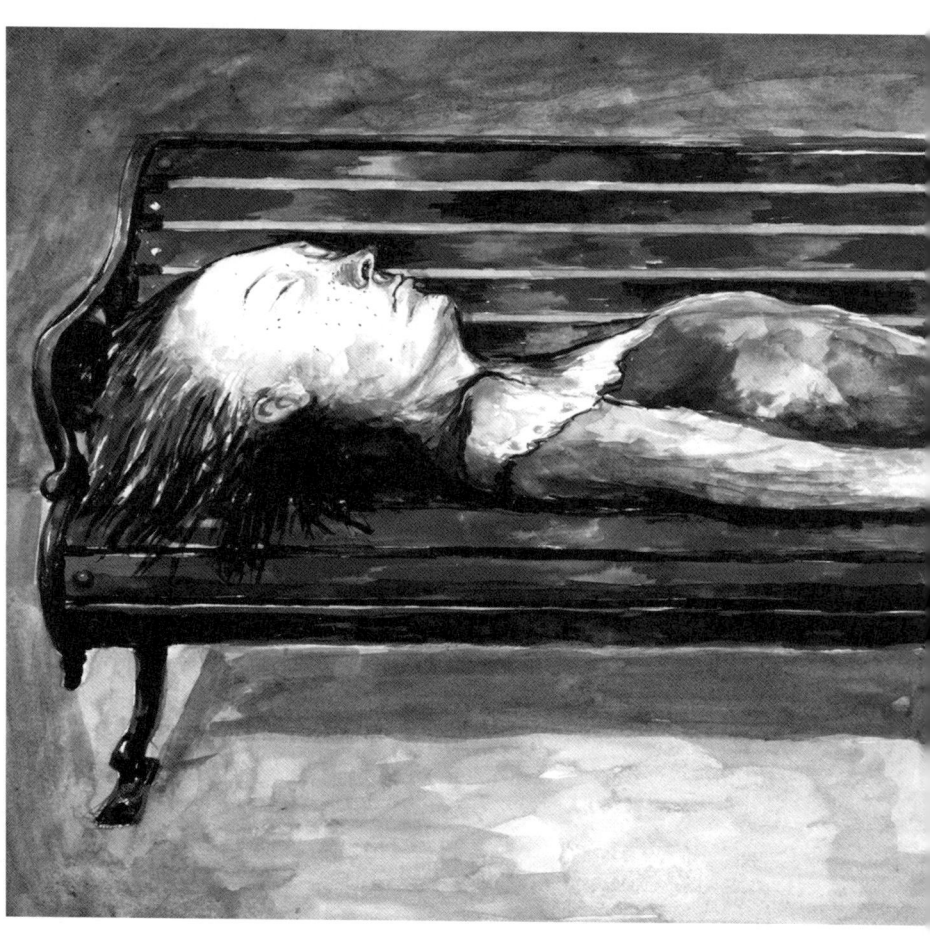

제26장
런던의 최신 조각상

하이드 파크에서, 홀본의 링크 보이 아놀드 페티퍼의 이야기

 그녀는 아무 말도 하지 않는다. 그녀는 가만히 누워 있을 뿐 숨도 거의 쉬지 않는다. 그런데 어떤 흔적이나 상처도 찾을 수 없고 왜 그런지도 알 수 없다. 별안간 그녀가 뻣뻣한 시체처럼 굳어버려서 마치 동상으로 변한 듯했다.
 그녀는 사물도 사람도 아닌 중간 단계에 머물러 있는 것 같다. 정말 안타까운 광경이다. 아까 진흙탕에서 누군가와 싸우고 있었지만, 나는 인파에 막혀 제때 건널목을 건너지 못했다. 그때 검은 보닛을 쓴 불쌍한 여자가 보였고, 잠시 후 불꽃과 검은 연기가 피어올랐다. 사람들이 그쪽으로 달려가는 통에, 나는 무사히 건널목을 건너갔다. 그곳에 루시 페넌트가 있었다. 그녀는 처음에 퍽 행복해 보였다. 욕조 마개를 손에 들고 기뻐하며 중얼거렸다. "그의 마개야. 분명히 그의 것이야." 아마 그녀와 매우 가까운 사람의 소유물임이 틀림없지만, 그가 누구인지는 내 알 바 아니다.
 모자가 벗겨졌는지, 그녀의 붉은 머리가 휘황찬란한 너울처럼 흘러내리고 있었다. 별안간 그녀의 몸이 굳기 시작했다. 비명을 내지도 못했고, 눈물만이 뺨을 타고 흘러내렸다. 잠시 후 땅에 쓰러진 그녀는 벌써 돌처럼 굳어 있었다. 나는 있는 힘껏 그녀를 공원 벤치로 옮겼다. 마치 뭔가를 간절히 바라는 듯해서 그녀의 손에 마개를 꼭 쥐여준 후, 나는 휘파람을 불어 도움을 요청했다.

누가 그녀를 도와야 해! 도와줘!

나는 휘파람을 불고 또 불었다. 마치 런던 전역의 비둘기들이 합창하듯이. 아마 야생동물들이 비둘기 사냥에 나설 정도로. 그때도 어둠 속에서 아주 큰 여우가 나타나서 루시를 노리고 울부짖었다. 그리고 벤치 쪽으로 다가가서 루시의 냄새를 맡으려 했다. 내가 놀라 소리를 지르며 내쫓자, 비로소 그 여우는 사냥꾼에 쫓기는 여우처럼 새된 비명을 내며 어둠 속으로 사라졌다.

어서, 어서, 도와줘, 오, 그녀를 도와줘!

그리고 랜턴을 든 소년들이 나에게 다가오기 시작했다.

제27장

사물들과 대화하는 소년

클로드의 이야기가 계속된다

숨 쉬는 집

지붕 위로 몇 번이나 올라가서 뭔가 보이는지 확인하려 했다. 주변 주택들을 집어삼킨 화재가 점점 가까워지고 있다. 이곳도 파울샴처럼 불타버릴까? 아직 힘이 남은 동안 우리는 도망쳐야 한다. 하지만 밖에 나간 피날리피가 우리를 찾아오지 못할 것이다.

거리 아래에서 폭발음이 들렸다. 아마 열 때문에 유리창이 깨지는 소리일까? 아니, 진짜 총성 같다.

나는 다시 아래층으로 내려갔다. 여전히 비나디트는 욕조 안에 있었고, 아이린은 욕실 문 앞에서 열쇠 구멍에 대고 속살대고 있었다.

"엘리노어는 어디에 있지?"

"그녀는 아래층 거실에서 글을 쓰고 있어." 아이린이 대답했다.

"클로드? 여긴 너무 더워." 비나디트가 말했다.

"그래, 비나디트. 가까운 곳에 화재가 났어. 리핏의 소행일까?

어쨌든 회합이 돌아다니니까 밖에 나가는 것은 너무 위험해."

"엘리노어! 엘리노어?"

나는 아래층으로 내려가며 그녀를 불렀다. 복도 바닥에 그녀가 입던 외투와 보닛이 나란히 놓여 있어서 마치 산책하러 나가려는 듯했다. 그리고 보닛과 코트 아래에 내가 처음에 보지 못했던 촛대가 놓여 있었다. 그것은 매우 뜨거웠고, 소리를 내고 있었다.

'엘리노어 크랜웰, 엘리노어 크랜웰.'

"오, 엘리노어. 정말 미안해. 왜 모자와 코트를 입고 있었니? 어디로 가려던 거야?"

손이 데는 건 아랑곳하지 않고, 나는 촛대를 잡았다. 사실 그 대답은 이미 알고 있었다.

"사람들에게 이레몽거 가족에 대해 경고하려고 했구나, 그렇지? 그런데 밖에 나가기 전에 물건으로 바뀌고 만 거야."

"밖에 불이 났어!" 아이린이 울며 소리쳤다.

"엘리노어 크랜웰이 우리를 배신했어. 경찰에게 밀고하려다가 이 촛대로 바뀐 거야. 아, 믿을 수가 없군. 하마터면 우리 모두 발각되고 총살당할 뻔했어."

'엘리노어 크랜웰.'

"그래, 엘레노어. 나는 너를 늘 간직하면서 누구를 믿어도 좋을지 기억할 거야. 그런 의미라면 넌 아주 유용한 물건이지."

'엘리노어! 엘리노어!'

"도대체 내가 뭘 해야 하지? 피날리피는 왜 돌아오지 않는 거야?"

내가 소리치자, 방이 삐걱거리고 신음하기 시작했다. 문들이 쾅쾅 닫히고, 찬장과 서랍들이 덜컹거렸다. 나의 분노가 타오를수록 집이 점점 뜨거워졌다.

"피날리피도 그들한테 살해당한 거야. 아이린! 런던 사람들이 루시를 살해하고, 파울샴을 무너뜨렸어. 그리고 터미스를 죽음으로 몰고 갔지. 터미스는 쓰레기산에 나갔다가 죽었는데, 누가 우리를 그런 쓰레기산으로 내쫓았지? 누가 흙과 오물로 가득 찬 그곳에 우리를 버렸지? 우리가 힘을 얻자 우리를 추방하고 살해한 자들! 바로 런던 사람들이야."

"벽이 뜨거워지고 있어. 클로드 씨, 불이야!" 아이린이 말했다.

"그들은 루시에 이어 피날리피도 살해했어. 우리가 모두 끝장 날 때까지 그들은 절대 만족하지 않을 거야."

"클로드 씨, 집! 집이 흔들려!"

벽난로 선반에서 거실 바닥으로 물건들이 쏟아져 나와 내 주위를 마구 빙빙 돌았다. 인형들은 각자의 자리에서 앞뒤로 흔들리기 시작했다.

"결코 저들을 그냥 두지 않겠어. 우리는 영광스러운 존재이고, 사물의 속삭임을 듣고, 사물과 대화하고, 갈매기와 쥐로 변신할 수 있어. 밤을 소환해서 머물게 할 수 있어. 얼마나 진귀한 혈통인가! 이제 똑똑히 알겠어. 나는 이레몽거야!"

내가 힘주어 말하자, 유리창들이 모두 부서져서 날카로운 유리 파편들이 거리로 쏟아졌다.

"클로드 씨, 제발요!"

"아이린, 가장 친한 친구들의 대부분은 사물이었어. 지금 이 순간부터 새로운 친구들을 불러들일 거야. 모든 것을!"

집 안은 흥분으로 들끓고, 모든 장난감이 펄쩍펄쩍 뛰어오르고, 인형들의 눈동자가 찰칵거리며 앞뒤로 돌아가고, 흔들 목마는 제자리에서 빨리 달렸다. 항상 무엇을 할 수 있는지 궁금했던 나는 드디어 깨달았다. 내가 무엇이든 소환할 수 있다는 것을.

"클로드 씨! 불이에요."

"불이야!" 욕조에서 비나디트의 비명이 울려 퍼졌다.

불이 집 앞까지 다가와서 커튼을 야금야금 먹다가 호기심이 들끓는 것처럼 온 집안으로 번졌다.

"리핏! 리핏이 이 근처에 있어." 나는 말했다.

"도와줘요! 베네딕트, 당신도 나와야만 해. 문을 열어요! 그가 죽을 거야!"

"그 문을 열어서는 안 돼. 뒤로 물러나서 난간이라도 잡고 있어. 아이린, 내가 집을 움직일 거야!"

그리고 나, 클로드 이레몽거는 집을 움직였다.

내가 힘차게 잡아당기니까, 집이 움직였다. 나는 눈을 꼭 감고 코노트 광장의 집을 움직여서 이웃집과 분리했다. 한 걸음씩 내디딜 때마다, 집은 나와 함께 움직였다. 내가 벽을 향해 아주 빨리 걸어가면, 그 집은 광장을 때려 부술 듯 더 빨리 움직여서 내가 벽에 닿을 일이 없었다. 집이 살아 움직이고 있었다!

하지만 집이 움직이면서 판자가 뜯기고, 벽에 금이 갔으며, 파편 조각들이 사방으로 굴러갔다. 위층에 있던 아이린과 비나디트는 구원을 요청하며 흐느꼈다.

리핏이 일으킨 화염을 지나가면서 차츰 불길이 잦아들었다. 아이린의 비명에 내가 속도를 천천히 줄이자, 집도 서서히 멈췄다. 그리고 잠시 후 무너지기 시작했다. 갑자기 탈모가 시작된 두피처럼, 지붕과 벽이 차례로 붕괴하고 먼지가 자욱이 피어올랐다. 현관문을 열려고 하자, 문이 통째로 꽈당 거리로 쓰러졌다.

"아이린! 빨리 도망쳐. 집이 산산이 부서지기 전에. 그리고 경찰 호루라기 소리가 들리면, 있는 힘껏 도망쳐!"

"하지만 베네딕트가 위층에 있어요!"

"그는 내가 풀어줄 거야. 하지만 아이린, 너의 작고 귀여운 생명을 지키려면 절대 비나디트와 마주치면 안 돼! 어서 도망가!"

아이린 틴타이프는 비명을 지르며 거리를 달려갔다. 지붕도 없이 일부 잔해만 남은 집은 아마 번지를 바꿔 달아야 할 것이다. 다음에는 내 힘을 더 잘 조절해야 한다.

"비나디트? 비나디트? 거기 있니?"

"여기 있어."

"다쳤니?"

"괜찮아! 쓰레기 더미 안에 있는 것 같아."

"그럼 안녕, 비나디트."

"어디로 가니?"

"나는 지켜야 할 약속이 있어. 넌 여기 있도록 해. 지금 움직이면, 런던의 쓰레기에 익사하고 말 거야."

"아이린은?"

"그녀는 안전해. 하지만 그녀를 찾지 마. 그녀가 쓰레기로 만들어졌다는 걸 명심해."

"난 그녀가 좋아."

"유감이군."

"잘 가, 클로드."

"잘 있어, 비나디트. 난 이제 출발해야 해."

그리고 나는 촛대를 움켜쥐고 런던의 어둠 속으로 길을 떠났다. 배신자 엘리노어 크랜웰은 아직 따뜻했다. 우리는 앞으로 계속 움직였고, 모든 것이 나와 함께 갈 것이다.

제28장

촛불 집회

런던 링크 보이의 진술

밀뱅크의 링크 보이, 조지

뭔가 이상한 낌새가 있었다. 우리 근무조 중 두 명이 밀랍 통에 빠졌고, 우리가 건져낼 때는 너무 늦었다. 그들은 대패와 코르크 따개로 바뀌었다. 다들 무척 긴장했다.

"머뭇거리지 말고 여기에서 나가야 해. 뭔가 사건이 일어나고 있어." 내가 말했다.

깜박이는 그림자 속의 또 다른 사람이 사라졌다. 벤치에 앉아 있던 파울샴 출신의 에스더가 갑자기 모래시계로 변한 것이다.

그때 런던 링크 보이들을 전부 호출하려는 듯 휘파람 소리가 연달아 울렸다. 아마 열 번은 울렸을 것이다. 뭔가 큰일이 일어났다는 경보였다.

"자, 가자. 주님께 미안하지만, 최대한 보따리에 양초를 양껏 담아. 다들 서둘러. 사실 이 공장이 별로 좋지도 않았어."

입구에 있던 짐꾼은 소쿠리로 변해 바닥에 떨어져 있었다. 우리는 문의 빗장을 풀고 밤 속으로 달려갔다.

스피타필즈의 링크 보이, 조셉 블레이크

오늘 밤 뭔가 사건이 일어날 거야. 하룻밤 사이에 이렇게 많은 사람이 사물로 바뀌었다니! 도싯[28] 거리의 쪽방촌 전체에 전염병이 덮쳤다. 남녀노소 가리지 않고 주민들이 물건으로 변해서 바닥에 뒹굴었고, 상당수는 철도 침목으로 바뀌었다. 작업반장은 비싼 물건을 골라낸다고 발로 쿡쿡 차며 돌아다녔다. 이런 추세라면 내일 아침 런던에 아무도 남지 않을 것 같다. 길을 가던 도중에 사물로 바뀌었는지, 길에 버려진 유모차 안에 믹싱 볼이 들어 있었다. 내가 걷는 이 땅도, 내가 신고 있는 이 신발도, 그 어느 것도 진짜 사물인지 믿을 수 없다. 런던의 피부가 벗겨지듯 주변 건물들은 이상한 신음을 내뱉고 있다! 도어벨이 저절로 달그락달그락 울리고, 벽 전체가 무너져 내렸다가 다시 조립된다. 말이 없는데도 짐수레가 굴러가고, 그릇들은 바다를 헤엄치는 물고기 떼처럼 런던의 더러운 대기 속을 춤추듯 떠다닌다. 이 모든 광경이 현실이다. 우리 주위에 있던 생명체들은 전부 짐을 꾸려 이 도시를 떠난 것 같다.

성호를 그으면 하나님께 구원받을 수 있을까.

우리들은 서로 휘파람으로 신호를 주고받으며 이동하고 있다. 살아남으려면 모두 함께해야 한다.

나, 그리고 수천 개의 움직이는 물체들.

● 28 런던 동부의 빈민가 거리로, 1888년 잭 더 리퍼의 연쇄 살인사건으로 유명하다.

밀뱅크의 링크 보이, 토미 크로닌

수백 명의 링크 보이가 도시 곳곳에서 호출되었다. 조지가 촛불을 아주 많이 챙겨온 덕분에 길을 계속 밝힐 수 있다.

우리는 루시가 쓰러진 하이드 파크의 벤치에 도착했다. 파울샴의 친구들이 벤치 주위를 둘러싸고 그녀를 깨우려 애써보지만, 그녀는 아주 가는 숨만 내쉴 뿐이다. 그녀가 우리를 도울 수 있다고 생각했는데, 그녀는 그저 딱딱하고 차가울 뿐이다.

오늘 밤 도시 전역에서 일어난 대소동과 화재들을 떠올려보면, 차라리 공원이 더 안전한지도 모른다.

우리는 새벽이 오기만을 기다린다.

아니, 새벽은 오지 않는다.

"이것 좀 봐. 그녀가 어딘가 변한 것 같아." 내가 말했다.

"오늘 밤에 바뀐 이들이 적어도 수백 명은 될 거야."

"앗, 그녀가 움직였어!"

파울샴의 아이 중 한 명이 외쳤다. 다들 그녀 주위에 모여들었고, 그녀는 우리 교회의 빛나는 촛불 아래서 밝게 빛났다. 어쩌면 아름다웠다고 해도 좋았다.

"말할 수 있니? 말할 수 있겠어?"

그녀는 그저 우리와 주위를 둘러보더니 불현듯 아주 기묘한 표정이 떠올랐다. 그리고 기침을 했다.

"기침은 좋은 징조야."

"그녀의 내부에서 뭔가 움직이는 거야. 인간이라는 걸 기억하려고."

우리는 그녀를 둘러싸고 환호했다. 그녀가 일어나려다 약간 휘청하자, 우리는 그녀를 다시 조심스레 눕혔다. 잠시 후에 그녀가 말문을 열었다.

"난 꿈속에서 내 수호물을 봤어. 그녀가 휩싸인 불꽃을 보면서 난 너무 춥고 떨렸어. 성냥 속에 그렇게 오래 갇혀 있다니, 정말 불쌍한 여인이야. 지금 내가 숨을 쉬고 있으니, 아마 내가 그녀를 내쫓았거나 그녀에게서 탈출했나 봐. 어쩌면 내가 다시 단추가 될지도 몰라."

"그건 아무도 모르는 일이야." 파울샴의 제니가 말했다.

"글쎄, 난 전에도 점토 단추가 되었었지. 로사무드가 사물로 변할 때, 기껏해야 몇 시간밖에 안 걸렸대. 우리를 보호하는 수호물을 잃는다면, 그 속도는 더 빨라질 수도 있어."

"오늘 밤 아주 많은 사람이 사라졌어." 링크 보이 중 하나가 말했다.

"에스더? 에스더 넬슨은 어디 있지? 어떻게 된 거야?" 루시가 말했다.

제니가 고개를 가로저었다.

"오, 에스더. 내가 떠나지 말았어야 했어. 클로드에 대한 소식은 누가 못 들었니?" 루시가 눈물을 글썽이며 속삭였다.

"코노트 광장 일대가 전소되었어. 그런데 정말 이상한 사건이 있었어. 다들 못 믿는대도 어쩔 수 없지만, 집 한 채가 커다란 폭과 비명과 고함을 질러대며 움직였어." 베이즈워터 링크의 소년이 말했다.

"그래서? 원래 화재 때는 창문이 깨지고 집이 무너지잖아." 한 링크 보이가 물었다.

"물론이야. 그런데 거대하고 네모난 그림자가 불길을 뚫고 계속 전진했어. 그리고… 그것이 광장 밖으로 나와 세이모이 거리와 에지웨어 거리를 지나 마침내 포트만 광장까지 가서 멈춘 거야. 그런데… 그건 집이었어. 걸어 다니는 집 말이야."

"말도 안 돼. 그게 가능해?"

"분명히 클로드야! 그가 화재 현장에서 빠져나왔구나! 살아 있어!" 루시가 눈물이 범벅된 채 말했다.

아, 눈물! 그렇다면 그녀는 여전히 사람인 것이다.

"정말 대단해! 그런 친구들을 알다니!"

"다리! 그래, 웨스트민스터에 있는 다리라고 했어. 피그고트가 말했어! 이레몽거 가족 모두가 웨스트민스터 다리에서 여덟 시에 만난대! 지금 몇 시지?" 루시가 일어나 앉으며 소리쳤다.

"이제 태양조차 안 보이는데, 누가 시간을 알겠어?"

"아마도 여섯 시는 넘었을 것 같은데, 너무 깜깜해서 모르겠어."

"난 웨스트민스터 다리로 가야 해."

"우리가 너를 데려다줄게. 어쨌든 그리로 가려는 참이었어. 내일은 의회 개회식이 있는 날이라서 여왕을 보러 군중이 모여들기 때문에, 우리가 횃불을 밝혀야 하거든."

"그렇다면 그게 이유일 거야. 의회 개회식을 보려고!" 루시가 말했다.

"그래서 모든 사물이 같은 방향으로 몰려들고, 쌓이고, 달려가고 있군. 웨스트민스터로!"

"그래, 맞아! 그것들은 모두 웨스트민스터 주변에 모일 거야!"

"여왕은 화이트홀 앞에 운집한 군중과 인사한 후에 의회 개회식을 위해 웨스트민스터로 가겠지."

"사물들이 소환되고 있는 걸까? 만약 그렇다면, 움비트의 음모일 거야. 그가 이레몽거 중 최고 악당이거든. 그곳에 모든 사물을 소환한다면 분명 다른 목적이 있을 거야. 어쩌면 학살, 그리고 지옥이 펼쳐질 거야." 루시가 말했다.

"하지만 빅토리아 여왕이 직접 그곳에 왕림할 텐데."

"여왕이 우리를 저버린 것은 사실이지만, 그분은 이 나라의 수장이야. 어쨌든 우리는 영국인이고, 안 그래?"

"맞아! 우린 영국 사람이야!"

"여왕의 암살을 우리가 못 본 척할 수 있을까?"

"뭐, 여왕을 암살한다고? 아니야, 절대 있을 수 없는 일이야! 그건 반역이야!"

"당장 런던의 링크 보이들을 모아야 해. 암살 음모를 막는 일은 여기 있는 우리에게 달렸어!"

그리고 런던 상공의 흐린 날씨를 뚫고 아주 멋진 휘파람 소리가 들렸다.

제29장
전투 전야의 외침

클로드 이레몽거의 이야기는 계속된다

클로드가 런던에 보내는 메시지

런던 사람들이 잠들어 있는 동안, 사물들이 움직이고 숨을 쉬며 밖으로 뛰쳐나간다. 런던 사람들은 머리맡 베개를 믿을 수 있나? 당신들이 몸을 감싸는 침대 시트와 담요, 깃털 이불과 러그, 그런 것들에 몸을 맡겨도 안전할까? 이 얼마나 순진한 이들인가! 이 밤에 내가 런던의 모든 사물을 부른다. 그러면 모든 사물은 자신의 생명을 되살리기 위해, 그 어디에 있든 사슬을 끊고 올 것이다. 내가 부를 때마다 모든 문이 열릴 것이다. 자, 문을 열어라!

 탁자여, 오너라! 의자, 침대, 책, 등불, 천장, 옷걸이, 모자, 장갑, 코트, 보닛, 장화, 모두 오너라! 열쇠, 반지, 밧줄, 실, 다들 오너라! 대걸레, 비누, 시계, 가위, 펜치, 줄자, 모두 오너라! 문고리, 문 걸쇠, 도어매트, 모자걸이, 협탁, 구둣주걱, 양치 컵, 칫솔, 빗, 옷솔, 카펫, 러그, 모자, 어서 오너라! 머그, 접시, 포크, 나이프, 바지, 반바지, 의자, 코르크 마개, 너희들이 어디 있든 간에, 모두 모두 오너라!

 포트만 광장에서 오너라! 포트랜드 플레이스, 포르투갈 스트리트, 패터노스터-로우, 브롬리-바이-보우, 그레이스 인, 링컨스 인, 이너 템플 게이트, 플리트 스트리트, 그리스 스트리트, 시실리안 애비뉴, 가이 병원 묘지, 블랙히스, 블랙월, 블랙프라이스, 크라우치 엔드, 앨드위치, 앨드게이트, 앨더스게이트, 엘리펀트 앤 캐슬, 올드 베일리, 올드 브렌트포드, 올드 런던 브리지, 올드 윈저, 올드 팰리스 야드, 골든 스퀘어, 홀본 힐, 킬번 로드, 머튼, 호머튼, 햄프턴 윅, 햄프턴 코트, 뉴게이트, 하이게이트, 세인트 존스 게이트, 이스트게이트, 이 모든 곳에 있는 사물아, 오너라! 그리고 각지의 교회들에서도 나를 찾아오너라! 앤, 보톨프, 브라이드, 클레멘트, 던스턴, 조지, 길스, 제임스, 존 앤 로렌스, 루크, 매그너스, 마틴, 마가렛, 마크, 메리, 마이클, 올라브, 폴, 판크라스, 피터, 세이비어, 스테판, 스위틴. 이 모든 교회의 영혼들이여, 오라!

 이리 오너라! 버몬지와 브라이드웰과 배터시의 조각들, 켄티시 타운과 켄싱턴과 케닝턴의 일상용품들. 그레이트 러셀 스트리트의 사물들, 압슬리 하우스의 상품들, 이슬링턴의 물품들, 데본셔 하우스의 기계장치들, 킹스턴 온 템즈의 불쏘시개와 패딩턴의 찌꺼기들, 펜튼빌의 부품과 메릴본의 인쇄물들, 어퍼 할로웨이부터 뎁트포드 선착장까지 존재하는 사물들은 모두 오너라!

 모두 오너라! 부자의 것이든, 가난한 사람의 것이든 가리지 말고 내게로 와라! 그로즈베너 광장의 진주 단추, 라임하우스 분지의 가짜 나무 이빨, 런던 상점에 빼곡한 물건들은 달가닥달가닥,

아장아장, 뒤뚱뒤뚱 내게로 오너라!
 자, 어서 와, 나를 꼭 따라오너라.
 너희 모두를 사랑해. 그러니 나를 따라오너라.
 가자, 계속 가자! 하나도 빠짐없이!
 웨스트민스터로! 새집을 위해 함께 외치자!
 아침이여, 오너라!
 런던이여, 아니, 룽던이여! 오라, 어서 오라!

제5부

엉망진창

1876년 2월 8일 오전 6시, 버킹엄 궁전

1876년 2월 8일 오전 7시, 웨스트민스터 의회

제30장
런던 가제트 III

웨스트민스터 주변에서 들리는 소리들

버킹엄 궁전의 대기실에서,
호레이쇼 샬로트 스톱포드 명예회원

오늘 아침 우리는 평소보다 일찍 일어났다. 준비는 모두 끝났다. 아직 여왕 폐하가 기침하기 전이지만, 벽난로의 불은 일찌감치 지펴 놓았다. 하늘이 행사 연기를 바라는지, 날씨는 끔찍하게 음산하다. 물론 행사는 예정대로 거행된다. 여왕의 예복을 두툼히 입혀드려야겠다. 어두컴컴한 날씨 때문에 창문 너머로 운집한 군중들의 모습이 보이지 않는데, 이상하리만치 사방이 고요하다. 분명히 수백 명이 넘게 모였을 텐데 말이다.

   전통에 따라 의원 나리들은 군주가 안전하게 귀환할 때까지 음악실에서[29] 인질로[30] 대기해야 한다(물론 의원들의 높은 지위에 맞게 깍듯하게

● 29 버킹엄 궁전의 음악실(Music Room)은 빅토리아 여왕과 앨버트공이 악기를 전시한 방으로 전통적으로 왕실 자녀들의 세례식이 열린다.

● 30 안전한 귀궁 보장을 위해 여왕이 의회 개회식에 참가하는 동안 부시종장(여당 원내총무)을 인질로 버킹엄궁에 대기하게 하는 의례가 있다. 1649년 의회와의 갈등으로 참수형을 당한 찰스 1세 이후로 내려온 전통이다.

대우하지만, 근위대의 감시를 받는 처지라는 사실은 변함없다). 물론 지금은 그저 관습에 불과할 뿐이다.

궁전 마룻바닥에 유리 조각과 도자기 파편이 흩어져 있다. 머리 끝까지 치밀어오르는 화를 꾹 참고 말끔히 치웠는데, 여전히 정돈되질 않는다. 하얀 응접실 카펫 위에 평범한 양철 머그잔이 놓여 있다니. 마룻바닥에 도미노가 방치되어 있고, 녹슨 가위와 수백 개의 못이 흩어져 있다. 도대체 어디서 나타난 것들일까?

화이트 홀 소속 근위대 대령

오늘 아침은 완두콩 수프처럼 안개가 짙은 데다가 진눈깨비까지 흩뿌린다. 하늘을 원망한다고 날씨를 바꿀 수 없겠지만, 무려 대영제국 의회 개회식 날인데 좀 더 화창한 날씨를 바라는 것이 지나친 욕심일까?

날씨가 점점 험악해진다. 얼굴 앞에 손을 갖다 대도 전혀 보이지 않을 정도다. 그리고 만물상의 물건이 쏟아져 나온 듯 길 위에는 끔찍한 쓰레기로 어지럽혀져 있다. 거리가 이렇듯 난장판이니 말들은 자꾸 미끄러진다.

이 궂은 날씨에 여왕을 보러 많은 군중이 운집해 있다. 더몰과 화이트홀을 따라 거리에 몰려든 사람들의 숫자가 상당한데도 예전에 비해 너무 조용하다. 내 뒤에서 들리는 소리라곤, 아주 희미하게 웅성대는 소리, 이따금 도자기와 유리가 덜그럭대는 소리뿐이고, 특이하게 오늘따라 비둘기들이 유난히 시끄럽게 울고 있다.

여왕 폐하께서 곧 나타나실 것이다

고인이 된 부군을 가슴 깊이 애도한 나머지, 여왕은 오랫동안 대중 앞에 나서지 않으셨다. 이제 여왕 폐하가 그 고통을 딛고 오늘 의회 행사에 참석하시기로 한 결단은 참으로 감사드릴 일이다. 다만 한 가지 꺼림직한 사건은 오늘 아침에 내가 앨버트 공과 판박이처럼 생긴 경찰관 한 명을 봤다는 것이다. 내 이름을 걸고 분명히 맹세할 수 있다.

나는 군주에 대한 의무를 잊지 않고 있다. 여왕이 버킹엄 궁전에 나설 때, 국영 마차를 타고 더몰을 따라 양측으로 도열하는 군중 앞을 지나갈 때, 얼마나 보안이 취약할 수 있는지 명심하고 있다. 사실 아무리 많은 근위병이 배치된다 해도, 괴한이 우리 대열을 뚫고 돌진하는 시간은 그리 길지 않다. 여왕 폐하가 관례에 따라 아주 천천히 이동하는 데다가 기상 악화로 더 지연될 수밖에 없다는 점을 감안하면, 조준 실력이 좋은 괴한한테는 빠르고 정확한 피습 목표가 될 것이다.

기념식과 주군의 보호를 위해 수백 명의 근위병을 배치해야 하는 입장에서, 나는 항상 반문한다. 경호 방어선은 잘 구축되어 있는가? 방어선에 어떤 약점은 없는가?

아, 빌어먹을 비둘기들!

웨스트민스터 궁전의 근위 장교

1605년 가이 포크스가 의회의사당 지하에서 화약 소지죄로 발각

● 31 가이 포크스(Guy Fawkes)는 1605년 제임스 1세 암살을 모의하고 웨스터민스터 지하 석실에 화약을 쌓아놓은 죄로 처형당한 인물이다. 그 후 의회 개회식 전에 지하실을 수색하는 관습이 생겼다.

된 이후, 우리는 항상 관습대로 제2의 포크스가 불경한 의도를 품고 침입하지 않도록 지하실을 수색한다. 어젯밤과 오늘 새벽 두 차례 수색이 있었고, 여왕 폐하가 의사당에 도착하기 전에 또 한 번 확인될 것이다.

우선 화약은 전혀 발견되지 않았다는 점을 기쁜 마음으로 보고한다. 지하실을 샅샅이 수색했지만, 단 하나 특이사항을 제외하고는 문제가 없다는 점도 진술한다. 지하실에 쌓여 있는 이상한 물건들과 흙은 지난번 점검 때는 분명 없던 것이다. 나는 하급 장교들을 질책했고 지금은 쓰레기를 다 치운 것을 직접 확인했다.

1876년 2월 8일 오전 7시 정각, 지금과 같은 상태를 정확히 유지해야 한다.

오전 7시 45분, 온갖 종류의 평범하기 짝이 없는 물건들이 지하실에 있다. 아이의 송곳니, 양철 컵과 접시, 포크와 숟가락 등과 같은 흔해 빠진 출처 불명의 물건들이다. 이상한 점은 아무리 청소해도 다시 나타난다는 것이다. 이렇게 갑작스럽게 쏟아지는 쓰레기를 처리할 시간은 없다.

웨스트민스터 궁전의 공무를 맡고 있는 부시종장관

이 궁전에는 일 년에 두 번만 사용하는 아주 특별한 장소가 있다. 이 방의 문은 대개 굳게 잠겨져 있어서, 남은 한 해 동안 이 방에 어떤 일이 있는지 궁금해진다. 오늘은 이 방의 문이 다시 열려 제 의무를 다하는 날이다. 바로 이곳은 여왕 폐하가 의회 개회식을 위해 제국 왕관을 쓰고 예복을 차려입는 대기실이다.

여왕은 노르만 포치를 통해 웨스트민스터 안으로 들어오면, 곧장 이 대기실로 와서 머물러야 한다. 그리고 의회가 시작되면 여왕은 왕실 갤러리들을 거쳐 상원에 간다. 그리고 상원의장이 그녀를 위해 연설을 낭독하는 동안 왕좌를 지켜야 한다. 드디어 그 날이 돌아왔고, 나는 매번 그렇듯 몹시 긴장한다. 나의 의무를 잘 숙지하고 있으며, 대기실은 완벽히 준비되었다.

단지, 마음에 걸리는 점이 있다. 여기 낯선 대리석 벽난로 조각이 있다.

대형 벽난로는 아주 휘황찬란한 색상인 데다가 그 선반에 용과 싸우는 성 조지와 악마를 물리치는 성 미카엘의 청동 조각이 새겨져 있다. 마치 역사에서 사라진 용과 악마가 부활해서 세력을 다투는 것 같은 모습이다.

게다가 반벌거숭이의 여인상 조각상까지 있으니, 과연 이 대기실에 가당키나 한 물건인가?

몇몇 부서에 물어보니, 아무도 저 벽난로 조각이 언제 왜 이곳에 운반되었는지를 알지 못한다. 안목이 예리하신 여왕 폐하는 보시자마자 알아차리실 것이다. 이 거대한 조형물을 끌어낼 이동형 바퀴를 가지고 오라고 지시했다.

이 추악하고 조잡한 조각은 참으로 대기실의 취향과 전혀 어울리지 않는다. 적어도 눈에 띄지 않도록 흰 천으로 덮어둬야 할 듯하다.

여왕 폐하의 왕림을 앞두고 매사가 잘못된 듯한 느낌이다.

1876년 2월 8일 오전 8시, 웨스트민스터 다리 위에서

1876년 2월 8일, 오전 10시 30분, 여왕이 도착하기 직전의 화이트 홀

제31장
모두 모여들다

웨스트민스터 주위에 들리는 더 많은 소리

클로드의 이야기

웨스트민스터 다리에 도착하였을 때는 아침 여섯 시였다. 매서운 추위에 진눈깨비가 내리고 있었고, 사방이 끔찍할 정도로 캄캄했다. 모든 사물이 내 명령에 따라 이곳으로 나를 따라 나왔다. 내가 느낀 것은 그저 가장 깊고 어둡고 컴컴하며 살을 에는 듯한 비통함뿐이었다. 나는 가족을 보호하기 위해 무엇이든 할 것이고 오늘 룬던은 저 모든 것들로 인해 질식할 것이다.

내 주위라면 어디나 사물들이 있다. 일부는 그린 파크와 세인트 제임스 파크(웨스트민스터 다리에서 가장 가까운 공원이다)에 남아 있긴 하지만, 내가 소환하면 여기 버드케이지 워크로[32] 한꺼번에 몰려들 것이다. 엄청난 쓰레기 더미가 더몰에 모인 사람들을 익사시키고 침을 뱉고 찌르고 쪼고 터트리고 부서뜨리고 가루로 만들 것이다. 어떤 건물도 쓰레기의 파도를 버티지 못할 것이다. 나는 룬던

● 32 버킹엄 궁전에서 웨스트민스터 사원까지 이어지는 산책로

을 포병연대의 총구 앞에 세우고 백만 개의 총알로 부쉬버릴 수 있다.

나의 위대한 무기들은 공원과 거리 곳곳에 잠복하며 조용히 내가 소환하기를 기다리는 중이다. 한편 나는 배신자 엘리노어 크랜웰(촛대)과 새 초를 꺼내 촛불을 밝힌 후 다른 일행을 기다렸다. 이 어둡고 외로운 밤, 체구에 비해 헐렁한 외투, 상조 띠를 두른 높은 중절모를 쓴 소년은 사물들 사이에 있는 유일한 사람이다. 그토록 외로웠던 적이 있었을까? 사랑하고 알고 있던 모든 것이 죽어버린 세상 속에 나 혼자 남은 느낌. 나는 천천히 노래부르기 시작했다. 차가운 침대에서 램프 불빛밖에 없을 때, 쓰레기 폭풍이 휘몰아칠 때, 또는 약간의 소음으로 어둠을 길들여야 할 때, 우리는 이 노래를 부르도록 배웠다.

나를 도와주소서, 밤의 모든 공포로부터 촛불을 밝혀주소서.
나를 지켜주소서. 오, 나를 지켜주소서.
기도하나니, 내가 다른 날을 볼 수 있도록 하소서.

아무도 나타나지 않았다. 아마 회합들이 불쌍한 내 가족들을 해치웠고, 남은 이는 나뿐인 듯했다.

도와주소서. 오, 두려워하지 않게 도와주소서.
나 혼자 침대에 누워 있을 때,
도와주소서, 이 작은 빛으로 기도합니다.

부디 나를 진정시키고 비명을 지르지 않게 하소서.

진정 내가 최후의 사람일까?

마치 입에 맞지 않는 음식을 먹고 메스꺼워진 룽던의 위장처럼 발밑에서 첨벙이는 강물 소리가 들렸다. 결국에 나 혼자 남았다면, 그 대가를 룽던이 어떻게 치르도록 할까?

'엘리노어 크랜웰.'

배신자.

"그래, 엘리노어, 여기 우리가 왔어. 곧 끝날 거야."

나를 도와주소서. 오, 촛불의 힘으로 도와주소서.
내 이름을 부르는 어둠은 내버려 두세요.
나를 밝혀주소서. 오, 촛불로 나를 비춰주소서.
끊임없이 솟아나는 나의 공포로부터.

쥐 한 마리가 희미하게 바스락거리는 소리와 함께 다리 위로 쪼르르 나타났다. 또 다른 쥐 한 마리가, 아니 두 마리가 그 뒤를 이어 나타났고, 다섯 마리, 열 마리, 스무 마리, 서른 마리, 백 마리가 모두 다리 위로 몰려들었다. 그 가운데 다른 쥐들보다 더 크고 음침한 쥐 하나가 있었다. 마치 다른 쥐들을 먹어 치워도 배부르지 않을 성싶었다.

"쥐들아, 안녕! 여기에 어떻게 왔니?" 내가 속삭였다.

"좋은 아침이구나, 클로드. 너를 기다리고 있었다."

대왕 쥐가 대답하더니, 몸집이 쑥쑥 자라고, 발톱이 달린 두 발로 서서 나보다 더 커졌다. 그리고 털이 우수수 벗겨지며 얼굴이 바뀌더니 할아버지가 손가락에 핏방울이 맺힌 채 서 있었다. 그리고 할아버지한테 귀에 익은 수많은 목소리가 들렸다. 할아버지가 이레몽거 가족들의 수호물을 모두 들고 계셨기 때문이다. 하지만 나의 수호물은 그곳에 없었다. 제임스 헨리의 소리가 어디에도 들리지 않았다.

나는 클로드, 이것이 나의 이야기다. 이제 결말이 다가오고 있다.

왕국이 사라진 왕, 쓰레기의 군주, 움비트의 이야기

한때 훌륭한 가문이던 이 가족은 지금은 얇디얇은 얼음 위에 서 있다. 비끗 잘못하면, 우리는 익사할지도 모른다. 그러면 누가 이 쓰레기를 돌본단 말인가? 오늘 우리는 위대한 발자취를 남길 것이며, 룽던은 피를 흘리고 이 왕홀의 국가는 애도의 종을 울릴 것이다.

저들은 나를 악당, 암살자, 살인자라고 비난할 것이다.

그래, 저들은 그럴 테지.

오염의 군주, 움비트가 모든 것을 망칠 작정이다. 그리고 내 옆에는 살인자 클로드, 모든 것을 소멸시킬 자, 우리 가족의 다이너마이트가 있다.

"좋은 아침이구나, 클로드. 너를 기다리고 있었다."

"안녕하세요, 할아버지. 제가 사물들을 소환해서 데리고 왔어요."

"네 모습은 나도 계속 지켜보았다. 정말 자랑스럽구나. 드디어 집에 돌아온 거야."

"하지만 우리는 집이 없어요."

"아직은 없지."

"우리 이레몽거는 절대 이대로 끝나선 안 돼요. 우리는 사람이고 계속 살아가야 해요."

"아주 좋구나, 내 손자야. 죽을 각오로 싸워야지. 자, 지금 당장 의회로 가자꾸나."

"그걸 하려고요?"

"그걸 끝낼 때지."

"저는 준비됐어요. 그런데 어떻게 들어가죠?"

"우리는 다시 쥐로 변해서 틈새를 파고들 거야. 쥐구멍은 적어도 100개가 넘지. 다만, 우리에게 주어진 시간은 단 1시간뿐이야. 1시간이 지나면, 저 로사무드처럼 영원히 쥐로 남게 돼. 아주 위험한 도박이지만, 용기를 내야 해."

"맙소사, 안녕하세요. 로사무드 이모. 불쌍한 비나디트."

쥐가 슬픈 비명을 내질렀다.

"할머니는 어디 계시죠?"

"네 할머니는 벌써 궁전 안에 계셔. 벽난로 조각과 함께 말이다. 클로드, 네 마개는 가지고 있니?"

"아뇨, 할아버지. 마개는 리핏이 가지고 있나 봐요. 리핏은 여기 있나요?"

"아니, 그는 독자적인 길을 선택했어. 게다가 가족에게 큰 피해를 입혔단다. 클로드."

"제 마개를 다시 찾고 싶어요."

"물론이지. 그걸 찾기 위해 우리도 노력하마."

"피날리피는 어디에 있죠? 할아버지께 위험을 알려드린다고 먼저 떠났어요. 룽던에 회합이 있어요. 아마 수백 개가 넘는 회합들이 돌아다니며 우리를 살해하고 있어요!"

"그 소식은 나도 알고 있으니 저들에게 대가를 치르게 할 게다. 하지만 피날리피의 전갈은 나도 받지 못했다."

"네, 각하, 알겠습니다."

내 작은 인형이 '네, 각하, 알겠습니다'라고 대답하는군. 조금도 힘들이지 않고 클로드를 내 수중에 넣었다. 내가 클로드의 마개를 가지고 있었다면 더 바랄 바가 없을 텐데. 모든 이의 수호물을 전부 내 소유로 하면, 세상에서 가장 부드러운 담요를 휘감는 느낌일 것이고 어쩌면 정말 장수할지도 몰라. 아이, 그런데 마개를 잃어버리다니. 자세한 사연은 클로드가 모르는 편이 더 낫지.

"내 사랑하는 후손들아, 여기 오래 머무르는 것은 안전하지 않아. 자, 나의 위대한 혈육아! 피바다처럼 변한 룽던의 강물조차 감히 우리의 요동치는 심장을, 전진하는 결의를 집어삼킬 수는 없다. 자, 앞으로 가자꾸나, 쥐처럼!"

무어커스 이레몽거의 이야기

클로드를 확실히 제거했어야 했는데 기회를 놓쳐버렸다. 할아버지는 그를 측근으로 삼으려 한다. 하지만 할아버지의 뜻이 무슨 상관인가? 클로드가 살아 있는 한 나의 앞날도 불투명해. 얼마나 할아버지가 클로드를 아끼는지, 우리는 다리 아래서 진눈깨비를 맞으며 우울한 그 녀석이 도착하기를 기다려야 했어. 더구나 할아버지가 가족들의 수호물을 거두러 오셨을 때에도, 내 메달은 손대지 않고 혐오스럽다는 표정으로 지나쳤지. 그것은 다 클로드가 내 메달이 가짜라고 밝혔기 때문이야. 게다가 내 토스트랙(식빵꽂이)을 망친 녀석도 바로 클로드야. 힙 하우스에서 난 클로드에게 토스트랙을 잘 닦으라고 명령했었지. 겁에 질린 그 녀석이 상냥하게 토스트랙을 반짝반짝 닦아준 다음에 내 방을 떠났지. 그런데 얼마 후에 나의 수호물이 있던 자리에 코를 훌쩍이는 롤랜드 쿨리스가 나타난 거야. 그 굴욕이라니! 그 후로 나는 할아버지의 총애를 잃고 특별한 구석이라곤 없는 평범한 이레몽거로 바뀌었어. 날 버리고 가버린 저 끔찍한 롤랜드는 말할 것도 없고.

나의 토스트랙을 잃다니.

그러니 무슨 일이 있어도 반드시 쓰러뜨려야 해. 최대한 빨리 클로드를 쏘고 숨통을 끊어놓을 거야. 반드시 해내고 말 거야.

프레데릭 하빈 경감의 이야기

저기 거인을 보라. 아, 이런 말을 내가 할 줄이야. 웬만한 집의 두 배가 넘어 보이는 저 거대한 거인이 닥치는 대로 짓밟고, 건물을 때려 부수고 지붕을 뒤집으며 거리를 돌아다니고 있다. 그리고 저 거인은—아, 내가 미친 걸까?—도시 곳곳에서 온 물건들, 조각들, 도난품들로 만들어져 있다. 직접 보지 않았다면, 절대 믿지 못

할 얘기다. 그리고 어둠 속에서 벽력 치듯, 거대한 사물들의 산을 움직이고 있는 저 거인이 바로 스미스, 존 스미스 논-이레몽거다. 그는 잔인한 열병에 걸려 사물로 바뀐 사람들을 잡아먹은 후부터 저렇게 모습이 바뀌었다. 저 인간의 형상을 띤 거대한 쓰레기의 더미를, 그 쿵쾅거리는 발소리를 나는 쫓아가고 있다. 저 거인이 지나가는 곳마다 온갖 끔찍한 파괴의 흔적만이 남는다.

　서른 명이 넘는 부하는 완전히 무장했고 나도 권총을 확실히 장전했다. 또한 황소의 불타는 눈처럼 강력한 빛을 발하는 파라핀 침니 램프까지 준비하고 우리는 야수를 쫓아가기 시작했다. 켄싱턴 가든의 롱워터 인근에서 거대한 그림자를 거의 따라잡았을 때, 나는 하늘에 공포를 쏘며 그 괴생명체에 멈추지 않으면 쏘겠다고 외쳤다. 바로 그때 온 세상이 일시에 거리로 쏟아져 나온 듯한 엄청난 굉음이 들렸다. 아직도 그 폭발음 때문에 내 귀가 먹먹하고, 몇몇 경찰들은 아예 고막이 터졌다.

　부하들에게 따라오라고 명령한 뒤, 나는 사냥을 시작했다. 잠복해 있던 거인이 우리 머리 위로 주먹을 휘두르는 바람에, 우리는 켄싱턴 가든과 서펜타인강 인근에 뿔뿔이 흩어졌다. 그 거인을 강 건너편에 둔 채로, 우리는 로튼 거리로 우회했다. 그때 한 시체가, 총에 맞은 한 소녀의 시체가 바닥에 쓰러져 있는 광경을 보았다. 그녀가 누구인지는 모르나 그녀의 윗입술에 나 있는 이상한 솜털을 보면 이레몽거라는 것만은 확실하다. 우리는 신속히 추격한 끝에 앨버트 게이트 쪽에서 다시 한번 거인과 맞닥뜨렸다.

　"사격 준비!" 내가 소리쳤다.

별안간 그 괴생명체가 자욱한 안개 속에서 자취를 감췄고, 어느새 조금 전까지 보지 못했던 100여 명의 사람들이 공원에 늘어서 있었다.

키가 8피트가 넘는 한 남자가 내게 다가왔다. 그는 내 앞에서 달리던 바로 그 스미스다.

"도대체 자네 정체가 뭐야?" 내가 소리쳤다.

"난 당신의 골칫거리인 해충을 박멸하러 왔어. 하빈, 자네는 나를 도우라는 명령을 받았을 텐데."

아무런 감정도 드러나지 않는 얼굴로 그는 냉랭하게 대답했다.

"자넨 사람이 아니라… 사물들로 만들어졌군. 악마가 분명해!"

"우리야말로 런던 사람들을 구할 수 있는 유일한 대책이야. 내 말에 귀 기울이지 않는다면, 자네들은 모든 것을 잃게 될 거야. 살아남은 이레몽거들은 모두 웨스트민스터 다리로 모여들고 있어. 내 팀원 몇몇이 그곳에 잠복 중이지만 지원 인력이 더 필요해. 이 레몽거 가운데 최악의 소년을 체포해야 하는데, 진눈깨비가 쏟아지는 밤인 데다가 사물들이 마구 바뀌는 통에 놓쳐버렸지. 이제 인원을 총동원해서 의회로 가야 해."

"의회라니! 개회식을, 여왕 폐하를 노렸구나!" 내가 소리쳤다.

"서둘러, 하빈! 지금 당장!"

"의회를 향해 전원 출동!" 나는 외쳤다.

그때 나는 램프 불빛에 비친 스미스의 부하들을 보았다. 그들은 키와 피부색이 달라도 모두 똑같은 얼굴이었다. 앨버트 게이트 바로 옆에 있는 황금 동상을 보니 더욱 확실했다. 스미스와 그의 부하들은 여왕의 배우자인 앨버트 공의 데스마스크를[33] 쓰고 있었다. 런던을 뒤덮고 있는 수많은 흉상의 얼굴, 대리석과 청동, 흰 대리석과 석고로 만든 조각상의 얼굴, 백만 개의 판화와 그림, 각종 컵과 그릇, 성냥갑과 담배 파이프, 숄과 태피스트리 등에 아로새겨 가정을 장식하고 있는 얼굴. 바로 고(故) 앨버트 공의 얼굴이었다. 저들은 가장 인기 있고 쉽게 얻을 수 있는 얼굴로 마스크를 쓰고 있었다. 그러나 더 이상 놀랄 것도 없다는 듯, 나는 어느새 그들과 나란히 의회로 허둥지둥 달려가고 있다.

웨스트민스터 의회 앞에 있는
정원 나무 뒤에 숨은 리핏의 이야기.

리핏.

화이트 홀을 따라 여행하는 루시 페넌트의 이야기

런던의 링크 보이와 함께 나는 한 팀이 되어 움직였다. 숫자를 일일이 세지 못했지만, 적어도 수백 명은 될 것이다. 파울샴의 친구들도 함께하고 있다. 제니, 버그 등 몇몇 친구들은 나와 함께 있지만, 파울샴의 다른 아이들은 아직도 감옥에 갇혀 있을 것이다. 우리는 화이트홀 거리를 따라 움직이는 동안, 수많은 물건이 획획 우리곁을 스쳐 지나가고 있다. 또다시 쓰레기산으로 돌아간 듯하다. 아무튼 아주 신속하게 움직이는 동료들의 모습에 가슴이 벅차올랐다. 내가 꿈꾸던 군대가 아닌가.

● 33 죽은 고인의 얼굴에 석고로 형을 본뜨는 마스크

클로드를 다시 만날 수 있을까? 내 심장은 행복과 기대감으로 빨리 뛰기 시작했다.

클로드가 나를 보고 얼마나 놀랄까? 나는 그의 마개를 그에게 돌려줄 것이다. 그러면 그의 놀라움은 두 배로 커지겠지!

사실 빅토리아 여왕은 내게 중요하지는 않다. 여왕이 너무 많은 파울샴의 피를 흘리게 한 것은 사실이니까. 하지만 유혈사태를 막을 수만 있다면, 그리고 이런 비극을 끝장낼 시간이 남았다면, 옳은 일을 해야 할 것이다. 만약 저들이 파울샴 사람의 터럭 하나라도 건드린다면, 그때 내가 저들의 목숨을 거두리라.

비나디트의 이야기

멈출 수도 없고, 멈추지도 않을 거야. 클로드를 계속 따라가는 동안, 한 걸음 한 걸음 내디딜 때마다 점점 더 많은 것들이 내게 달려든다. 그래서 그저 움직이는 것만으로도 정말 힘겹다.

아이린은 어디 있지? 내가 가까이 갈 수 없는 아이린? 내가 그녀를 다시 만날 수 있을까?

아마 여기 어딘가에 있겠지. 사람들이 몰려가는 곳으로 가면, 그녀를 만나게 될 거야. 난 따라가고 싶을 뿐인데, 너무 힘들고, 너무 많은 것들이 내게 온다. 그래서 너무 커진다.

펠맬 거리에서 영국 여왕의 안녕을 기원하는 군중의 함성 사이에서 들려오는 아이린 틴타이프의 목소리

베네딕트! 베네딕트! 그의 이름을 부르는 것만으로도 기분이 너무 좋다. 뭘 해야 할지 몰라서 군중 사이로 들어왔다. 왜 모여 있는지 모르겠지만, 이렇게 많은 이들과 함께하다니 정말 행복하다. 누군가 건네준 깃발을 흔들며, 나도 그들에게 이따금 말을 건다.

"안녕하세요, 저는 아이린 틴타이프랍니다."

몇몇은 나에게 인사하듯 깃발을 흔들어주었다.

"물러서라! 뒤로 가!"

내게 소리치는 이들도 있지만, 아마 분명히 바닥에 쏟아진 쓰레기 때문일 것이다. 나는 참으로 멋진 시간을 보내고 있다. 조금만 더 앞으로 가게 사람들 사이를 비집고 나가야 한다.

"아이린 틴타이프. 아이린의 '이'는 장모음이 아니라 단모음이랍니다."

나는 거듭 인사하면서 앞으로 나서려는데, 사람들이 자꾸 뒤로 밀친다. 이건 불공평해. 멋지지 않아. 그래도 앞으로 돌진할 거야. 앞으로 나가게 날 내버려 둬!

"이봐, 뒤로 물러서! 우린 여기서 밤새워 기다렸어. 순서를 지켜야지."

누가 소리쳤지만, 아마 나를 향한 소리는 아닐 거야.

"이봐, 분명히 경고하건대, 뒤로 가."

"아이린 틴타이프!"

"저 여자를 끌어내라! 무작정 앞으로 행진하게 둘 수 없어."

"아이린 틴타이프! 아이린 틴타이프!"

"어랏? 내게 팔이 있어!"

"이건 그녀의 모자, 아니 머리카락인가 봐. 아냐. 이건 내가 한 짓이 아니라 그냥 떨어진 거야."

"아이린 틴타이프! **아이린 틴타이프!**"

"그녀를 뒤로 보내! 잡아당겨!"

"아이린 틴… 아이리…"

"이봐! 크리키, 저 여자 팔 하나가 빠졌어!"

"난… 나는…"

"그리고 다른 팔도!"

"그녀의 등이 갈라졌어!"

"하나님, 맙소사! 무슨 일이야! 그녀가 산산조각이 났어!"

"미안해요, 아가씨. 난 그냥 당신이 끼어드는 걸 막으려고 했어요. 계속 기다려서 얻은 자리니까요."

"하하하! 이건 사람이 아니라 그냥 쓰레기 더미였어!"

"쓰레기로 가득한 충전재를 봐. 오염된 지역에서 온 악취 나는 인형인가 봐. 잠깐이나마 진짜처럼 보였어, 그렇지?"

"그래봤자 결국 인형일 뿐이야. 아무튼 아무도 다치지 않아서 천만다행이야."

"저길 봐! 여왕님이 오신다! 드디어!"

"여왕님께 하느님의 가호가 있기를! 나는 여왕을 봤어!"

"여왕이 의회로 떠나시는군. 한 시간쯤 후엔 다시 이 길로 돌아오실 테니까, 그동안 뭐라도 한술 뜨면서 기다리자고."

"그래, 난 평생 이 멋진 장면을 잊지 못할 거야!"

빅토리아 여왕

제32장
1876년 2월 8일

하느님의 은총으로 그레이트브리튼과 북아일랜드의 연합 왕국과 다른 국가와 영토의 국왕이자 영연방의 수반이며 신앙의 수호자, 그리고 인도의 여제이신 빅토리아 여왕 폐하의 이야기

국민에게 손을 흔들어주도록 누군가는 다시 나가야 한다. 왕세자 버티가[34] 국빈 자격으로 인도를 방문 중이기 때문에, 내가 왕세자비와 베아트리스 공주의 따분한 대화를 참으며 의회 개회식에 참석하기 위해 여기에 와 있다. 항상 국민은 나를 보려고 서두른다. 나는 일종의 공공 자산이다. 이토록 어두컴컴하고 침울한 날씨에 마차 안에서 그들을 바라보노라면, 참으로 감당하기 어려운 기분이 든다. 땅이 아주 고르지 못한 것처럼, 마차가 사방에 부딪히고 흔들린다. 어떤 일들이 일어나려는 걸까? 진눈깨비가 내리는 날씨, 그리고 온통 오물과 잡동사니가 뒹구는 땅의 특이한 조합이다. 도대체 왜 깨끗이 치우지 못한 걸까? 이 일로 한바탕 야단해야 하겠다. 어디서나 제대로 된 표준을 찾아볼 수 없다. 이러니 오

● 34 에드워드 7세인 앨버트 에드워드를 부르는 애칭

오스본[35]이 그리울 수밖에. 런던은 진실로 나에게 해로운 곳이라서, 최대한 빨리 이 도시를 벗어나야 한다. 여기에는 온기가 없다. 나는 그저 이리저리 떠밀려가는 대로 공적인 자산으로서 백성들의 만족을 위해 봉사해야 한다. 적어도 손은 조금 흔들어야 할 테지. 오늘 아침 같은 날씨엔 그들이 거의 보이지 않는데, 적어도 그들이 밖에 와 있는 것은 느낀다. 사실 때때로 이 세상에 나 자신만이 남아 있고, 나머지는 모두 인형처럼 느껴질 때도 있다. 그러나 나는 이 나라의 여왕이니, 그들은 내가 호들갑스럽게 행동하기를 바란다. 손을 약간 내밀어 흔든다. 그래, 그들 중 깃발을 가진 몇몇 사람들이 우리 마차를 따라오는 것을 본다. 정말 요란하게 덜컹거리는군! 베아트리스 공주는 아침에 먹었던 걸 토할 것 같은데, 그래도 참아야지. 그녀는 내가 보낸 눈빛의 뜻을 알아챈 것 같다. 더몰을 내려가 화이트 홀로 접어든다. 근위병들이 잘 배치되어 있다. 그래, 그들은 정말 말끔해 보이고 조금은 빛나 보인다. 이건 상당히 고무적이다. 모든 것이 질서 정연해야 한다. 우리는 국회로 향한다. 얼마나 많은 아이들이 있는가! 정말, 그들까지 이렇게 도로에 나와야 하나? 무슨 일이지? 왜 그들은 겁에 질려 나에게 손을 흔들며 소리 지르는 걸까? 나한테 소리 지르고 있어! 난 그들을 보지 않을 거야. 지금 경찰이 저들을 붙잡아 뒤로 물러나게 했다. 왜 그런 것인지 궁금하다. 그 사건으로 기분이 조금 불편해졌다. 그렇게 아이들이 거칠게 구는 모습을 보다니.

아, 왕궁 입구에 도착했다. 유니언 깃발이 내려지고 그 자리에

---

[35] 와이트 섬에 있는 빅토리아 여왕의 여름 별장

왕실 깃발이 게양되었다.

빵! 빵! 빵!

뭐지? 뭐야! 별일 없다. 진정해, 진정해. 저건 하이드 파크와 런던탑에서 발사하는 41발의 축포 행사일 거야.

그리고 문장원 총재와 궁내부 장관이 나를 영접할 준비가 되어 있다.

맞아. 그래, 모든 것을 순서대로, 격식에 맞게 끝내야지. 이제 어떤 아이도 문 뒤에서 나를 공격할 리 없겠지.

"들어가지 마세요! 들어가면 안 돼요!"

또 끔찍한 아이들이 소리 지른다!

"좋은 아침입니다, 폐하."

나는 인사하러 오는 사람들에게 고개를 끄덕인다.

"들어가지 마세요. 위험해요! 함정이에요!"

"덫이에요!"

"뭐지? 웬 소란인가?" 내가 물었다.

"걱정할 것 없습니다. 단지 몇몇 아이들이 지나치게 흥분했을 뿐입니다. 여왕 폐하, 제발 이제 안으로 들어가실까요?"

"물론 그래야지. 그전에 무슨 일이 일어났나 알아보세요."

"네, 폐하."

이곳은 완벽하게 안전하다. 아이들이 약간 흥분한 거겠지. 뭔가 온당치 않은 점이 있으면 말끔히 정리해야 한다. 그리고 그 아이들도 혼쭐내야겠어. 이제 난 안에 있어. 걱정할 거 없어.

우리는 대기실로 자리를 옮겼다. 그들은 다들 내게 절을 하면서 인사한다. 나는 별로 말할 기분이 아니다. 국민이 나를 더 이상 사랑하지 않은 듯해서 약간 부아가 치밀었다. 적어도 한 사람한테는 따끔하게 말해야 한다. 아, 저기 클리포드 제독이 있군.

"여왕 폐하."

"밖에서 소동이 있었네, 아우구스투스 경."

"네, 폐하, 이제 상황을 확실히 통제했습니다."

"무슨 일이었죠?"

"몇몇 아이들이 여왕 폐하를 뵙고 싶어 했습니다."

"아우구스투스 경, 그들은 마치 나에게 경고하는 것처럼 보이더군. 모든 것이 정상인가?"

"네, 정말입니다, 폐하. 의회는 맨 위층부터 지하까지 철저히 점검했습니다. 근위병들이 샅샅이 수색했습니다."

"그러면 화약은 없소?"

"오, 이런, 폐하, 전혀 없습니다. 단지 약간의 흙이 있었습니다."

"흙?"

"지하실에 있었습니다. 그리고 왠지 이상한 물건들이 쌓여 있습니다."

"그 얘기는 더 듣고 싶지 않네."

"네, 폐하. 다만 모든 것이 완벽하게 안전하다는 것을 알려드리려 했습니다."

"물론이지. 클리포드, 우리가 왜 그런 이야기를 해야 하지?"

"송구합니다, 폐하."

"내가 걱정했으면 하는 건가요?"

"그 반대입니다, 폐하. 장담합니다."

"난 쉽게 겁먹지 않아. 다른 보고 사항은 없나요, 클리포드?"

"그게… 아뇨, 폐하."

"할 말 있으면 하세요. 궁전에 돌아가서, 폰슨비에게 의사록을 요구할 테니까."

"폐하, 쥐 떼들이 좀 있었습니다."

"쥐라니! 웨스트민스터에!"

"네, 폐하."

"그럼 잡아서 없애세요. 내가 지하실에서 쥐 두어 마리가 돌아다니는 것까지 걱정할 필요는 없지."

"두 마리 이상입니다."

"몇 마리나 되는데요?"

"정확히 말하긴 어렵지만… 아마 백 마리가 넘을 것입니다."

"역겹군! 쥐 떼를 박멸하세요. 도대체 어떻게 궁전 안에 들어왔지?"

"아마, 쥐들이 더 늘어난 것 같습니다. 그러니까 포를리칭엄이 불탄 후에 말이죠."

"내 앞에서 그곳은 입에 올리지 마세요!"

"네, 폐하."

이제 그날은 완전히 망했다. 침착해야 한다. 여기 쥐들이 있다. 생각만 해도 몸서리가 쳐진다. 포를리칭엄이 파괴되면 모든 게 잘될 거라고 들었다. 그런데 이제 흙더미가 런던에 반입되었다고 한다. 그래, 모든 것이 깨끗하고 철저히 위생적인 나까지 쓰레기를 봤으니, 내 눈이 미치지 않는 곳에는 얼마나 많은 오물과 흙먼지가 있겠는가. 매일 나는 런던에 퍼지는 질병에 관한 보고를 받는다. 그리고 이 이상한 질병은 사물과 접촉해서 감염되거나, 또는 사물 자체가 점점 병들어 죽을 수도 있다고 한다. 나로서는 도통 이해할 수 없다.

그들이 나에게 예복을 입혔다. 충분히 질서 정연하고 마음에 든다. 이제 나는 침착을 되찾고 진정해야 한다. 11시에서 20분 정도 지났으니, 곧 의사당으로 들어가야 한다. 자, 심호흡하자. 오, 앨버트, 우리가 얼마나 끔찍한 겨울을 보냈는지. 그들이 나를 위해, 아니 그들의 인형을 꾸미기 위해 저토록 분주하다니.

그런데 저 외설스러운 벽난로 조각은 도대체 무엇이지? 그건 여기 어울리지 않아. 누가 저 대리석 괴물을 저기에 두었지? 거의 실오라기 하나 걸치지 않은 여인의 조각상들, 그런 모습은 전혀 내 마음에 들지 않는다. 지금 바퀴 위에 싣고 멀찍이 치우느라 다들 분주하지만, 애초에 왜 여기에 있었을까? 그리고 저 끔찍한 옷에 둥근 실내용 모자를 쓰고 수많은 진주 목걸이를 칭칭 감은, 저 이상한 여자는 누구지? 왜 나를 보고 웃는 거야? 예의에 어긋나게 나를 빤히 쳐다본다니, 도대체 저 늙은 할멈은 누구지?

"누구야? 당신 뭐 하는 거야?"

"안녕하세요, 폐하. 당신이 준비하는 걸 도와드리러 왔어요."

"당신은 누구지? 대답하게."

그녀는 가까이, 너무 가까이, 아주 너무 가까이 와서 태고의 손가락으로 나를 만진다. 그리고 내 귀에 속삭인다.

"나를 찌꺼기 자작부인, 쓰레기 공작부인, 명예 정화조, 똥더미 황태후, 퇴비 부인이라고 불러도 좋아요."

"저리 꺼져, 이 여자야!"

그때 클리포드가 들어온다.

"준비하셨습니까, 폐하? 시간이 거의 다 되었습니다."

"때가 되면 내가 분부할 생각이오."

나는 좀 울고 나서 한숨 돌리고 정신을 가다듬는다.

"미안하오, 아우구스투스 경. 물론 나는 지금 의사당으로 들어가야지. 거의 30분이 다 되어가나?"

"그렇습니다, 폐하."

"좋소, 들어갑시다."

나는 그 끔찍한 여자한테서 멀리 떨어져서 행복하다. 그녀가 어떻게 나를 보고 계속 웃었는지, 내 사람을 더듬는 그녀의 손가락들. 나는 그녀를 처벌할 것이다. 그건 절대 용납될 수 없다. 어쨌든 나중에 생각하자. 그런데 세상에 믿을 수가 없군. 저기 로스만 부인과 카디건 백작 부인이 와 있다니!

"클리퍼드, 이리 오게! 로스만과 카디건, 저 여자들은 여기서 무엇을 하고 있나?"

"그분들은 개회식을 위해 왔습니다, 폐하."

"나는 그들에게 이곳에 오는 것을 허락하지 않을 것이네. 클리포드 경도 분명히 알아두게. 로스만과 카디건 두 사람 다 평민과 결혼하기로 선택했고 그래서 귀족의 권리를 모두 잃었다는 사실을 말이오."

"네, 폐하."

"그러니까 그들을 내쫓으세요!"

"지금 말씀입니까?"

"즉각!"

그들이 얼마나 야단법석을 떨었는지, 하지만 정말로 그들은 더 똑똑히 깨달아야 해! 북쪽 계단의 의전 요원은 저 끔찍한 여성들을 내보내기 위해 왕립 갤러리의 자기 위치를 잠시 비워야 했다. 몇몇 숙녀들은 예법에 맞지 않게 옷을 입었다. 정말 불안하다! 그리고 저 아이들을 봐. 나는 다음에는 모든 행사에 아이들이 참석하지 못하도록 명령할 것이다. 그래도 리치먼드와 고든 공작이 제국의 검을 들고 있고, 그의 옆에는 관모를 들고 있는 윈저 후작이 있다. 아주 위엄 있고 훌륭해 보인다.

나의 가터 훈장과 관대를 바라본다. 모든 것이 정상적으로 차분하게 진행된다. 그런데 저기에 꽂혀 있는 것은 무엇일까? 새로운 배지, 전에 본 적 없는 것이다. 아마 아까 그 노파가 저 배지를 놓아둔 것 같다. 일종의 잎사귀, 아마 월계수 잎인 듯하다. 대체 무슨 의미인가? 마치 냄비 요리를 위해 준비된 것 같지 않은가.

음, 이제 그런 생각은 하지 말자. 예식은 준비되고 향유를 바른 그 길을 따라가면 된다. 나는 인도되는 대로 걷기만 하면 된다. 예전에 해봐서 예식을 잘 알고 있다. 내가 로열 갤러리를 따라 행진하고, 사람들은 나에게 고개 숙여 절하고, 모든 의식이 착착 진행되고 있다. 그런데 그곳에 나의 앨버트와 똑같이 생긴 남자가 있었다. 이건 좋은 징조는 아닐 것이다. 좋아, 어쨌든 난 준비됐어.

나의 직위를 호명하는 동안 잠시 왕세자 대기실에서 쉬고 있다. 예식은 차례로 진행된다.

상원 의원들이 자리에서 일어서는 소리가 들린다.

나는 황금 왕관을 향해 걸음을 옮긴다.

내가 자리에 앉는다. 모두 내 앞에 서 있다. 내 오른쪽에는 공주들이 서고, 내 왼쪽으로는 테크 공작 부인이 서 있다. 나는 제왕의 홀과 보주를 쥐고 서 있다.

나는 상원 의원들을 둘러보았고, 그들도 나를 쳐다보았다. 갤러리에는 나를 보러 참석한 이들로 붐볐다. 나는 아침을 든든히 먹었다. 그래, 콩팥 몇 개와 좋은 혓바닥, 달걀 두 개, 날씨를 고려해서 적포도주와 위스키, 약간의 통보리 수프 등을 만족스럽게 말이다. 이 안은 매우 밝다. 물론 햇빛이 거의 없으니 가스 램프로 불빛을 밝혔다. 그래도 밝은 빛은 그 자체로 기쁜 법이니까. 신하 중에서 가장 뛰어난 사람들을 둘러본다. 가발 쓴 머리들 사이로, 나는 앨버트를 또 본 것 같다. 어떻게 저렇게 많은 사람이 앨버트를 닮을 수 있지? 내 건강이 쇠약해졌거나 심리가 불안정해진 것 같다. 그렇지만 아무리 봐도 그들은 앨버트와 똑같은 얼굴이다. 앨버트가 다시 회생했어. 여기저기에서!

나는 소리 지르고 울부짖고 싶었다. 하지만 안 돼. 그래선 안 돼. 나는 의무를 다해야 한다. 의회를 열어야 한다. 진정해. 침착해. 밝은 조명 아래서 뭔가 이상한 것만은 확실하다. 주치의인 헨리 톰슨 경에게 물어봐야겠다. 그는 인간 신체의 모든 이상한 점을 알고 있다. 하지만 그는 천천히 번지는 질병에 관해 설명하지 못

할 것이다. 왜 나의 지구본이 병들고, 왜 지난밤 내 베개가 축축했는지 그가 알 수 있을까?

지금은 그런 생각 하지 말자.

집중하라.

조개처럼 침묵을 지켜라. 대영제국의 여왕답게.

잠시 후 흑장관이라는 직함을 가진 신사가 하원 의원들을 데리러 갈 것이다. 전통에 따라 흑장관의 면전에 하원 의사당의 문이 쾅 닫히면, 흑장관이 더 크게 문을 세 번 두드릴 것이다. 그러면 문이 열리고 하원 의원들이 모두 이곳으로 입장할 것이다. 디즈레일리와 글래드스톤이 각 당의 선두에 있을 것이고, 체임벌린 경이 내게 연설문을 전달할 것이다.

자, 저기 흑장관이 간다.

쾅! 문이 쾅 닫히는 소리.

이제 그들이 곧 도착할 것이다.

● 36 국왕이 의회에 입장하기 전에 흑장관(黑杖官, Black Rod)이 의회 문을 검은 지팡이로 세 번 두드리고 문이 열렸다가 닫히기를 반복한다. 이는 의회와 갈등을 일으키던 찰스 1세가 의회를 난입했던 만행을 나무라는 관습이다.

1876년 2월 8일 오전 11시 32분, 하원의원들이 도착하기 직전의 상원의원실

제33장
어떻게 이레몽거들이 의회를 열었나!

아주 다양한 화자들

집을 허락하라

클로드 *이레몽거*

클로드. 나는 오늘 아침에 진정한 클로드가 되어야 한다.

탕. 탕. 탕.

난 귀족원 벤치 밑에 쥐처럼 숨어 있다. 할아버지가 여기로 오라고 했어. 하원 문이 열리고 이제 모든 국회의원들이 중앙 통로를 가로질러 홍수처럼 몰려든다. 점점 더 가까워지고 시끄러워진다. 마치 룽던의 모든 굴뚝이 움직이는 것처럼, 그들의 모자가 움직인다. 상원 복도와 상원 로비를 지나 마침내 상원 회의장으로 모여든다. 얼마나 많은 국회의원이 무리를 지어 밀고 들어오는지, 그리고 선두에 서 있는 총리와 야당 당수는 서로 어울리지 않고 자기들끼리 큰 소리로 떠든다.

갑자기 내 주변 벤치 아래 꽥꽥거리는 쥐 소리가 나더니, 곧이어 검은 옷을 입은 사람들이 나타나 의원들을 몇 개의 무리로 나누고, 그들을 복도로 과감하게 몰아낸다. 이제 회의장의 문이 쾅 닫히고, 검은색 정장을 입은 사람들이 큰 대리석 벽난로, 즉 할머니의 벽난로를 이동형 바퀴에서 끌어 내리고 문을 열 수 없게 가로막는다. 지금 문은 단단히 닫혀 있고, 회의장이 너무 붐벼서 움직일 수도 없다. 순식간에 검은 옷을 입은 사람들이 가라앉는 쥐처럼 구멍을 뚫고 다시 사라진다.

"이 소란은 도대체 무엇이요?"

어떤 의원이 소리치자, 그다음에 내가 숨은 장소 주변에서 들리는 소리들.

"무엇?"

"무엇?"

"무엇?"

이 소리는 몇몇 하원 의원들, 아니 할아버지가 영리하게 바꿔치기한 레더맨들이 내는 소리다.

"살려주세요! 도와줘요! 반역이다!"

그리고 이건 찰칵, 찰칵, 찰칵. 회의장 앞에 모습을 드러낸 이풀 숙모의 구두굽 소리다.

"저 여자는 누구야? 여기서 뭐 하고 있나?"

지금 소리치는 신사가 아마 수상일 것이다.

"빛을 어둡게 하러 왔지." 이풀 숙모가 대답한다.

그리고 그녀는 입을 벌려 그녀의 밤 일부를 밖으로 내보냈다. 이 회의장에 있는 사람들의 공포와 나약한 인간성을 향해.

"이제 마음에 드는군. 여왕 폐하, 그리고 의원들과 왕실 갤러리를 찾아주신 방문객 여러분, 이레몽거 가족을 소개합니다."

이풀 숙모의 소개말은 우리 모두에게 들어오라는 신호다. 그래서 털이 많고 긴 꼬리와 코를 훌쩍이는 우리는 회의장으로 통하는 쥐구멍을 통해 들어오거나 벤치 아래에서 등장했다. 백 명이 넘는 우리 중 운이 나쁜 몇몇은 근위병의 발에 짓밟히거나 심장 발작을 일으키기도 했다.

아무튼 쥐들이 화려한 카펫 위에 나타나 귀족들 사이를 기어 다니며 공포를 조성하는 광경은 정말 특별했다. 그리고 위대한 순간이 찾아왔다. 왜냐하면 회의장 중앙에서 이레몽거들이 다시 인간으로 탈바꿈하기 시작했으니까 말이다. 빨리 회전하면서 기지개하듯 몸을 펴는 느낌이 얼마나 이상한지. 할아버지가 나를 소버린 금화로 만들 때의 느낌과 꽤 비슷했다. 비참하고 헛구역질하는 기분, 아니 그때보다 백 배 더 심했다.

"쥐!" 국회의원들이 아우성쳤다.

"쥐 떼를 치워라! 근위대를 불러라!"

"저건 쥐가 아니야… 사람, 사람이야!"

그렇게 우리는 꼬리와 수염을 던져버리고, 평범한 남녀 어른으로 변신했다. 상원의원들을 포위하고 줄줄이 여왕의 왕좌로 보냈다. 저런 귀족들 옆에 우리가 나란히 있다니! 정말 대단한 가족이 아닌가!

"무슨 마술을 부리는 거야? 너희는 누구냐?"

"조용! 정숙하시오! 똥통들아!"[37] 이드위드가 소리쳤다.

● 37 '정숙하시오'(Order!)를 철자가 비슷한 '배설물'(ordure)로 바꿔 표현했다.

"우리가 누구이냐고 물었나?" 가족들의 수호물을 주머니에 가득 채우고 허리춤까지 주렁주렁 매단 할아버지가 우뚝 서서 가장 냉정하고 무정한 표정으로 말했다. "여왕, 우리 가문의 이름은 참화와 잔인함 속에 사라졌으나, 잔해 더미에서 그 속삭임이 들릴지도 모르지. 우리는 옛날에 당신들의 오물을 지키는 수호자였어. 그 지위를 잃은 후, 우리는 햇볕을 피해 어두운 지하실에 숨고, 아픈 상처를 핥아야 했지. 어떻게 설명해야 할까? 우리는 바람에 실려 오는 악취, 벽 사이를 두드리는 이상한 소리, 저절로 깨지는 컵, 잃어버린 열쇠, 아무도 밟지 않아도 삐걱거리는 마루 널판, 악몽 속의 그림자, 떨칠 수 없는 나쁜 느낌이라고 할까? 여기에 너희와 대화하러 온 우리는 가장 어두운 쓰레기산의 위대한 이레몽거라오."

의사당에 더 큰 공포가 일었고, 사방에서 원조와 무기를 요청했다.

"이레몽거! 이레몽거라니!"

"저 사람들이 더는 남아있지 않다고 믿었는데." 여왕이 말했다.

"똥통들! 정숙하시오!" 이드위드가 또 한 번 외쳤다.

'엘리노어 크랜웰.'

내 손에 든 촛대가 뭔가를 말하려 애쓰는 듯 속삭였다.

"그렇다면 당신의 믿음을 바꿔야겠지. 우리의 존재를 실감하게 될 테니까 말이야." 할아버지가 여왕과 의원들을 향해 말했다.

"실례합니다, 할아버지. 제가 할 말이 있어요."

그때 내가 앞으로 나서며 말했다.

'엘리노어 크랜웰.'

"클로드, 침묵을 지켜라. 시간이 없어." 할아버지가 대답한다.

"여왕 폐하(물론 저희를 살피지 않으시니 이레몽거의 폐하는 아니시겠죠)! 저는 클로디우스 이레몽거입니다. 여러분이 양해하신다면, 제 생각을 말씀드리고자 합니다."

"누가 널 침묵하게 하겠니." 할아버지가 말했다.

"그리고 저는 재능과 힘이 있습니다. 사물이 말하는 것을 듣고, 질병을 이해하고, 어떤 사람이 무슨 사물로 바뀌었는지 알 수 있어요. 지금도 이 방에서 수많은 이름이 귓가에 들려요. 그게 시작이랍니다, 아시겠어요? 저는 태어날 때부터 이런 특별한 청각을 갖췄어요. 어른이 된 후에는 머릿속 생각만으로도 사물들과 집을 움직일 수 있죠. 끔찍하게도 저는 매우 강해졌습니다. 여왕 폐하, 상·하원 의원님들, 고귀한 여러분! 우리가 매우 영리한 존재라는 것을 아셔야 합니다. 우리는 사물의 소리를 듣고 사물의 움직임을 조정하며, 쥐에서 사람으로 변신하고, 심지어 밤을 불러올 수 있어요. 그런데 우리의 숫자는 계속 줄어들고 있어요. 여러분이 우리를 총으로 쏴서 살해하기 때문입니다."

장내의 인사들은 내 말을 듣는 척했지만, 잠시 말이 멈추자 나를 노려봤다. 어떤 사람들은 내가 젊고 어리석다고 생각하는 듯 중간에 발언을 방해하고자 했다. 나는 꿋꿋이 말을 이어갔다.

"과거 우리에게는 고향과 집이 있었어요. 당신들이 파울샵을 파괴했어요. 어떻게 그런 짓을 할 수 있죠? 따뜻한 방에서 안전하게 지내기 위해서요? 아니면 난롯가에 앉아 당신의 특별한 소유물을 곰곰이 즐기느라 그랬나요? 그것이 이유라면, 당신들은 실패했어요. 지금 우리는 여기에 왔고, 질병은 당신 주위에 두껍게 퍼져 있으니까요. 결론을 말씀드리면, 저는 당신들을 살해하기 위해 이곳에 왔어요."

'엘리노어 크랜웰.'

그녀의 한마디가 가라앉은 후 약간의 침묵이 있었지만, 내가 예상했던 것과 달리 저들은 도움을 외치기는커녕 몇 차례 헛웃음이 은은히 퍼졌을 뿐이었다.

"아이야," 디즈레일리 총리라고 생각되는 남자가 말했다. "네가 우리를 겁줄 수 없어. 이런 경솔하고 어리석은 행동은 그만 멈추거라. 오래 버틸수록 더 나쁜 결과를 초래할 거다. 너희 가문은 초대받지 않았으니까 이딴 연극을 집어치우고 이 신성한 회의장을 떠나거라."

"당신은 나를 어린애 취급하며 말하는군요."

"애야, 말 좀 들어! 아직 학생 같은데."

살집이 제법 통통한 상원의원이 끼어들었다.

"나는 클로드 이레몽거야!" 내가 외쳤다.

그리고 더 큰 웃음소리가 들렸다.

"난 클로드라고!" 한 번 더 소리쳤다.

곳곳에서 더 많은 웃음소리가 터져 나왔다.

"제 말에 귀 기울여야 해요. 절 조롱하지 마세요. 저는 강력한 힘이 있어요."

"어린아이의 설교 따위로 의사일정이 지연될 수 없어."

한 상원의원이 입에 거품 물고 나무랐다.

"오, 맹세코 그렇게 할 겁니다. 내가 하고자 한다면, 룽던을 템즈강 아래에 처박을 수도 있어요." 내가 소리쳤다.

그러자 사방에서 폭소가 터져 나왔습니다.

"런던이라는 도시 이름도 모르네?"

"클로드, 시작해, 지금 해라!" 할아버지 움비트가 명령했다.

'엘리노어 크랜웰.'

"클로드, 모든 것을 움직여라! 모두 무너뜨려라!" 할아버지가 외쳤다.

"벌써 너무나 많은 죽음이 있었어요. 이제 우리에게 삶의 터전을 허락해야 하지 않나요? 이것은 우리의 요구이자 필요입니다. 네, 집, 고향, 우리의 터전 말이요."

그들에게 마지막 기회를 주고 싶었던 나는 계속 설명하려 했다.

"우리는 범죄자들과 협상하지 않아."

참을성이 없어진 디즈레일리가 못을 박았다.

"범죄자들은 너희들이야!" 나는 거세게 항의했다.

"집이라고? 꿈도 꾸지 마!" 몇몇 의원들이 소리쳤다.

"클로드, 하거라, 지금 해." 할아버지가 내 옆에 다가오며 말한다.

"네, 그럴게요. 할아버지."

나는 눈을 감고 조금 앞으로 나아갔다. 그러자 건물 전체가 흔들리기 시작했다. 놀란 의원들은 조롱을 멈추고 숨을 헐떡이며 고함 지르기 시작했다. 난 의회를 들어 옮긴다고 상상하며 눈을 감고 손을 번쩍 치켜들었다. 주변의 사물들을 소환해 공중으로 띄우고, 의회 전체를 휘감도록 돌린 다음, 아주 빠르게 손을 아래로 휘저었다.

그리고! 그다음은!

마치 의회를 향해 공격하고, 대포를 쏘고, 포탄을 터트리고, 사방에 총을 발사하는 것과 같았다. 밖에서는 모든 사물이 매서운 파도를 일으키며 부딪쳤고, 의사당 안에서는 창문이 깨지고 파편이 튀면서 소란과 비명이 가득했다. 마치 흑사병이 덮친 것처럼 의사당은 엉망진창이 되었다.

나는 눈을 떴다. 사람들은 겁에 질려 울고 또 몇몇은 피를 흘리고 있었다. 이 광경을 보면 잃어버린 연인 루시는 뭐라고 말할까? 한 번 더 그런 공격을 감행하면 정말로 많은 사람이 죽게 될 것이다.

"다시 해라, 클로드. 한 번 더. 내 아이야." 할아버지가 말한다.

눈을 감고 손을 들었다.

'엘리노어 크랜웰.'

주머니에 있는 촛대가 나를 부르고 있다. 난 아무도 해치지 않겠다고 약속했는데 엘리노어는 나를 배신했어. 그리고 지금 나는 또다시 죽음의 파도를 일으키려고 한다. 우리를 해치고 파울샴을 불태우는 서류에 서명한 사람들, 루시를 죽인 사람들.

'엘리노어 크랜웰.'

이제 나는 완벽한 복수를 할 것이다.

'엘리노어 크랜웰.'

지금… 아니, 난 할 수 없어. 나는 그것을 할 수 없다. 너무 멀리 왔지만, 이 마지막 순간에 나는 할 수 없다. 나는 그들이 죽기를 원하는 것이 아니라 단지 집을 원할 뿐이다.

클로드 멍청이, 클로드 바보, 겁쟁이 클로드.

나는 눈을 뜨고 서서히 손을 내렸다. 모두 나를 바라보았지만, 그런 짓을 할 수 없어.

할아버지의 재촉에도 내가 아무 반응을 보이지 않자, 할아버지는 손가락을 크게 휘젓는 시늉을 했다. 의원들은 사물로 바뀌어 바닥에 떨어졌다. 대걸레 자루, 잉크병 두 개, 의치 한 짝, 거울과 양말 몇 켤레.

"다들 어디로 간 거야? 석세스-컴벌랜드의 의원, 켄트-글로스터셔의 의원, 두 사람 모두 지금까지 내 옆에 있었는데 갑자기 사라졌어." 한 의원이 비명을 질렀다.

"네 놈에게 내 동료들을 당장 돌려놓으라고 명령하겠다."

얼굴이 붉어진 한 의원이 앞으로 나섰지만, 할아버지가 손가락을 한 번 튕기자 나사가 되어 떨어졌다.

"우리가 온 것은 협상하러 온 게 아니야. 너희들을 상처 입히고 끝장내기 위해서지. 어떤 사람들은 사람일 때보다 물건일 때가 더 낫거든."

할아버지는 피에 젖은 손가락을 마구 튕기며 의사당을 돌아다녔다. 할아버지 특유의 잔인함이 드러났다. 스무 명의 하원의원과 열 명의 상원의원이 물건이 되어 쓰러졌다. 나무 손잡이가 달린 드릴, 욕실 모자. 남은 자들은 숨죽이고 움비트를 바라봤다. 아, 할아버지는 그들 모두를 살해할 작정이었다. 우리 가족들은 얼마나 괴물 같은가. 내가 무슨 짓을 한 거지?

"그만 하세요, 할아버지. 이제 충분해요." 내가 나섰다.

밖에서 들려오는 소음. 사람들이 의사당의 문을 부수려는 중이었다.

"여왕을 구하라! 여왕을 구하라!"

"물론 이 움비트가 여왕을 구할 거야… 최후의 순간에 말이지. 클로드, 제대로 각성해라. 가장 최악의 짓을 네가 할 수 있어. 이 의사당을 무너뜨리고 강물에 빠트려라!"

'엘리노어 크랜웰!'

"저 아이를 멈춰야 해." 상원의원이 외쳤다.

"저 녀석을 멈추게 할 사람은 바로 나야."

좌석 어딘가에서 무어커스가 권총을 흔들며 나타났다.

"무어커스, 클로드를 다치게 해선 안 돼." 할아버지가 명령했다.

"총이야! 저 사람이 총을 가졌어!" 누구인가 소리쳤다.

"총! 의사당에 총이 있어!"

"그래, 제대로 봤군." 무어커스가 말하더니 곧바로 총을 발사했다.

총성이 크지는 않았다. 내게 간신히 들릴 정도였다. 연기가 약간 피어오르더니, 땅바닥에 쓰러지는 나 자신의 모습이 보였다.

복수

살인자, 무어커스 이레몽거

그래, 그래! 마침내 그가 쓰러졌다! 총알이 허공을 가로질러 처음부터 이 목표를 위해 탄생한 것처럼 클로드를 맞췄어. 그가 쓰러졌고, 우스꽝스러운 그의 모자와 함께 뒹굴고 있어.

"넌 죽었어! 넌 죽었어! 하지만 나는 아니야!" 나는 노래 부른다.
"바보! 저주받은 아이! 이레몽거의 살인자!" 할아버지가 분노에 가득차 소리쳤다.
"아뇨, 할아버지. 클로드는 처음부터 우리와 달랐어요."
"이놈, 무어커스! 네가 우리 가족의 미래를 끝장내다니!"
클로드는 지금 땅바닥에 쓰러져 자신이 흘린 피의 강물에서 허우적거리고 있다. 간헐적으로 떨리는 그의 몸에서 피가 뿜어져 나온다. 내 심장처럼 뜨거운 권총이 아주 적당한 때에 제대로 명중했기 때문이야.
무어커스, 이 몸이 클로드를 죽였어!
탕!
뭐지? 내 뒤에서 아주 작은 소리가 났어. 무슨 소리일까…? 총성? 기분이 너무 이상해. 아, 내 가슴에서, 내가… 피 흘리고 있어.

누가… 아, 토스트랙! 토스트랙이 맞은편 발코니에서 내 쌍둥이 총을 들고 있어. 나는 죽을 수 없어. 절대 그럴 수는 없어. 나는 일생일대의 영웅이야!

아, 내가!

예전에는 토스트랙, 지금은 살인자가 된 롤랜드 쿨리스

나는 항상 무어커스와 그 무리가 싫었어. 그는 멋진 신사인 척하면서 매사 명령하기 좋아했지. 그런데 지금 기분은 어때? 운이 좋게도 나는 이곳에 몰래 숨어들 수 있었어. 화가 난 여왕의 명령에

따라 두 명의 숙녀가 끌려 나가고, 랜턴을 든 소년들이 일으킨 소란을 틈타서, 나는 계단 꼭대기까지 올라갈 수 있었다.

그래, 무어커스, 너를 저격한 자는 바로 나야.

"무어커스, 기분이 어떠니? 내 이름은 토스트랙이 아니라 롤랜드 쿨리스야."

무어커스는 아무 대답도 하지 못한다.

"입 닥쳐!" 장님인 이드위드 총재가 까마귀처럼 짖고 있다. 그런데 그의 머리는 엉뚱한 쪽을 향하고 있다.

"저기 여왕 폐하? 안녕하세요! 저는 왕실 갤러리에 있어요. 제 이름은 롤랜드 쿨리스, 조금 전까지는 식빵꽂이로 살았죠. 클로드 일은 유감이에요. 그는 항상 친절했어요. 지금은 죽은 것처럼 창백하구나. 무어커스, 너는 완전히 잿빛이 되었어. 네 피에 흠뻑 젖은 양탄자를 보라고!"

쾅쾅. 갤러리에 있던 사람들이 충격에서 벗어나자 나를 포박하고 아래로 끌어내리고 있다. 내 손에 들린 총은 바닥에 떨어졌다.

그래, 나는 유죄다. 무어커스를 총으로 쐈으니까, 그것은 내가 한 짓이다.

사물들이 몰려들다

회합의 소리

우리는 존 스미스 논-이레몽거라고 한다. 우리의 첫 회원은 작은 톱니바퀴였다. 오래전 파울샴에 살던 사람인데, 잔인한 움비트가 톱니바퀴로 바꾼 뒤 성벽 너머 런던으로 보내버렸다. 그때부터 몇 년 동안 우리는 서로 모이며 성장해왔다. 수많은 사물과 파편들이 한데 모여 옷 안에 들어갔고, 심장 박동처럼 각각의 사물을 회전하며 여기 의사당까지 왔다. 그리고 기다렸다. 저 움비트는 아주 많은 수호물을 소유하고 있다. 한때 사람들이었던 수호물들을 먹기를 우리는 갈망한다. 만약 수호물들을 전부 먹어 치운다면, 우리가 사라지고 말았듯 이레몽거들도 몰락할 것이다. 어쨌든 저것들을 먹고 또 먹어야 한다. 우리는 한때 이름이 있었다. 엠마 젠킨스, 시빌 부스, 레스터 리츠, 메리 앤 스타크, 자일스 비클스웨이트, 테오발트 빌리어스, 엘시 불라드, 레오나 라이스, 로이드 월터스, 엘리엇 머니, 도로시아 타운델, 매튜 스토케스 등등. 그리고 우리는 사물로 되어 엄연히 여기에 존재하고 있다. 우리는 날카롭고 뭉툭하며, 무겁고 가볍고, 부드럽고 단단하다. 점점 더 많은 사물이 우리와 합류하기 위해 모여들고 있다. 움비트가 가진 수호물들조차 그의 손아귀에서 벗어나 우리와 함께하려고 몰려온다. 쇠약하고 힘이 빠진 저 노인은 그것을 막을 힘이 없다. 저것은 뭐지? 아, 세실리 그랜트라는 이름의 여성용 신발 10호군. 우리 멤버 중 (아주 고귀한 귀족 의원처럼 차려입은) 한 사람이 벤치에서 몸을 내밀고 잽싸게 손을 뻗어 신발을 집어들더니 입 속에 넣고 우걱우걱 삼킨다. 그렇게 그는 조금 더 키가 자란다.

탕탕! 의사당 밖에서 또 다른 회합이 있어. 이 안에 들어오려고 얼마나 아우성치고 있는지! 그래, 경찰은 절대 우리의 정체를 몰랐지만, 하빈 경감이 자신도 모르게 우리가 더 크게 자라도록 도와주었지. 아, 얼마나 엄청난 굉음인가! 또 다른 사물들의 회합이 문을 부수고 있어.

할머니의 마지막 비명

이레몽거의 가모,
위대한 혈통의 소유자 옴마볼

아, 움비트가 얼마나 나약한가? 그래도 그는 여전히 제 임무를 해내야 한다.

"움비트, 흔들리지 말고 당당하게 버텨요. 그들을 모두 사물로 바꿔버려요! 그리고 우리는 다시 쥐로 변해 사라집시다!"

룽던 사람들! 저들을 혐오한다. 마지막 한 사람까지 사물로 바꿔놓고, 가루가 되도록 짓밟고 그 위에서 춤추리라. 하지만 서둘러야 해! 우리는 스스로 의사당을 봉쇄하고 그 안에 들어와 반격을 노렸다. 그런데 클로드가 피바다에, 우리의 잃어버린 희망 속에 누워 있고, 배신자 무어커스 역시 잿빛이 되어 죽음을 맞이하고 있다.

그런데 내 발이 왜 이렇지? 쥐! 이레몽거가 쥐로 변하고 있어!

"이 겁쟁이들! 이 옴마볼 올리프가 지금 너희를 소환하고 명령한다. 한 번 더 인간이 되어야 해. 당당하게 버텨라! 다시 이레몽거가 되어야 해!"

하지만 저 반역자들이 자꾸 쥐로 변신 중이야. 차라리 밟아버리자!

"피그고트! 저 쥐들을 밟아버려."

"마님, 하지만 저들은 우리 이레몽거예요."

"저들은 용감하지 못했어. 내가 명령하겠다. 네 무거운 구두로 춤을 추고 저들을 짓밟아라!"

"네, 마님."

좋아. 좋아. 피그고트가 해낼 거야. 그녀는 기백이 있어. 그런데 피그고트! 그녀조차 쥐로 변하다니. 당장 이레몽거로 돌아와. 그렇지 않으면 너를 밟아버릴 거야!

게다가 의사당에 들어온 사람들을 봐. 그들이 회전하며 천천히 이동하더니 하나의 소용돌이로 뭉쳐지고 있어. 어떻게 이럴 수가 있지? 그들의 얼굴, 아니 마스크들이 떨어져 나가고 옷이 벗겨지자, 거대한 사물들이 서로 합쳐져 점점 자라고, 또 자라고 있어!

"회합이야! 회합이 나타났어. 움비트! 움비트!"

나는 비명을 질렀다.

그런데 저 멀리 움비트의 손에 들린 우리의 수호물들이 탈주해서 회합을 향해 돌진하고 있어. 심지어 내 대리석 벽난로, 나의 수호물조차 조금씩 요동치고 있어. 아, 쥐들로 변한 이레몽거들을 더는 비난할 수가 없구나.

"클로드, 할머니가 뭐든 하라고 네게 명령한다."

"이풀, 도와줘! 회합의 소리가 너무 커서 난 아무것도 들리지 않아! 내 귀에서 피가 흘러나와. 아, 내 사랑!" 이드위드가 어둠 속에서 외친다.

"이드위드! 내 사랑! 밤을 더 부를게요." 세 개의 폐를 가진 이풀이 소리친다. "클로드, 일어나. 제발 쓸모 있게 굴어야 해. 오 저길 봐, 옴마볼 올리프님이…!"

왜 저렇게 야단법석이지? 그런데 내가 어떤 일이 일어나는 걸까?

"날 도와줘. 나의 손자, 나의 클로드!"

그것이 차츰 움직이고 내 위로 무너져 내리고 있다.

"아, 나의 수호물!"

그것이 온다!

"움비…"

의사당에 강제 진입한 하빈 경감

의사당 건물 전체가 심각하게 훼손되었다. 성 스테판 예배당은 끔찍할 정도로 파괴되었고, 시계탑 빅벤은 상당히 손상되었다. 폐허가 된 궁전 안으로 우리는 필사적으로 진입했다. 나는 사물의 파편과 쓰레기로 이루어진 저 거인과 동맹을 맺었다. 저 거인이 의사당의 떡갈나무 문을 부순 다음에야 마침내 우리는 내부로 들어갈 수 있었다. 그리고 우리와 함께 앨버트 공의 마스크를 쓴 스미스 논-이레몽거들이 의회 안에 난입했을 때, 촛불을 든 소년들이 사방에서 달려왔다. 아마도 소년들은 여왕을 지키러 온 듯했고, 우리가 만류하더라도 돌아갈 뜻이 없었다. 그들이 우리의 길을 밝혀주었다. 그래, 애들아. 너희는 진정한 애국자들이다. 우리가 이 끔찍한 어둠을 쫓도록 불빛을 밝혀줘. 나는 권총을 든 손을 흔들며 소년들을 안으로 들여보냈다.

"불빛을 비춰라! 빨리 상황을 수습해야 해!"

그때 불타는 빨간 머리의 소녀가 보였다. 경찰을 망신 준, 불온 세력의 주동자가 바로 저기, 내 앞에 있다! 그녀를 막아야 해, 하빈. 설령 죽이더라도 그녀를 막아야 해.

루시 페넌트

여태껏 봤던 어떤 회합보다 더 큰 규모의 회합이었다. 심지어 힙하우스를 무너뜨릴 뻔했던 회합보다 더 컸다. 도대체 회합의 내부에 무엇이 있을까? 더구나 어떻게 가능한지 모르겠는데, 이 회합이 경찰을 돕고 있었다. 경찰은 어린 몰리 포터를 죽음으로 몰아넣었고, 언젠가 그 소녀의 죽음에 대해 해명해야 할 것이다. 그렇지만 지금은 책임 소재를 따질 때가 아니다. 회합은 의사당의 닫힌 문과 충돌해 문을 부순 후 의사당 내부로 쏟아져 들어갔다. 그리고 나와 링크 보이들은 여왕과 클로드를 지키기 위해 촛대를 들고 따라갔다.

"클로드, 클로드? 클로드!"

그가 보이지 않는다. 보이는 것이라곤 회합이 이리저리 회전하며 의사당 벽과 사물들과 사람들과 부딪치며 돌진하는 소리뿐이다.

"불빛이 필요해. 지금 불을 비춰줘!" 한 경찰관이 고함쳤다.

어슴푸레한 어둠 속에서 링크 보이들이 촛불을 밝힐 때마다 곧 꺼져버렸다. 파이프에서 가스가 새는 듯한 이상한 소리가 들렸다. 또 다른 무엇이 불을 끄는 것 같았다. 쉭쉭쉭, 그리고 점점 더 짙어지는 어둠, 내 얼굴에 고스란히 느껴지는 들숨과 날숨.

"이풀, 내 사랑. 저들을 어둠으로 지워버려요."

암흑 속에서 들리는 익숙한 목소리, 그 남자가 누구인지 알 것 같다. 이드위드 이레몽거.

어둠 속에 많은 사람이 숨죽이고 있었다. 아마 휘몰아치는 회합의 파도에 몸을 숨길 피난처를 찾고 있는 듯했다. 저 멀리서 한 여자가 같은 말을 계속 중얼거리고 있었다.

"조개처럼 입을 다물자. 조개처럼 입을 다물어."

잠시 회합이 멈추고, 모두 꼼짝하지 않았다. 바로 내 머리 위로 의사당 천장 높이만큼 거대한 회합이 바싹 다가와 있었다. 그리고 회합이 내는 소음이 들렸다. 높은 악기 소리, 튜브를 통과하는 바람 소리, 찰칵거리는 기계음, 숱한 위장 속을 굴러다니는 빈 깡통 소리. 그리고 온갖 재료로 만들어진 수많은 촉수가 느껴졌다. 금속, 도자기, 고무, 유리, 나무, 천, 돌 등으로 만들어진 촉수가 벽과 바닥을 더듬으며 먹이를 찾으려 애쓴다. 한때 사람이었던 이 거대한 짐승이 바닥에 떨어진 사물들을 게걸스럽게 집어 삼키고 있다.

회합의 목소리

우리는 정말 크다! 이 엄청난 크기라니! 모두 모이자! 더!! 더!!! 여기저기 바닥에 흩어져 있는 사물의 조각들은 한때 대영제국의 국회의원들과 귀족들이었다. 얼마나 맛이 훌륭한가! 그런데 그들 중에서 가장 맛있는 부분은 저 노인이 가지고 있어. 무엇보다 이레몽거의 조각들을 먹고 싶다. 마지막 남은 조각까지 집어삼키자! 우리를 괴롭히고 가두고 포로로 삼았던 이레몽거 가문의 혈통이 사라질 때까지. 오, 저 늙고 힘없는 노인이 바닥에 물건을 떨어뜨렸군. 이게 뭐지? 우리가 원하는 걸까? 오, 이것은 제랄딘 화이트헤드라는 코털 집게야. 이런, 이것은 반드시 먹어야 해!

이드위드 이레몽거의 마지막 춤

이드위드 이레몽거

나, 이드위드가 소리치고, 내 귀에서 온갖 범벅이 된 목소리 가운데, 나의 제랄딘이 외치는 소리를 들었다. 안 돼! 제랄딘은 내 것이야!

"이드위드, 내 사랑아! 왜 그렇게 울고 있어요?"

"아, 이풀, 저 회합이 내 제랄딘을 잡아먹었어."

"오, 이드위드! 내 심장! 내게로 오세요. 내게 와."

"쥐가 되어 달려갈게, 이풀. 나를 지켜줘. 안전하게 지켜줘."

나는 몸을 비비 틀고 재주를 넘고 뼈를 오므린 다음, 한 번 더 쥐로 변신했다. 그리고 이제 나의 이풀에게 달려가야 한다. 그런데 나는 앞이 보이지 않고, 털이 수북한 귀에 온갖 소음이 울려댄다. 어디로 가야 하지? 어디로?

회합의 소리

저기 쥐가 달려간다. 원을 그리며 달려간다. 우리 백 개의 발 사이로… 실제 우리에게 어떤 발이 있는지 들려줄까? 멋진 부츠, 철제 다리미, 나무 의족, 여성 신발, 어린이 신발, 노인 슬리퍼, 하이톱

버튼 부츠, 옥스퍼드 수제화, 크롬웰 단화, 샌들, 베를린 양모 슬리퍼, 신사화, 앵글 부츠, 구슬 장식이 달린 구두, 펀치 가공된 구두, 플랫 솔 구두, 송아지 가죽 신발, 통굽 구두, 사각 코 신발, 쿼터 스니커즈, 온갖 잡화들. 그런데 어둠 속에서 눈이 먼 쥐 한 마리가 우리 발들 사이로 들락날락 도망치고 있다. 우리는 그걸 짓밟을 거야.

쿵쿵쾅!

루시

회합이 뭔가를 밟으려고 수많은 발을 쾅쾅 내리치기 시작하자, 의사당 전체에 굉음이 울려 퍼졌고 바닥이 흔들리며 벽이 무너진다. 그런데 아직도 클로드의 모습은 보이지 않는다. 링크 보이의 횃불이 필요해. 그러나 횃불을 피울 때마다, 거친 숨이 내뿜는 소리와 함께 다시 어둠이 찾아온다.

쿵쿵쾅!

제발 멈춰 줘. 저러다가 바닥이 꺼지고 말 거야.

쾅쾅! 찍!

쿵쿵대는 소리가 멈췄다.

미망인이 된 이풀 이레몽거

"이드위드, 내 사랑, 이드위드!"

저 회합이 이드위드를 죽였을 때, 나의 태양은 꺼졌다. 그래서 나는 쉭쉭 불을 끄고 또 끈다. 세상이 암흑에 잠기도록 이 도시의 마지막 램프를 끄고, 모든 성냥개비와 촛대와 심지, 부싯돌까지 삼켜버리겠다. 더 이상 이 세상에 온기란 없으니 만물이 차갑게 식고 사랑은 말라버릴 것이다. 룽던은 영원히 빛을 다시 보지 못하리라.

뭐지? 저게 뭐야?

작은 횃불을 태우며 약한 열기를 토해 내는 소년들. 아니, 더 큰 무언가가 있어. 내가 아무리 끄려 해도 여전히 더 많은 불빛을 쏟아내는 것.

나의 뜻을 거스리는 저 불빛은 뭐야? 저게 뭐지?

설마? 그게 가능할까?

리핏?

불? 불이야!

저 불을 끌 수가 없어! 저 불은 아무리 침을 뱉어도, 다시 불꽃이 피어올라.

내 머리카락! 나에게 불이 붙었어! 내가 빛이 되었어!!

회합의 소리

죽은 쥐. 눈이 먼 쥐. 자, 이제 무엇을 할까?

움비트는 어디에 있지? 그 노인이 있는 곳에 탐스러운 물건들이 가득해.

나의 수천 개의 촉수로 그를 느끼고 더듬고 탈탈 털어버리자! 이봐, 노인네. 우리가 간다!

도망가는 움비트

얼마나 참혹한가! 한때 위대했던 나의 제국은 이제 몰락했고, 가족은 뿔뿔이 흩어져 파멸을 맞았으며, 사랑하는 아내 옴마볼은 대리석 벽난로에 깔려 죽었다. 그리고 저 회합은 얼마나 거대한가. 회합은 너무 강력한데, 나의 심장은 늙고 병약하여 멈추기 직전이다. 이것이 나의 종말일까?

 저 거대한 회합이 다가온다. 소용돌이치는 쓰레기의 파도로 생명체를 찾는 족족 짓뭉개고, 의석을 번쩍 들고 바닥을 훑고 있다. 저 사냥꾼이 나를 찾아 산산조각 내려 한다. 지금 내게 남은 것은 오로지 나 자신, 그리고 사랑하는 아버지가 주셨던 타구(잭 파이크)뿐이다.

저 야수가 잠시 멈추고 침묵한다. 어떤 찰칵임도, 아주 작은 삐걱댐도 내지 않는다. 나도 아주 조용히 한 발짝도 움직이지 않는다. 저 회합은 이제 나를 노리고 짓밟을 속셈이다.

"조개처럼 입을 꾹 다물어야 해. 조개처럼 입을 꾹 다물어."

불안에 떨고 있는 여자의 목소리. 아니, 보통 여자가 아니야. 여왕의 목소리다. 바로 그거야. 그녀를 인질로 삼아야 해.

그런데 회합이 나의 레더맨들을 발견하는 족족, 그들을 찢어 버리고 해체하고 있다.

"클로드? 클로드?" 웬 젊은 여자의 목소리가 들린다.

재수 없는 빨간 머리 소녀, 한때 내가 점토 단추로 바꿔버렸던 파울샴의 쓰레기. 저 빨간 머리만 없었다면, 이레몽거 가문의 진실은 감춰졌고 클로드는 룽던을 부숴버렸을 것이다. 그래, 저 소녀 때문이야. 저 아이를 다시 점토 단추로 만들어 죽은 자들의 회합에 던져넣고, 저 아이의 수호물도 쫘 버릴 거야. 그런데 어떻게 내가 숨은 걸 들키지 않고 그렇게 할 수 있을까?

그래, 연기야. 연기가 나고 있어!

화재에 관한 보고서

하빈 경감

의사당 곳곳에서 연기가 난다! 화재, 화재다!

"불이야! 의회 의사당에서 대화재가 일어났다!"

의사당에서 도망친 밀뱅크의 링크 보이, 토미 크로닌

교회 촛대는 충분히 밝지 않지만, 우리 주변이 온통 화염에 휩싸여 모든 것이 똑똑히 보인다. 그런데 어떻게 빠져나가지? 왜 불이 난 거야? 별안간 치솟은 불길에 경찰과 군인들이 헬멧을 벗어 던지고 공포에 질려 뛰쳐나오고 있다. 심지어 도망가는 동안에도 성냥처럼 머리에 불이 붙는다! 우리도 후퇴해야 한다. 모두 전력을 다해 후퇴하라!

의회 밖에 있던 밀뱅크의 링크 보이, 우울한 얼굴의 조지

정말 이상하고 기괴한 놈을 봤다. 도대체 저 녀석은 누구야? 무거운 납덩이에 눌린 것처럼 아주 납작하게 쭈그러든 남자다. 그런데 왜 저렇게 사방팔방 춤추며 뛰어다니는 걸까? 이 낯선 남자가 춤추고 돌아다니며 광란과 불길을 몰고 오는 바람에 의사당의 창문까지 불이 옮겨붙었다.

누구든 가까이 접근하려 들면, 갑자기 그에게서 불길이 치솟는다! 어쩌면 그는 런던을 전부 파괴하고 오로지 재만 남길 생각일까?

웨스트민스터의 스피커스 그린에서 춤추는 리핏[38]

리핏! 리핏! 리핏!

단추와 금화

루시

자욱한 연기 가운데 유리창 너머로 흐릿한 불빛이 흐른다. 의사당 전체가 화염에 휩싸이자 뜨거운 열기가 끝없이 밀려든다. 이 춤추는 화염 속에서 거대한 회합이 불길을 피하려고 잠시 멈췄다

● 38 웨스트민스터 의사당 북쪽 입구에 있는 작은 공원

가 가능한 한 멀리, 저 많은 기둥과 열주 위를 쭉쭉 뻗어나간다. 회합은 수많은 주먹으로 천장을 두드리며 불길을 뚫고 빠져나가려 애쓴다.

하지만 저기 화염 속에 그가 있다! 바닥에 쓰러진 클로드, 그리고 피의 웅덩이.

"클로드? 클로드! **클로드!**"

바닥에 쓰러진 클로드

클로드, 클로드, 나를 부르는 너무 많은 목소리가 나를 짓누른다. 그것은 오로지 외침, 아주 큰 외침일 뿐이다. 아, 결국 이러한 결말이라니… 이레몽거는 더 이상 생존하지 못할 것이고, 우리의 집은 어디에도 없을 것이며, 우리는 힘겹게 숨을 내쉴 뿐이다.

무어커스… 그래, 언제나 무어커스가 문제였지.

'엘리노어 크랜웰.'

엘리노어, 잘 가. 그리고 고마워. 나는 그만 눈을 감고 잠이 들 거야.

그런데 누가 나를 잡아 흔들고 있어. 나를 내버려 둬. 내 영혼이 이풀 숙모가 내뿜은 더러운 어둠 속을 헤엄치고 있어.

여전히 누가 나를 흔들고 내 이름을 소리쳐 부르고 있어. 제발 나를 이대로 내버려 둬. 닫힌 문을 다시 열어선 안 돼. 나의 작은 평화를 어지럽히지 마. 지금이 좋아. 마침내 찾아온 이 나의 작은 고요함을 나는 지키고 싶어.

루시

아무리 흔들고 흔들어도 그는 깨어나지 않는다.

"클로드, 숨을 쉬어 봐! 제발, 일어나! 이 바보야!"

오, 클로드, 내가 무엇을 해야 할까? 산처럼 거대한 회합, 의사당의 절반을 가득 채운 쓰레기 더미. 한편에는 예복과 붉은 드레스를 입은 시종들에 둘러싸인 채 여왕은 구석에서 눈물을 흘렸다. 모두 땀에 젖고 흐트러져 있다. 상황은 이렇다. 경찰 몇 명이 남아 있지만 모두 공포에 질려서 꼼짝 못 하고 우리를 쳐다볼 뿐 별 도움이 되지 못한다. 저기 벤치 뒤에는 너의 불쌍한 할아버지가 숨어서 저 난장판을 쳐다보고 우리를 내려다보고 있구나. 쥐들이 사방에서 찍찍거리며 돌아다니고, 여기저기 흙더미와 조각들이 쌓여 있어. 그리고 여기, 너의 루시가 있어. 대충 상황은 이래. 좋아, 내가 무엇을 해야 하지? 너는 이 바닥에 쓰러져 내 품에서 죽어가고 있어.

나는 그의 마개를 꺼내서 그의 가슴 위에 올려 놓았다.

저 위의 거대한 더미와 그 주변의 미세한 움직임이 동작을 멈춘다.

"클로드, 회합의 얼굴이 있는지는 모르겠지만, 저 수많은 조각들이 우리를 향해 오고 있어. 아주 천천히, 그리고 점점 더 가까이 다가와서 눈사태처럼 우리를 덮칠 거야. 클로드, 어서 피해야 해. 어서 일어나! 클로드!"

나는 그를 얼굴을 세차게 때리며 소리쳤다. 힙 하우스에서 난로를 청소하다가 처음 이 바보를 만났을 때처럼, 그리고 파울샴의 다락방에서 그랬던 것처럼.

클로드

누가 나를 호되게 때린다. 그것도 내 얼굴을. 무척 놀라고 너무 아파서 느닷없이 돌풍이 불어온 것 같았다. 그리고 내 작은 펌프가 다시 뛰며 기억이 되살아난다. 눈을 반짝 떴다.

루시? 아니야, 그럴 리가. 루시? 루시! **루시**!

"클로드!"

"루시? 오, 너로구나, 루시!"

"내가 아니면, 누구겠어?"

"너, 살아 있었구나!"

"그래, 그래! 너는 괜찮니?"

"그런 것 같아. 나를 흔들고 내 얼굴을 때린 게 너로구나!"

"내가 너에게 무엇을 줬는지 봐."

'제임스 헨리 헤이워드.'

"오, 제임스 헨리. 너의 소리를 들었어. 어떻게…"

"지금은 이렇게 쓰러져 있을 때가 아냐. 저 회합이 우리를 노려보고 있어."

시간이 없어. 잠시 우리가 함께 있게 내버려 둬. 그런데 저 회합이 곧 다가와 우리를 또 헤어지게 할 거야.

"저것이 너의 마개의 냄새를 맡은 것 같아. 저게 마개를 원해."

"이건 나의 마개, 아니 사실은 제임스 헨리야. 하지만, 그래, 네 말대로 저것이 마개를 원할 거야."

회합은 조금씩 앞으로 움직이면서 나사, 핀, 펜촉, 동전, 못 등 작은 물건들을 비처럼 떨어뜨리다가 곧 큰 덩이로 뭉쳐지기를 반복했다. 금세라도 우리를 집어삼킬 것 같았다. 그런데 살금살금 뻗는, 열 개가 넘는 팔 중 하나가 툭 튀어나와 촛대, 친애하는 엘리노어 크랜웰을 잡고 더미 속으로 데려간다.

"우리를 내버려 둬!" 나는 소리친다.

"클로드, 너를 알게 된 것만으로도 난 정말 기뻐!"

루시가 얼굴에 홍조를 띤 귀여운 얼굴로 말한다. 그리고 내 입술에 키스를 남기고서 내 마개를 가져간다. 한 번 더 그녀 없이 나 홀로 남았다.

마지막으로 루시

나는 그에게서 마개를 뺏었다. 쓰레기의 회합이 클로드를 집어삼키기 전에 마개를 멀리 가져갈 것이다.

"이게 네가 노리는 거야! 여기 있어!" 나는 회합을 향해 소리쳤다.

쓰레기 더미가 갈라지면서 엄청난 비명이 들린다. 저 많은 물건이 나를 겨냥해 부서지고 무너져 내린다. 그래도 클로드가 무사하다면 그것만으로도 다행이야.

"불이야! 도와주세요! 여기 우리가 갇혔어요!" 여왕 일행이 까마귀 떼처럼 소리쳤다. 또 다른 골칫거리가 생겼다.

"이리 와, 이 거대한 불한당!"

내 외침을 듣자, 대형 파도를 일으키며 포효하던 쓰레기 더미가 잠시 내 머리 위에서 멈췄다. 실패와 바늘, 핀, 못과 압정, 나사와 볼트와 가위가 서로 충돌하더니 파도의 물거품처럼 내 머리 위로 퐁당퐁당 떨어지기 시작했다. 방울방울 떨어지는 유리 파편, 나사, 톱니, 바늘, 못 등에 나는 핀쿠션처럼 얼굴이 베인다. 회합은 나를 희롱하며, 내 피로 글을 쓴다. 그리고 점점 더 큰 파도가 다가온다. 책들, 접시들, 망치, 요강, 소스 팬이 휙휙 날아오고, 책꽂이와 침대 헤드보드 등 큰 가구들이 달그락 요동치더니, 순식간에 굴뚝이 통째로 내리꽂힌다. 그래도 나는 소중한 마개를 꽉 잡고 버틴다.

아, 저기 저 큰 파도. 내게로 다가온다.

하빈 경감

기회가 있을 때 저 빨간 머리 소녀를 쏴야 해. 아주 짧은 찰나, 나는 흔들림 없이 목표물을 겨눈다. 자, 조준.

움비트

저 쓰레기 더미가 그녀를 노리고 있는 지금이 기회다.

"단추가 되어라!"

내가 손가락을 튕기자, 그녀의 입은 놀라서 O자 모양으로 동그래지고, 그녀의 몸이 O자 입으로 빨려 들어간다.

그때 총알 하나가 쓰레기 더미를 향해 발사된다.

잠시 후 거대한 회합의 쓰레기 파도가 그녀를 덮치고, 모든 것이 끝장났다. 마개와 단추는 함께 쓰레기 더미에 먹혔다.

웨스트민스터의 스피커스 그린에서 우울한 얼굴의 조지

이상한 남자가 개구리처럼 껑충껑충 뛰면서 사람들에게 소리치고 있다.

"리핏! 리핏!"

그리고 소리 지를 때마다, 화염이 일어 사람들을 덮친다.

움비트의 소멸

움비트

불길 때문에 얼마나 더운지! 손가락은 피와 땀으로 뒤범벅되었다. 조금 전 무너졌던 더미가 다시 소용돌이치고 있다. 이제 어느 것도 저 더미를 막을 수 없어 보인다.

클로드가 간신히 일어선다. 자신의 단추를 부르며 소리치고 통곡한다.

"클로드, 모든 것을 소환해서 룽던을 무너뜨리고 템즈강 바닥에 침몰시켜라!"

그러나 거대한 회합이 다가올 때까지, 그는 오로지 자신의 단추, 루시를 외칠 뿐이다.

"뒤로 물러서! 명령한다! 이 몸은 움비트다!"

회합 더미는 곧추서서 나를 조롱하듯이 내 이름을 흉내낸다.

"음음음비이에트르."

이제 회합의 모습이 아주 선명하게 보인다. 그전에 내가 알던 다른 회합과 달랐다. 과거의 회합은 하나의 사물이 중심부에서 심장처럼 회전하며 다른 사물들을 날뛰도록 조종했다면, 오늘의 회합은 수천 개의 심장을 가지고 있다. 이드위드와 클로드처럼 회합 내부에서 들리는 목소리의 근원이 보인다. 내가 살해한 자들, 사물로 바뀐 파울샴과 룽던 사람들, 모든 이레몽거의 수호물들, 유령들. 오, 그래, 수백 명이 넘는 사람들이 내게 분노를 쏟아내고 있다. 하지만 나는 가족을 지키고자 했을 뿐이야. 반드시 해야만 했어.

"그를 잡아! 클로드를 데려가고, 나를 내버려 둬!"

나와 마주한 회합은 제 덩치와 무게로 나를 짓누르려 한다. 그리고 깊고 깊은 곳에서 작고 회전하는 물건이 튀어나온다. 무엇일까? 빙글빙글 너무 빨리 도는 탓에 그것의 정체를 짐작할 수 없다. 그리고 서서히 느려지더니 허공에서 멈춘다.

그것은 톱니바퀴, 작고 녹슨 톱니바퀴, 하찮은 것. 그 톱니바퀴가 내 타구를 부르고 있다. 회합에 들어오라고 초대하고 있다.

"안 돼! 내 수호물은 절대 뺏을 수 없어. 이것은 내 것이야."

나는 타구를 최대한 높이 들고 회합으로부터 멀어지려 애썼지만, 타구가 계속 끌려가고 있다. 그리고 톱니바퀴가 계속 돌아가면서 회합이 내 발목, 무릎, 허리 위로 점점 더 차올랐다.

"물러가라. 내가 명령한다!"

이제 회합은 내 엉덩이까지 차올랐다.

"이건 아버지 대부터 내려온 유일한 나의 소유물이야! 부디 자비를 베풀어 나만의 것은 건드리지 마."

회합은 내 가슴팍까지 차오르며, 나를 짓누르고 압박하며 내 숨결과 수호물을 앗아가려 한다. 내 갈비뼈, 내 목, 내 머리… 회합의 중심에서 나는 천천히 사물들 속에서 익사하고 있다! 더미가 내 머리뼈를 강타하는 가운데, 타구를 지키려고 손을 저 멀리 뻗어본다.

오, 피 묻은 손가락이 너무 미끄러워. 타구가 내 손가락 끝에서 춤을 추는가 싶더니, 스스로의 의지로 집회에 뛰어들어 하나가 된다. 그러고 나서 거대한 쓰레기 파도가 나를 덮친다.

그리고 나는 빵 터진다.

무너지는 웨스트민스터 의사당

빅토리아 레지나

나, 빅토리아 여왕은 사물들이 저절로 춤추고 쥐들이 사람들로 바뀌는 추악한 마법을 목격했다. 일찍이 목격했던 것 중 가장 초자연적인 광경이라고 확신한다.

창문에서 불꽃이 넘실댄다. 거위, 칠면조, 호로호로새, 꿩, 양처럼 통구이 여왕이 될지도 모른다. 그런 궁중요리라니.

쓰레기 더미가 이레몽거의 늙은 가주(家主)를 짓밟아버렸다. 그리고 내 곁에도 공주와 몇몇 의원들과 귀족 가신들밖에 남지 않았다. 이제 공격 목표는 우리일 것이다. 테크 공작부인은 벌써 볼품없는 구둣주걱으로 바뀌고 말았다. 더 이상 울지 않고 용감해져야 한다.

지금 거대한 회합은 아주 고요해졌다. 의사당 한복판에 마치 거대한 보아뱀처럼 똬리 튼 채로 살아남은 이레몽거를 노리고 있다. 아까 쓰러진 창백한 소년은 옆구리에 피가 멈출 줄 모르며 생명의 불꽃이 얼마 남지 않은 듯 보인다. 앨버트가 떠올라서 저 불쌍한 아이를 돌보고 싶다. 그 소년은 힘껏 우뚝 서서 거대한 더미를 향해 천천히 걸음을 내디딘다. 다윗과 골리앗의 결말이 떠오른다. 비운의 경기병대 돌격 사건과[39] 웰링턴의 허세보다 이 용감한 아이가 훨씬 중요하게 느껴진다. 가디건 경과 래글런 경을 지나쳐 고프, 캐스카트, 캐닝, 버고인을 잃고 이 아이를 위해 준비된 군대 앞에 서야겠다.

거대한 더미가 아이를 향해 뾰족한 흉기들을 내던지기 시작한다. 아, 공격 직전의 준비동작인 듯하다. 그런데 이 아이는 예상을 뛰어넘어 저 쓰레기 더미에 말을 걸려 한다.

과연 저 소년은 누구일까?

클로드와 마개

송곳이 튀어나와 내 손등을 할퀴고, 주머니칼로 귀가 찢기고, 쇳덩이가 허벅지를 때렸지만, 나는 참을성 있게 한 걸음씩 나아간다.

"난 클로드라고 해. 고통이 심하니까 제발 침을 뱉지는 말아. 거기 있는 너희 소리가 내게 들려. 사물들의 엄청난 고통이 느껴져. 내가 조금만 더 가까이 갈게."

● 39 크림 전쟁에서 영국 군부의 전략적 오판으로 부하들에게 사실상 자살 돌격을 강요했던 경비병대(the Light Brigade) 돌격 사건을 뜻한다.

화재 때문에 유리창 하나가 산산조각 폭발하고, 의사당 천장까지 화마가 번지고 있다. 그래도 집중해야 해. 한 걸음만 더 나아가야 해. 회합은 고작해야 몇 인치 앞에 있다. 내가 손을 대려 하자, 그것은 나를 덮치는 대신 뒤로 살짝 물러나 빙글빙글 돌며 달그락거린다.

"안녕, 루시, 이 안의 어딘가에 네가 있구나. 너를 사랑해."

내 몸에는 사촌이 쏜 탄환이 박혀 있다. 아마 내가 그의 수호물을 사람으로 바꾸어 놓은 데 분노했기 때문이야. 그래, 이제 알았어. 해답은 내내 나였다. 런던 코노트 플레이스의 저택에서 루시를 괴롭혔던 빨간 머리 하녀의 수호물에도 똑같은 사건이 있었지. 그렇다면 또 할 수 있지 않을까? 천 번이고, 만 번이고 할 수 있지 않을까?

손을 더 가까이 대고 회합을 만진다. 그것의 내부에 손을 넣는다. 내 팔꿈치, 어깨, 가슴까지. 내 손이 찢어지고 피가 철철 흐를지언정 나는 그것을 찾고 있다. 어디에 있지? 어디에?

내 마개를 찾았다.

나는 마개의 체인을 잡아당기고, 지금은 양손으로 끌어낸다. 녹이 슨 고리로 만들어진 아주 긴 체인. 별안간 회합이 침을 뱉고 비명을 지르며 미쳐 날뛴다. 우리는 모두 함께 존재할 수 있어. 적어도 나는 그렇게 생각해. 너를 느끼게 내게 다시 돌아와.

"내 마개를 내놓으라고 명령한다. 나는 사물들에 관해 잘 아는 클로드야!"

회합은 마개를 내놓기 싫어하며 몸부림치듯이 저항한다. 하지

만 거의 체인의 끝이다! 내 마개를 손에 넣었다! 그리고 내게 온다!

거대한 더미에서 떨어져나오는 것은 인도산 고무로 만든 범용 욕조 마개가 아니었다. 내 손에 잡힌 것은 머리카락이었고, 더미 밖으로 모습을 드러낸 것은 열 살짜리 소년이다. 아, 그리고 그의 이름은…

"제임스 헨리 헤이워드, 제임스 헨리 헤이워드."

마치 런던의 모든 종소리가 한꺼번에 울려 퍼지는 것처럼, 회합의 더미가 날카롭게 울부짖으며 허공에 치솟는다. 쾅쾅, 달그락달그락, 덜컹덜컹. 잠시 멈춘 후 엄청난 충격으로 땅바닥에 떨어진다. 여기저기 떨어지는 각각의 사물들이 자신의 힘으로 회전하며 조금씩 커지고 있다. 으, 사물들이 성장하고 변화하더니 이윽고 사람들이 나타난다. 오, 혼란의 한복판에서 그들은 자신들의 이름을 속삭이고 외치고 중얼거리고 소곤거리고 흐느낀다.

 제임스 헨리 헤이워드, 엘리노어 크랜웰, 페르디타 브레이스웨이트, 글로리아 엠마 어팅, 퍼시 호치키스…… 엠마 젠킨스, 시빌 부스, 레스터 릿츠, 메리 앤 스타크, 자일스 비클스웨이트, 테오발드 빌리어스, 엘시 불라드, 레오나 라이스, 로이드 월터스, 엘리엇 머니, 도로시아 타운델, 매튜 스토케스…… 발레리 터너, 오거

스타 잉그리드 어니스타 호프만, 리틀 릴, 심슨 중위, 폴리, 거니 씨…… 앨리스 힉스, 마크 시들리, 에이미 아이켄, 제랄딘 화이트헤드.

그리고 "루시 페넌트, 루시 페넌트."

불꽃처럼 붉은 그녀의 머릿결에 화답하듯, 의사당 내부로 번진 화염이 카펫을 핥으며 넘실댄다. 그리고 불에 타는 냄새보다 더 강력한 오물의 썩은 악취가 사방에 진동한다. 그러더니 오수와 함께 온갖 흙더미가 넘치며 마침내 불길이 꺼진다.

냄새의 근원지를 목격한 여왕

의사당 구석구석이 폐수로 뒤덮여 있다. 조금 전 회의장에 들어온 거인은 마치 지옥 바닥에서 막 긁어낸 흙처럼 상상할 수 있는 한 가장 더러운 존재 같다.

거인은 '빈'이라는 외침과 함께 런던 크기만 한 쓰레기를 토해냈는데, 덕분에 화염이 꺼졌으니 어떤 의미로는 그가 우리를 구원했다.

"내가 너무 늦었나?" 거인이 말했다.

말하려고 애쓰는 루시

"루시 페넌트! 루시 페넌트! 비나디트!"

"난 베네딕트라고 부를 거야."

"루시. 베네딕트."

"단추?"

우리는 모두 흙과 쓰레기와 오물을 뒤집어썼다. 여왕은 아예 말똥투성이다. 그런데도 무대의 막이 내릴 때처럼 여왕과 그녀의 수행원들도 열렬히 박수하고 있다. 그때 클로드가 또 바닥에 맥없이 쓰러졌다. 그의 작은 체구에 비해 출혈이 너무 많다.

여왕의 의회 개원 연설
"도와줘! 도와줘! 누가 저 아이를 좀 살려 줘!"

이야기의 막이 내리다.

새로운 집

런던 사람의 진술에 따라
이야기의 막을 내리다.

나는 억센 빨간 머리에 둥근 얼굴과 들창코를 가지고 있어. 초록빛 눈엔 점이 있는데, 눈뿐 아니라 온몸에 구두점이 찍혀 있어. 주근깨가 많고, 반점, 사마귀, 그리고 티눈도 두어 개 있어. 치아가 새하얗진 않고 덧니도 있어. 나는 아주 솔직해. 어떤 일이든 전부 말할 거고, 무엇보다 거짓말은 전혀 없이 오로지 진실에 충실할 거야. 그래, 나는 최선을 다할 생각이야. 내 이름은 루시 페넌트, 그리고 이 이야기는 내가 실제 겪었던 이야기이며, 다른 사람들이 겪은 이야기이기도 해.

지금 나는 런던에서 살고 있다. 좋아하는 곳을 마음껏 돌아다녀도 나를 가로막고 통행금지라고 말하는 사람은 없다. 성벽 주위를 산책하다가 런던 사람들처럼 성문을 통과한다. 최근에는 햇빛도 제법 있어서 적어도 낮과 밤을 구분할 수 있다.

비극적 참화에서 생존한 파울샴 사람들과 이레몽거들은 함께 모여 살고 있다. 우리의 집은 킹스 크로스—거리 이름과 달리 궁전이 없는 것이 확실하다—의 세인트 자일스 공동묘지[40] 안에 있는 오래된 학교 건물과 부속 예배당을 개조한 곳이다. 원래는 왕립 수의과 대학과 세인트 판크라스 구빈원과 이웃해 있는 폐쇄 지역인데, 우리를 위해 특별히 일부 구역을 개방해주었다. 알다시피, 자일스는 장애인과 나환자, 어린이의 공포를 수호하는 성인이니까 우리와 아주 잘 어울린다. 우리는 절대 하인을 두지 않고 서로를 동등하게 대하는데, 이 원칙은 진정한 사회적 실험이라고 감히 말할 수 있다. 다양한 혈통이 섞여 있으며, 굳이 혈통을 언급할 필요도 없다. 세인트 자일스의 상점은 주 5일, 오전 10시부터 오후 3시까지 영업 중이니 언제라도 방문하기를 바란다.

우리의 사업은 매우 번창해서 손님들이 판크라스 거리까지 줄을 서는 날도 있다. 최근에는 약간 한가해졌지만, 원래 대중의 인기란 밀물과 썰물처럼 흐르는 법이다. 고객들은 세련된 신사 숙녀에서 가난뱅이까지 아주 다양하다. 어쨌든 신분 고하를 가리지 않고 고객은 누구나 똑같이 대우받는다.

그렇지만 이 집은 정말 시끌벅적하다. 대부분 친하게 지내지만, 웨스트민스터 의회 사건에서 새로 합류한 아이들이 있으니까. 뚱뚱하고 작은 아기인 '잭 파이크'는 우리 가족 중 최연소 막내다. 날 때부터 이빨이 12개로 항상 뭔가를 씹고 물어뜯는 습관이 있

● 40 1110년대 초반 헨리 1세의 마틸다 왕비에 의해 설립되어 16세기 중반까지 나병환자를 위한 병원으로 운영되었다. 1665년 페스트 대유행이 이곳에서 시작되어 첫 희생자가 세인트 자일스 공동묘지에 묻혔다. 1800년대 중반부터 아일랜드 대기근을 탈출한 아일랜드 이민자가 유입되어 런던 최대의 빈민구역 중 하나였다.

다. 주인 움비트가 죽고 나서 거대한 쓰레기 더미 속에서 살아남았다. 피날리피의 도일리 '글로리아 엠마 어팅'은 뼈드렁니가 인상적인 왈가닥 소녀다. 세상사를 아는 척 뻐기지만, 엘리노어 크랜웰이 잘 보살펴주고 있다. 엘리노어는 제니 커닐리프—이웃집 하녀로 과거 보면대로 바뀌었지만 지금은 그녀의 친구가 되었다—와 함께 교사 일을 맡고 있다. 우리 중 파울샵 출신이 아닌 사람은 그 둘뿐이다.

옛 가족의 몇몇은 다행히 살아남았다. 터미스의 형제인 모니, 플립, 네그, 그리고 사촌 오밀리. 나이가 가장 많은 알리버 이레몽거는 여전히 가족의 건강을 돌봐주고 있다. 과거 자신의 수호물인 겸자, 퍼시 호치키스의 우정을 쌓아가는데, 둘은 종종 가이 병원 해부실로 외출하곤 한다. 퍼시와 같이 있지 않을 때, 알리버는 주로 에이다 크룩스행크스와 시간을 보낸다. 한때 에이다와 나는 사람이 되기 위해 서로 싸웠던 사이였다. 아직도 에이다는 불꽃에 대한 공포를 이기지 못해서 촛대 위에 투명한 유리 가림막을 씌워둔다. 피날리피가 성냥을 다 태우고 나서 미처 못 본 성냥개비를 남겼기 때문에, 에이다 역시 간신히 생명을 부지할 수 있었다. 안타깝게도 석회화 건염 탓에 운신조차 어렵지만, 에이다는 휠체어를 타고 다니며 교실에서 학생을 가르친다. 가끔 에이다와 나는 서로 손을 마주 잡고 동시에 한 장소에 존재할 수 있다는 사실에 경탄한다. 나도 가끔 교실 수업을 돕는다. 이제부터 아주 뛰어난 학생들을 소개하겠다! 앨리스 힉스, 한때 로사무드의 문고리로 살았던 그녀는 문 열 때마다 소스라칠 만큼 소심하지만, 매우 명석한 학생이다. 그리고 제임스 헨리 헤이워드. 그는 마개를 엄청 많이 수집하고 있다. 파울샴의 가난한 쥐잡이 헤이워드 가족을 잃은 상실감을 훌륭한 마개 컬렉션으로 대신하는 것 같다. 지금도 그는 종종 공동묘지를 찾는 쥐들을 잡으려 해서, 그를 말리느라 애먹는다.

　우리는 이곳을 찾는 쥐들에게 먹이를 준다. 그 쥐들의 상당수가 인간의 모습으로 돌아가지 못한 이레몽거 가족들이기 때문이다. 이빨이 닳은 쥐 한 마리가 있는데, 아마 늙은 가정부 클라르 피그고트가 아닐까 싶다. 처음에는 나를 깨물려고 하더니 지금은 내 무릎 위에서 구슬프게 울며 모이를 먹는다.

♠

　이곳에서는 최대한 세심하게 물건을 다루어야 한다. 물론 분노와 공포에 휩쓸려 도자기를 깨뜨린 사람도 있었지만, 소중한 사람을 잃은 고통으로 인한 돌발 행동을 지나치게 비난할 수는 없다. 우리는 각자 소중한 것들을 떠나보내고 말았다. 파울샴의 젊은 영웅, 재단사 알렉산더 에르크만은 의회 주변을 샅샅이 수색해봐도 결국 찾지 못했다. 의회 개회식 당일, 몇몇 링크 보이들이 아주 이상한 싸움을 봤다고 증언했다. 아주 키가 작고 쪼그라든 남자와 아주 큰 키의 마른 남자가 무자비한 활극을 벌이다가 최후를 맞이했다고 한다. 어쩌면 사람과 사물이 어울리지 않을 때 슬픈 비극이 초래된다.

얼마 전 보육실에서 나는 소리에 모두 심장이 덜컹 내려앉아 달려갔다.

"리핏! 리핏!"

그런데 그 소리는 페르디타 브레이스웨이트(과거 오밀리의 물뿌리개)가 가지고 놀던 장난감 개구리의 소리였다. 양철 개구리의 줄을 길게 잡아당기면 그런 소리가 났다.

"리핏, 리핏."

지금도 으스스한 소리.

♠

웨스트민스터는 완전히 폐허가 되었다. 어찌 된 영문인지 의회 건물이 지하 기반에서 몇 피트나 움직였다고 한다. 더구나 과학자 존 틴들의[41] 보고서에 따르면, 런던의 템즈강 방향으로 북쪽 강둑이 몇 마일 이동했다는 것이다. 마치 도시 전체가 살아서 움직인 것처럼. 아니, 클로드가 런던을 끌어당긴 것처럼 말이다. 현재 의회 건물은 공사 중이며, 내년 개회식에 맞춰 완공될 예정이다. 그리고 우리는 사면되었다. 런던 사람들은 우리를 불기소했을뿐더러, 의회에 있었던 사건은 참혹했던 폭풍우 때문이라고 주장한다. 그러니까 그들은 우리를 사면했다. 그렇다고 우리도 그들을 사면해야 할까? 내년 의회 개회식에 우리가 초대받지 못하는 것

● 41 존 틴들(John Tyndall, 1820년~1393년)은 태양광선의 산란 현상을 밝혀 기후 온난화 연구에 선구자가 된 둘리학자이다.

도 전혀 놀랄 소식이 아니다. 어쨌든 그들이 우리를 런던에서 살게 허락한 것만으로도 기적이니까.

국립철도공사의 석탄 창고에는 규모는 작으나 퍽 쓸 만한 쓰레기산이 있다. 지금 그곳에는 베네딕트가 살고 있다. 그는 석탄 창고 안의 작은 오두막집보다 탁 트인 쓰레기산 위에서 시간을 보내며 가죽 인형 아이린 틴타이프를 그리워하고 있다. 엘리노어의 집 일부를 베네딕트의 쓰레기산으로 옮겨놓았는데, 벤은 종종 그곳에서 아이린과의 마지막 추억을 회상한다. 우리는 포기하지 않고 아이린을 계속 찾으려 한다. 런던에는 아마 수백 명의 레더맨이 살고 있을 것이다. 우연히 마주치더라도 서로 못 본 척 지나간다. 이레몽거의 가족은 클로드에게 레더맨의 진실을 감췄다. 움비트는 파울샵의 아이들에게 시간을 빼앗겼고, 런던에 와서도 하인들의 숨결을 빼앗아 레더맨을 제작했다. 그런 짓을 하는 데 그들은 전혀 주저함이 없었다고 나는 생각한다.

자, 내 이야기를 해볼까? 단추만 보면 아직도 속이 울렁거리고 머리가 아프다. 그래서 옷깃을 여밀 때도 단추 대신 옷핀을 쓴다. 최근에는 수업에 열중하고 있는데, 나를 가르치는 선생은 바로 오타 이레몽거다. 부엌 식탁 위의 찻잔을 움직이는 것이 목표다. 몇 주간 오타의 응원을 받으며, 나는 찻잔을 향해 속삭이고 소리치며 울었다. 그런데 찻잔은 고집이 너무 세다. 마침내 지난 목요일에 그것을 옮겼다! 반대쪽에 있던 손잡이가 나를 가리키게 하는 데 성공했다!

"내가 해냈어!"

"아니, 찻잔이 해냈어. 네가 잘 부탁했으니까." 오타가 말했다.

사물 조정 능력은 혈통이 아니라 집중력임이 입증되었다. 오타는 하루는 갈매기, 또 다른 날은 여우로 변신하면서 오빠 언리를 돌보며 소일한다. 언리는 자신의 정체성을 의심하며, 어떤 코와 귀를 달아야 할지 고민한다. 오타는 오빠에게 입과 귀가 없는 모습 그대로 지내보자고 용기를 북돋우려 하지만, 너무나 수줍은 탓에 그는 항상 불안해 한다.

♠

롤랜드 쿨리스는 교수형을 앞두고 있었다. 무어커스를 총으로 쏜 것은 명백한 살인 행위라서 안타깝게도 사면될 수 없었다. 그의 선한 의도를 내가 진술해도 경찰은 전혀 들으려 하지 않았다. 나는 여왕과 디즈레일리 경에게 그의 생명을 구하기 위해 탄원서를 보냈다. 하지만 여왕은 우리를 지지하고 있으나 이번 사건은 자신의 소관이 아니라고 거절했다. 디즈레일리 경 역시 법에 따라 롤랜드는 교수형에 처해야 한다고 답장했다. 하지만 죽은 파울샴 사람들은 누가 책임을 졌나? 파울샴 말살 작전에 서명한 자 중 하나인 디즈레일리 경은 그것과 결이 다른 문제라고 썼다. 이 사람들은 전혀 말이 통하지 않는다.

결국 교수형 전날 밤, 쥐로 변신한 오타가 밀뱅크 교도소에 숨어들었다.

"사람의 몸으로는 철장을 빠져나갈 수 없어. 네가 다시 식빵꽃이로 변신한다면, 너를 안전하게 탈출시킬게."

"더 이상 사물로 있지는 않겠어! 나는 언제나 롤랜드 쿨리스야!"

그는 자신의 이름을 포기하지 않겠다고 고집했다. 다음 날, 그는 교수형을 받았다.

♠

하빈 경감은 경찰서장으로 승진한 뒤 링크 보이들을 순찰부대로 채용했다. 하빈은 의사당에서 나를 죽일 생각이었다고 털어놓았다. 나는 어쨌든 맞추지 못했으나 그 문제는 개의치 않겠다고 말했다. 다만, 몰리 포터를 쏜 사람이 누구인지 물어봤으나, 그도 모른다는 대답이 돌아왔다. 덧붙여 사망한 경찰들도 많으니 몰리의 복수는 잊으라고 했다.

♠

오거스타 잉그리드 어니스타 호프만은 여태껏 본 이들 중 가장 아름답고 매혹적인 여성이었다. 그녀는 어린 시절 고향 독일에서 영국 런던에 왔다가 이레몽거 가족에게 납치된 후 노부인의 수호물이 되었는데, 우리 중 유일하게 런던을 떠나 독일로 돌아갔다. 그러나 최근 그녀가 다시 돌아온다는 소식이 들려온다. 독일의 친척들이 그동안 사망했거나 연락이 끊겼기 때문이다. 오거스타는 넓은 세상을 보려는 열망이 크다. 그녀가 돌아오면 우리는 함께 브라이튼으로 여행 가서 바다 구경을 할 것이다.

♠

잠깐, 우리 상점의 소개를 빠뜨릴 수는 없지.

많은 이들이 특별한 물건을 가지고 우리를 찾아와 도움을 요청한다. 쓰레기 열병은 궁전과 초라한 오두막집, 응접실과 싸구려 여인숙, 터키 목욕탕과 공중화장실 가릴 것 없이 런던 전역에 퍼져 있었다. 열병은 교도소, 재판정, 공장이나 학교 전체를 덮치기도 했다.

우리는 되도록 그들을 돕고자 한다. 아기를 안듯 더러운 플란넬 천을 애지중지하며 안고 온 공작부인, 놀라움과 충격에 빠져 화관을 가지고 온 세탁소 여인도 있었다. 갑자기 소중한 사람이 사라지거나 낯선 물건을 줍게 되면, 겁내지 말고 우리에게 가져오면 된다. 거대한 조각상, 대걸레, 요강, 관장 튜브 등등. 우리는 결코 섣부른 판단을 하지 않고, 모든 일에 최선을 다하려고 노력한다.

때때로 고객이 단지 확인만 원할 뿐 물건을 되찾는 데 전혀 관심이 없을 수 있다.

"아직은 아니에요. 다른 날에 바꿔주세요." 얼굴에 멍든 한 여자가 개 목걸이(그건 그녀의 남편이었다)를 들고 왔다가 되돌아갔다.

우리가 최근 확인한 숫자로는 병에 걸린 환자는 104명인데, 실제 그 이상이리라고 추측한다. 특히 '왕관'은 자물쇠에 채워진 채,

누구도 접근할 수 없게 차단하고 있다.

현재는 고객이 크게 줄었는데, 우리의 도움과 선의를 악한 뜻으로 오해하는 게 아닐지 걱정스럽다. 오래된 묘지 주변에 설치된 방호 문이 있는데, 간혹 우리가 다시 갇힐까 봐 불안할 때가 있다. 우리는 고객의 물건을 절대 훔치지 않는다는 점을 분명히 하고 싶다.

때때로 사람들은 소중한 물건을 들고 와서, 때로는 확신에 차서, 때로는 가슴 떨리는 희망으로 물어본다.

"윌리 같아요. 혹시 아닌가요?"

하지만 그건 윌리가 아니라 단지 주전자였다.

"열두 살짜리 조카, 헨리에타 카베리가 확실해요."

하지만 그건 헨리에타가 아니라 단지 자전거 안장일 뿐이다.

그럴 때면, 그는 아주 친절하게 위로한다.

"죄송합니다. 정말 안타깝군요."

아, 그가 누구인지 내가 말하지 않았나? 그는 물론 클로드, 바로 나의 클로드다.

진심으로 나는 클로드가 사랑스럽다. 현재 그는 충분히 먹고 천천히 걸으면서 날이 갈수록 기력을 회복하고 있다. 가끔은 지도와 여행안내서를 들고 런던 시내를 돌아다닌다. 한때 그는 내 품에 안겨 거의 죽을 뻔했는데, 여왕의 부하들이 그를 치료한 후 마차에 싣고 왔다. 처음에 면회가 금지되었으나, 그가 온 병원을 발칵 뒤집어 놓은 후에야 만남이 허락되었다. 그는 항상 지팡이를 짚어야 한다. 아주 멋진 은제 손잡이가 달린 말라카 원목으로 만든 지팡이다.

"클로드, 그 지팡이의 이름은 뭐니?"

"그냥 지팡이야." 그가 부드럽게 웃는다.

내 마음이 내킬 때마다 언제든지 그에게 키스한다. 다시는 그를 떠나보내지 않으리라. 이 모든 고난과 기적을 겪으면서, 우리의 키는 조금 자랐는데, 아마 더 자라지는 않을 것 같다. 우리 두 사람은 다정하게 묘지를 거닐면서 하프 소버린 금화와 점토 단추 한 쌍을 기억한다.

만약 당신도 확신하기 힘든 물건, 당신만의 소중하고 특별한 물건이 있다면, 우리의 상점을 찾아오세요. 안 그래요?

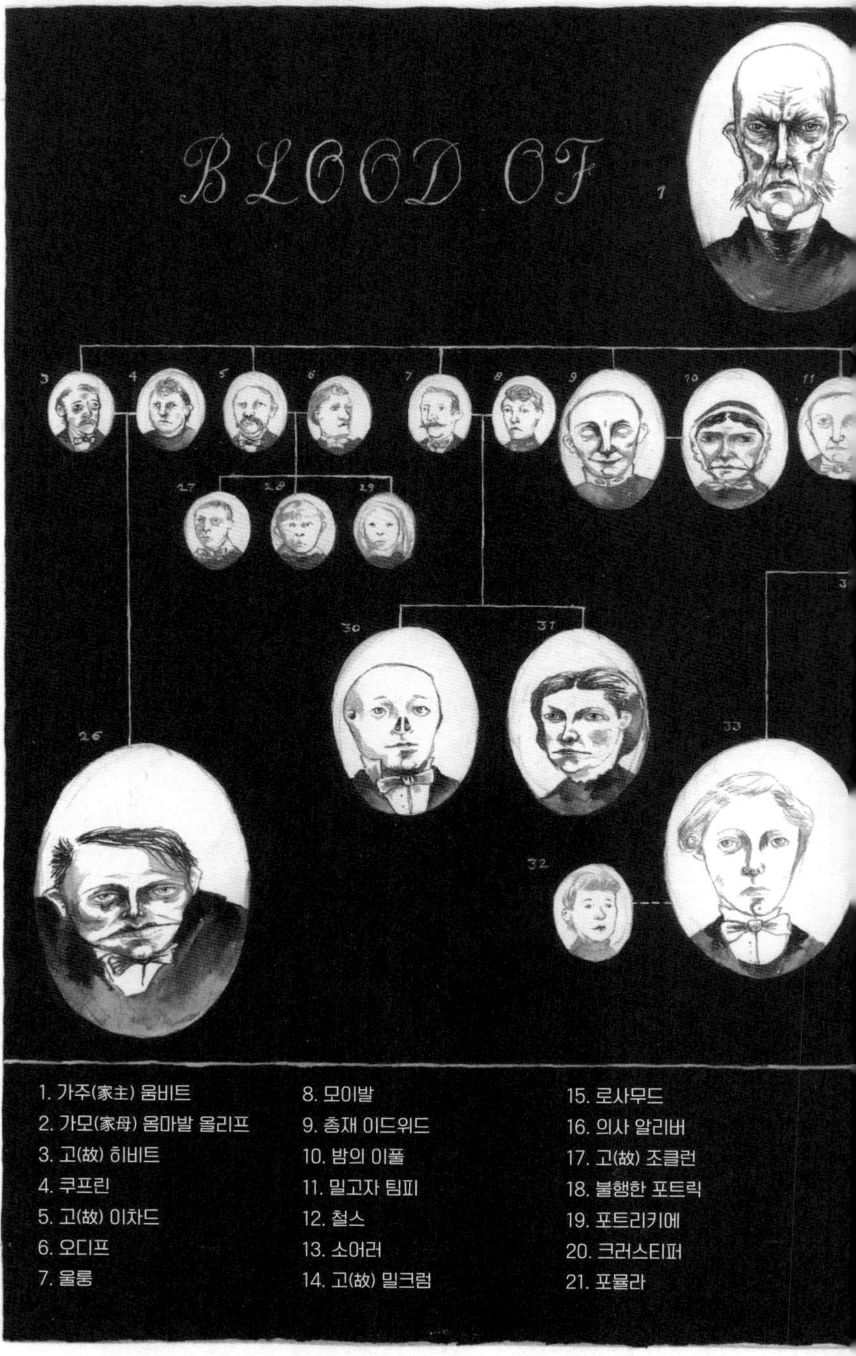

BLOOD OF

1. 가주(家主) 움비트
2. 가모(家母) 옴마발 올리프
3. 고(故) 히비트
4. 쿠프린
5. 고(故) 이차드
6. 오디프
7. 울룽
8. 모이발
9. 총재 이드위드
10. 밤의 이풀
11. 밀고자 팀피
12. 철스
13. 소어러
14. 고(故) 밀크럼
15. 로사무드
16. 의사 알리버
17. 고(故) 조클런
18. 불행한 포트릭
19. 포트리키에
20. 크러스티퍼
21. 포물라

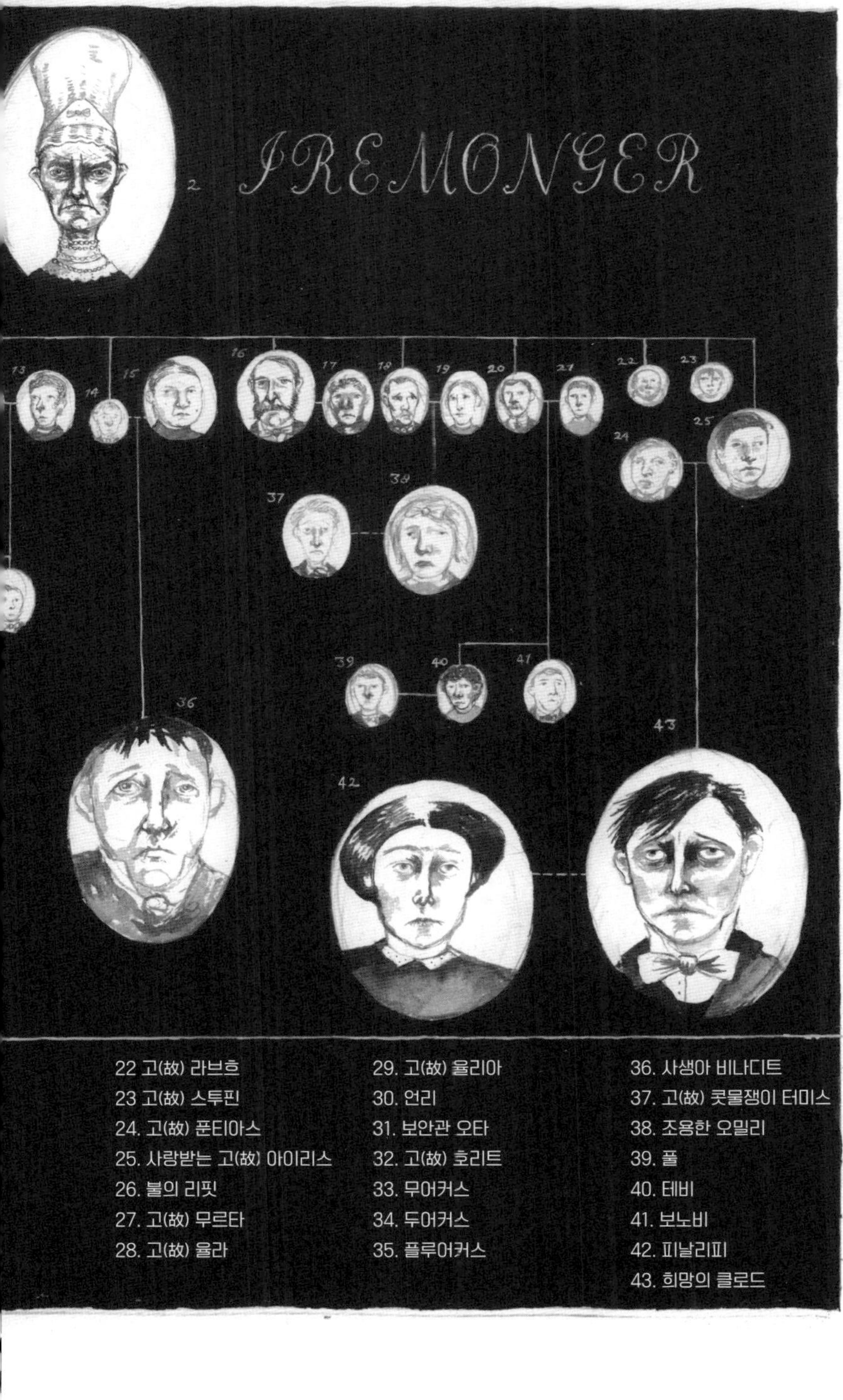

JREMONGER

22 고(故) 라브흐
23 고(故) 스투핀
24 고(故) 푼티아스
25 사랑받는 고(故) 아이리스
26 불의 리핏
27 고(故) 무르타
28 고(故) 율라
29. 고(故) 율리아
30. 언리
31. 보안관 오타
32. 고(故) 호리트
33. 무어커스
34. 두어커스
35. 플루어커스
36. 사생아 비나디트
37. 고(故) 콧물쟁이 터미스
38. 조용한 오밀리
39. 풀
40. 테비
41. 보노비
42. 피날리피
43. 희망의 클로드

이레몽거 3부작
제3권 룽던

1판 1쇄	2025년 12월 5일
ISBN	979-11-92667-83-6 (03840)

글·그림	에드워드 캐리
옮긴이	이지안
편집	김효진
교정	이수정
디자인	우주상자
펴낸곳	마르코폴로
등록	제2021-000005호
주소	세종시 다솜1로9
이메일	laissez@gmail.com
페이스북	www.facebook.com/marco.polo.livre

책 값은 뒤표지에 있습니다. 잘못된 책은 교환하여 드립니다.